Los dados del destino

ROBIN

PILCHER

Los dados del destino

Traducción de

Sonia Tapia

PLAZA & JANÉS

Título original: *A Risk Worth Taking*

Primera edición: junio, 2005

Printed in Spain – Impreso en España

ISBN: 84-01-37890-7
Depósito legal: B. 24.031-2005

Fotocomposición: Fotocomp/4, S. A.

Impreso en A & M Gràfic, S. L.
Santa Perpètua de Mogoda (Barcelona)

L 3 7 8 9 0 7

Para Oliver, Alice, Hugo y Florence.

Y para tía Buffy,
que siempre ha sido mi primera lectora
y la más maravillosa

Agradecimientos

Quisiera dar las gracias en primer lugar a Nick Tudor, cuyas historias inspiraron la creación de este libro.

Gracias también a Pippa y Kirsty, que dieron al mundo la comodidad de la ropa Tinkers, Pedlars y Pippers; a Graham y Sandra, que me animaron a lo largo de todo el camino hasta el final de la obra; a Flora y Rosannagh, que me cantaron uno de los mayores éxitos de Mr. Boom; a todo el personal de Fastnet, en Fort William; y a Lisa Keany, Caroline Charles, Christo Sharpe, Jim Best, Charlie Cox y Chris Clyne, por tenerme a raya en todas las cuestiones técnicas.

1

La alarma sonó a las siete en punto, como venía sucediendo desde hacía catorce meses; no a las seis, como cuando tenía que levantarse para ir a trabajar. A pesar de todo, seguía produciéndole un sobresalto. Dan Porter sacó un brazo de entre las mantas y tanteó en busca del botón que detendría aquel timbre infernal. Pero la alarma sonaba con tal intensidad que el reloj se cayó al suelo, donde siguió sonando amortiguado por la moqueta mientras la mano aún palpaba a ciegas la mesilla.

—¿Dónde coño está? —La explosión verbal fue acompañada de otra física. Dan apartó las mantas de un golpe y se incorporó. No fue precisamente una buena idea, pensó cerrando con fuerza los ojos para no ser del todo consciente del oxígeno bombeado al cerebro. Cuando se le pasó el mareo y logró determinar de dónde venía el ruido, miró el reloj caído, que todavía giraba por inercia cada vez más despacio, como una mosca poco antes de morir.

Con un gruñido se inclinó a recogerlo, aunque seguía fuera de su alcance. Se puso de rodillas y estiró el brazo, pero no llegó a tiempo. Se le adelantó una mano esbelta y bien formada, que llevaba en el anular un anillo de oro con un diamante rodeado de rubíes. Un dedo con la uña pintada de rojo acalló por fin la alarma apretando el botón. Dan siguió con la vista una manga de rayas hasta llegar al adorno de oro que colgaba del cuello, entre unos pechos acentuados por el escote abierto de la blusa blanca de algodón. Dan giró la cabeza un poco más y miró el rostro de su mujer. Muchas veces había pensado que si tuviera que describir sus rasgos, se habría quedado paralizado ante la hoja en blanco, porque jamás podría escribir todas esas chorradas de que tenía los ojos demasiado separados, la nariz demasiado plana o las orejas demasiado grandes. Tal vez con una palabra bastara: PERFECTA, con mayúsculas. Jackie siempre había sido una auténtica belleza. Llevaban casi veinte años casados y todavía lo excitaba mirarla.

En ese momento, sin embargo, era evidente que el sentimiento no era mutuo. Jackie esbozaba una sonrisa, pero con un gesto que más bien decía: «Dan, estás hecho un auténtico desastre», no: «Buenos días, cariño, ¿cómo te encuentras?».

Dan se levantó con esfuerzo y se dejó caer de nuevo en la cama. Se quedó tumbado con la cara apoyada en una mano mientras Jackie colocaba el reloj en la mesilla y metía el maquillaje en el bolso.

—Oye —comenzó él, sonriendo de un modo que quería ser sugerente y sexy.

—¿Qué? —preguntó Jackie en tono cortante y sin mirarle, mientras sacaba una gabardina del armario.

Dan decidió insistir.

—¿Hay alguna posibilidad de que te tumbes en la cama para que yo te manosee?

Jackie, con la gabardina en el brazo, se volvió por fin hacia él y recorrió con la vista sus pantalones cortos y su desvaída camiseta azul, que tenía un agujero justo sobre el pezón izquierdo.

—No creo que la idea me tiente mucho —contestó.

Dan dejó caer la cabeza, fingiendo sentirse rechazado.

—Bueno, yo por lo menos lo propongo de vez en cuando —masculló con la cara contra las mantas.

—¿Qué dices?

Dan se levantó.

—Nada.

—Te he oído.

—Ya. Bueno, era una broma.

—Pues no le veo la gracia.

—Está bien —dijo él con un suspiro—. Lo siento. —Se metió las manos en los bolsillos del pantalón—. ¿Quieres que te haga un café?

—No. Tengo que estar en la oficina a las ocho. Tenemos una reunión a las nueve, pero primero quiero cantarle las cuarenta al escenógrafo. Hace tres meses le dijimos que hiciera unos cambios en el escenario para el desfile de París y todavía no ha hecho nada. —Jackie echó un vistazo a la habitación, por si se le olvidaba algo, y luego echó a andar hacia la puerta. Al pasar junto a Dan le dio un beso fugaz en la mejilla. Dan salió tras ella al estrecho rellano y bajó la escalera.

—¿Qué vas a hacer hoy? —pregunto Jackie sin volverse.

—No lo sé. A lo mejor me pongo a limpiar la casa, para entretenerme.

Al llegar abajo Jackie se volvió hacia él, y Dan se dio cuenta de que su cinismo no le hacía mella.

—¿Has llamado a Ben Appleton?

—Sí.

—¿Y?

—De momento está despidiendo gente, no contratando.

Jackie entornó los ojos, como si no le creyera.

—¿De verdad lo has llamado?

—Que sí. —A pesar de ser inocente, Dan se sonrojó—. Oye, en contra de lo que tú piensas, yo sigo buscando trabajo.

—¿De verdad? Pues perdona, pero me cuesta creerlo, Dan. Desde luego no hay muchas pruebas de ello en tu despacho.

Dan miró un instante hacia la escalera.

—¿Cuándo has estado ahí arriba?

—Esta mañana.

—¿Por qué?

Jackie suspiró.

—No iba a tu despacho, Dan. Subí a la habitación de Millie para buscar el secador. Pero el despacho estaba abierto y vi que el salvapantallas del ordenador no se había activado.

—¿Y qué?

—Pues que en la pantalla había un solitario sin terminar.

Dan se echó a reír.

—Vaya por Dios.

—No tiene gracia, Dan —replicó ella cortante—. No te puedes pasar la vida escondido sin hacer nada.

—¡No es que no haga nada!

—No traes dinero a casa, Dan. Y nos hace falta.

—Ya lo sé. Pero de momento vamos bien. Tampoco es que estemos en las últimas.

—¿Ah, no? Pues entonces estoy muy equivocada. Has perdido tu trabajo y casi todo tu dinero con el fracaso de las punto.com; gracias a eso hemos tenido que cambiar a las niñas de colegio, no podemos irnos de vacaciones por primera vez desde que nació Josh y has tenido que cambiar tu Mercedes por un Saab de quince años. Así que perdona, Dan, pero no pienso como tú. Para mí sí que estamos en las últimas, como tú dices. Tienes que encontrar trabajo, porque con mi sueldo no vamos a aguantar mucho. Por más que sea directora ejecutiva de Rebecca Talworth Design Limited, tampoco es que gane una fortuna. Ya sabes que todavía estamos invirtiendo casi todos los beneficios.

—Sí, ya lo sé. Pero te he dicho muchas veces que no se encuentra trabajo de un día para otro.

—¡Pero es que no tenemos tiempo, Dan! —Jackie echó un rápido vistazo al reloj—. Y, además, tampoco tengo tiempo para discutir ahora.

Echó a andar por el pasillo, esquivando las mochilas de las niñas, y abrió la puerta. El cálido sol de septiembre cayó sobre el parquet de pino. Dan salió descalzo al pequeño jardín, con las manos todavía en los bolsillos. Jackie abrió la cerca que daba a la calle flanqueada de árboles.

—Dile a Nina que intentaré ir a su concierto esta noche —dijo.

Dan asintió.

—A ver si esta vez vas de verdad.

El rostro de Jackie no ocultó su reacción.

—No sólo tengo un trabajo que es vital para toda la familia, sino que además me ocupa todo el día.

Dan alzó una mano como para pedir perdón. Acababa de oír la puerta de la casa de al lado y no quería seguir hablando. La señora Watt y él no se tenían mucho aprecio. La señora Watt era una vecina entrometida, como Dan le había dicho a la cara más de una vez; nada le gustaría más que enterarse de una de sus discusiones de pareja, a pesar de que en los últimos meses había escuchado multitud de ellas. Cuando se abrió la cerca de su jardín, Jackie se volvió a saludarla con una sonrisa. La señora Watt apareció tras el crecido seto de tejo que rodeaba su propiedad y, al pasar junto a Jackie, aminoró el paso para clavar en Dan una mirada de reproche. Dan hizo un gesto con las manos dentro de los bolsillos, dando la impresión de que estaba más que contento de verla.

—Buenos días, señora Watt —gritó con tono displicente.

La mujer apartó la vista de inmediato, chasqueó la lengua y se alejó. Jackie movió la cabeza.

—Por Dios, Dan, ¿cuándo te vas a tomar las cosas en serio? —A continuación dio media vuelta y desapareció tras el seto.

Dan alzó la vista hacia el cielo azul. Un Boeing 747 volaba bajo en su descenso hacia el aeropuerto de Heathrow y al cabo de un momento desapareció tras los edificios. Dan llegó a la cerca a tiempo de ver a Jackie cruzando la calle en dirección al metro de South Clapham. Pensó en gritarle algo como «que tengas un buen día, cariño», pero sabía que su mujer no estaba de humor esa mañana, de manera que se limitó a volver en silencio a la casa.

En cuanto abrió la puerta de la cocina supo que uno de los perros que habían rescatado de la perrera había vuelto a hacer de las suyas. Más aún, no hacían falta muchas dotes de deducción para saber quién era el culpable. Biggles, un cruce de perro de aguas y pastor escocés, yacía acobardado en su cesta, mientras que su compañero, Cruise, demostraba ostentosamente su inocencia danzando con energía en torno a los pies de Dan.

—¡Maldita sea, Biggles! —exclamó Dan, tapándose la nariz—. ¿Otra vez?

Encontró la prueba de la fechoría del perro en mitad de la galería de la cocina y fue en busca de la pala para el carbón, que ahora dejaba siempre junto a la puerta de cristal que daba al jardincito trasero.

—No sé cómo andarás de geografía, chico, pero deberías saber que la perrera está aquí al lado —dijo, mirando a Biggles muy serio para demostrarle lo enfadado que estaba. El perro cerró los ojos avergonzado, dejando al descubierto la mancha negra que le daba aspecto de llevar puestas unas gafas de aviador.

Después de limpiar el suelo y arrojar furtivamente el contenido de la pala en el jardín de la señora Watt (que, en su opinión, se lo merecía), Dan volvió a la cocina y llenó la tetera eléctrica mientras por el móvil enviaba un mensaje a Nina y a Millie para informarles de que era hora de levantarse. Era una estratagema que funcionaba mucho mejor que darles un grito por la escalera. La idea era que, aunque sus hijas tenían la absoluta certeza de que a esas horas de la mañana el mensaje sólo podía ser de él, siempre cabía la remota posibilidad de que se tratara de alguien cien mil veces más interesante.

Daba resultado siempre. Justo cuando el agua empezaba a hervir, oyó un ruido en el piso de arriba. Nina se había levantado. Dan se preparó un café instantáneo mientras esperaba la habitual reacción de su hija. Cuando llegaron los gritos desde la escalera, Dan repitió en silencio las palabras en perfecta sincronía:

—¡Papá, te he dicho que no hagas eso! ¡Es horrible!

—Hola, Ni —saludó él—. Anda, ve a ver si Millie se ha levantado. Tenéis veinticinco minutos para salir de casa.

—Yo no pienso despertarla. Millie es tonta —dijo la niña, en voz cada vez más alta para que su hermana lo oyera.

Dan movió la cabeza y salió al pasillo. Nina, todavía en pijama, estaba sentada en lo alto de la escalera, con los pies apoyados en un barrote de la barandilla.

—Millie no es tonta, Ni. Es tu queridísima hermana, aunque

un poco cascarrabias, eso sí. Y tiene dieciséis años, o sea, dos más que tú, así que más te vale no hacerla rabiar mucho si no quieres que un día de estos te parta la cara. —Dan bebió un sorbo de café—. Anda, dime, ¿por qué es tonta?

—Porque me ha quitado el CD de Atomic Kitten —replicó la niña de mal humor.

—Ah. Pues no, no te lo ha quitado.

—Sí que me lo ha quitado, papá. ¿Por qué siempre la defiendes?

—No la defiendo. Millie no te ha quitado el CD porque lo tengo yo. Está arriba, en mi despacho.

Nina lo miró con reproche.

—Es patético —aseguró. Y echó a andar dando zancadas hacia su habitación.

—Despierta a Mill... —La puerta se cerró de golpe antes de que terminara de hablar. Dan volvió a la cocina con un suspiro. Le palpitaban las sienes, de manera que se sentó a la mesa y se hizo un masaje con los dedos. Advirtiendo que podía ser el momento oportuno para una reconciliación, Biggles salió de la cesta y apoyó el morro en la rodilla de su amo. Dan sonrió.

—Vaya, gracias, Biggles. Menos mal que hay un ser en el mundo que me da alguna muestra de cariño.

2

En aquellos tiempos siempre pensó que podría haber sido uno de esos elegantes anuncios de la columna de sociedad del *Times*; o haberlo hecho imprimir en una de esas invitaciones con letras en relieve como las que podían encontrarse pegadas al borde de un espejo dorado, sobre la chimenea del salón de alguna mansión.

> Dan Porter y Jackie Entwhistle se complacen en anunciar sus planes de vida, formulados mientras consumían dos hamburguesas con queso y patatas fritas en el restaurante Central Park, High Street, Kensington, el 3 de abril de 1984. Después de su boda en el juzgado de Chelsea el 18 de abril (boda que pagarán los padres de Jackie, aunque aseguran que es lo último que harán por su hija en cuanto a dinero se refiere), y del nacimiento de su primer hijo en torno al 8 de septiembre de ese mismo año (que fue el motivo de la ruptura con los padres de Jackie), Dan y Jackie se trasladarán (cuando se lo puedan permitir) a una casa grande (en los alrededores de Londres, al sur del río, donde sea), donde añadirán dos hijos más a la familia y dos perros. Más adelante (cuando Dan alcance la edad de la jubilación, tras amasar una fortuna porque está destinado a ello), se trasladarán a una casita en el campo (en la costa del sur de Devon, preferiblemente), donde Dan se pasará el día sentado con una sonrisa de suficiencia en la cara, sabiendo que no solo ha contribuido a perpetuar la raza humana, sino que lo ha hecho con distinción.

Siempre le habían parecido castillos en el aire, los sueños de dos jóvenes de apenas veinte años, animados por una buena cantidad de vino y emocionadísimos con la idea de amarse, honrarse y cuidarse el uno al otro hasta que la muerte los separase. Pero la historia de Dan podría haber sido muy diferente. Algo como:

> Dan Porter y Sharon Pettigrew o Janice Longshaw o Kathleen Malloney (Dan había intentado desvestir a otras chicas durante el recreo en el oscuro armario del laboratorio de química del instituto de St. Joseph, Tottenham Hale, Londres, pero esas eran las que tenían más probabilidades de haber acabado tan hartas como lo estaba Jackie) se complacen en anunciar sus planes de vida. Después de su boda en la iglesia episcopal de St. Mary, Tottenham Hale (la iglesia local de la madre de Dan), Dan empezará a trabajar con su padre en Baldwin Metals, con horario partido, por una libra y media la hora, entre el polvo y el ruido de la fábrica. Tendrán un solo hijo (el mismo que los metió en este maldito lío) porque, hasta que consigan una vivienda de protección oficial, deberán alojarse con los padres de Dan. Después Sharon/Janice/Kathleen se pondrá a trabajar porque, si no, no podrían permitirse ir juntos al pub los sábados por la noche. Dan quisiera aprovechar esta ocasión para disculparse ante el Tottenham Hotspurs Football Club y ante los amigos con los que va a los partidos, porque uno de los sacrificios que deberá hacer es renunciar a su abono. De ahora en adelante, solo podrá ver los partidos que pasen por televisión. Bueno, eso si en la tienda le dejan comprarse un televisor a plazos. Y finalmente, cuando alcance la edad de la jubilación, la feliz pareja planea... vivir de la pensión durante un tiempo y luego morirse.

Para ser sincero, aquel panorama estuvo en la mente de Dan mucho más tiempo que el cuadro que Jackie y él habían trazado mientras daban cuenta de la botella de Chardonnay en el restaurante Central Park. Era, en todos los sentidos, su peor pesadilla, y desde que tenía quince años había pendido sobre su cabeza como la espada de Damocles, presagiando su inevitable destino. Había nacido en mal lugar y en mal momento, sin perspectivas ni privilegios.

De modo que decidió hacer todo lo posible para evitar terminar así. Trabajó de firme en el colegio, tanto en cuestiones académicas como deportivas, y permaneció allí mientras sus amigos se marchaban en cuanto podían, con calificaciones que los convertirían en mafiosos más que en hombres de negocios. Cuando por fin cruzó las puertas del St. Joseph por última vez, sabía que el legado del colegio, que se había ganado a pulso, le daba la posibilidad de convertirse en ambas cosas.

La universidad quedaba fuera de cuestión, porque sus padres no podían mantenerlo otros tres años, y él tampoco pensaba hipotecarse la vida pidiendo créditos. De manera que, ataviado con el traje de boda de su primo, que ni siquiera era de su talla, se dirigió a la City, el centro financiero londinense, con su certificado de estudios y sus buenas notas cuidadosamente dobladas en el bolsillo interior. No tenía ni idea de lo que hacía ni de adónde iba, pero estaba decidido. No pensaba tomar el metro de vuelta a Tottenham Hale sin haber conseguido algún trabajo.

Sin duda se habría visto obligado a cambiar de opinión de no haber sido por la intervención de un amable conserje que encontró en las escaleras de un gran edificio de Cheapside. El hombre había visto a Dan recorrer la calle cuatro o cinco veces, deteniéndose ante varias puertas sin llegar a tener valor para entrar.

—Estás buscando trabajo, ¿verdad? —le preguntó, con una voz que habría sonado más adecuada en un desfile militar. Dan asintió tímidamente. El portero le hizo un guiño y con un gesto lo animó a entrar en el edificio. Veinte minutos más tarde Dan salía con una lista fotocopiada de corredurías de bolsa.

Tardó exactamente cuatro horas y media en encontrar trabajo, y antes tuvo que descartar ocho nombres de la lista, pero al final salió con aire triunfal del ascensor del bloque de oficinas de Leadenhall Street y atravesó la recepción haciendo una pelota con el papel que llevaba en la mano. Cuando abrió las pesadas puertas de cristal arrojó la bola en una papelera cromada y salió a la calle como si acabara de descubrir que la espada de Damocles era tan roma que no podía haber cortado ni un trozo de mantequilla. Dan Porter, oficinista en prácticas de Tottenham Hale, había llegado a la City. De ahora en adelante no pensaba hacer otra cosa que ganar dinero.

Y eso fue lo que hizo durante tres años. Nada de novias formales, nada de alcohol. Sus dos mayores gastos eran su parte del alquiler del piso que compartía con otros dos colegas del trabajo, junto a Fulham Broadway, y alguna que otra salida a King's Road para comprar ropa. Hasta que una tarde de domingo conoció a Jackie Entwhistle.

Al volver a su casa pasó por delante de una tienda, situada en la parte menos elegante de King's Road. Lo que primero le llamó la atención fue el cartel sobre el pequeño escaparate. Rebecca Talworth. Dan había leído sobre ella en un periódico o una revista. Era una joven diseñadora de ropa, acabada de salir de St. Martin, que, según decían, estaba destinada a triunfar. Dan echó un vistazo a la tienda atestada de gente y casi de inmediato advirtió a una chica rubia y vivaz que atendía a una clienta. Tal vez la intensidad de su mirada le provocó un hormigueo en la inmaculada piel del cuello, porque la chica se volvió de pronto y lo miró. Dan estaba seguro de que, si eso era posible, su sonrisa se había acentuado aún más. Fue un puro impulso, pero Dan decidió no marcharse de allí sin haberle pedido una cita. Entró en la tienda y salió de nuevo a la calle media hora después con una sonrisa y un agujero en la cartera. El precio de la cita había sido la compra de un vestido original de Rebecca Talworth que costaba doscientas libras. Jackie, por supuesto, no tenía ni idea de que era para ella. Dan le había dicho que era para una amiga; pero, en cuanto Jackie se lo puso por delante para mostrarle el efecto, él supo que sería un sacrilegio que cualquier otra mujer lo poseyera.

Se lo regaló cuando Jackie cumplió veintiún años. En realidad, se lo dio cuatro días más tarde, porque ella había tenido que ir a una fiesta de etiqueta que sus padres celebraban en su honor en su club de golf, cerca de Chester. Pero Dan también había organizado una pequeña celebración. Pensaba darle a Jackie el vestido en su casa, convencerla para que se lo pusiera y salir a cenar a

Quaglino's. El problema fue que Jackie no se puso el vestido esa noche y que no llegaron a cenar. La verdad es que ninguno de ellos llevaba puesta mucha ropa esa noche.

Y por eso acabaron haciendo planes sobre su futuro ante una botella de Chardonnay en el restaurante Central Park de Kensington High Street.

3

Stephen Turnbull atravesó la recepción con un fajo de expedientes bajo el brazo y le lanzó un guiño a la joven recepcionista al pasar junto a ella. No le quitó la vista de encima mientras entraba en su despacho y sonrió al ver a través de la pared de cristal que la chica se sonrojaba. Le complacía pensar que a sus veintinueve años, de camino para los treinta, todavía era bastante atractivo para provocar aquella reacción en una chica diez años más joven. Se sentó a su mesa, pulsó el ratón del ordenador y, estirando sus largas piernas, se reclinó en la silla mientras el salvapantallas desaparecía para dejar paso a la hoja de cálculo en la que estaba trabajando antes de la reunión.

Stephen tenía razones de sobra para estar contento esa mañana. En la reunión con los patrocinadores de la empresa había demostrado que en Rebecca Talworth Design Limited las cosas iban sobre ruedas. Transcurridos solo dieciocho meses desde sus comienzos, la empresa avanzaba muy por delante del programa previsto. En tres semanas se presentaría la colección de primavera-verano en el Prêt-à-Porter de París, y, si tenía el mismo éxito que la anterior, el margen de beneficios sobrepasaría todas las previsiones.

Stephen sabía que el éxito se lo debían exclusivamente a él. Dos años atrás, cuando trabajaba en un pequeño bufete de contabilidad, le habían asignado varios clientes «difíciles» cuya técnica consistía en presentar muy pocos libros de contabilidad, si es que presentaban alguno, y ofrecer a cambio un fajo de facturas desordenadas. Estaba hojeando estas facturas como un autómata cuando encontró el expediente de Rebecca Talworth y se quedó perplejo. No entendía cómo una de las diseñadoras más famosas del país utilizaba una compañía tan de segunda fila para llevar su contabilidad. Sin embargo, después de pasarse una hora estudiando los papeles se dio cuenta de que sus grandes dotes creativas no iban acompañadas precisamente de un gran talento empresarial. Rebecca Talworth, a todos los efectos, estaba en bancarrota. Seguramente la misma Rebecca conocía este hecho y esperaba que, acudiendo a un despacho contable pequeño y desconocido, no fuera difícil convencerlos para que arrojaran una cortina de humo que ocultara su terrible situación financiera.

Stephen nunca había pensado en convertirse en contable. Cuando salió del colegio estaba decidido a matricularse en la escuela de arte, puesto que tenía grandes dotes creativas. Pero su padre, una persona muy dominante, lo había obligado a cambiar de opinión, convencido de que su único hijo tenía que terminar haciéndose cargo del negocio familiar, y que la mejor manera de lograrlo con éxito sería estudiando contabilidad.

Sin un ápice de entusiasmo, Stephen aprobó por los pelos los exámenes finales y solo logró encontrar trabajo en aquella pequeña oficina de West Hampstead. Todas las mañanas tenía que hacer un esfuerzo por levantarse, sabiendo que el día le depararía poca cosa más que un aburrimiento mortal. Pero aquel día, mientras estudiaba el expediente Talworth, comenzó a ver una salida. Solo debía realizar las maniobras adecuadas.

Esa jornada tuvo que olvidarse del expediente para solucionar los asuntos de un fontanero autónomo de Hackney, pero por la noche se llevó los papeles a casa y comenzó a esbozar una propuesta para la diseñadora. Después de pasarse una semana trabajando hasta el amanecer, tenía trazado un plan de diversificación de líneas de producción de Rebecca hasta abarcar actividades suplementarias muy lucrativas y que a la vez garantizaba su total capacidad de decisión sobre diseños y productos. Pero el control de los gastos y los ingresos tenía sin embargo que recaer por completo en el director financiero.

Tuvo que llamar cinco veces para conseguir una cita con Rebecca, lo cual lo convenció todavía más de que la diseñadora sabía perfectamente que su mundo de glamour de alta sociedad estaba a punto de desplomarse. Pero Stephen no se desanimaba, porque cada vez que le colgaban el teléfono crecía su convencimiento de que Rebecca no tenía más opción que aceptar su plan.

Por fin se encontraron en el domicilio de la diseñadora, una casita muy pintoresca junto a Exhibition Road, justo tres semanas después de su primer intento de hablar con ella. Stephen condujo la conversación con mucha cautela, siempre exponiendo los puntos más difíciles cuidándose de exaltar al mismo tiempo la enorme vanidad de su futura clienta. Al cabo de una hora habían cerrado el trato y Rebecca lo acompañó a la puerta sonriendo, casi eufórica. Stephen acababa de ser nombrado director financiero de Rebecca Talworth Design Limited, un puesto que conllevaba un sustancioso aumento salarial y la consecución de todos sus objetivos. Para cuando salió del callejón a Exhibition Road ya había llamado a la oficina de West Hampstead para presentar su dimisión.

Tal como imaginaba, elevar los beneficios hasta el objetivo marcado en su plan estratégico fue pan comido. De hecho, había logrado incluso superarlo al limitar las ofertas que había recibido de una multitud de instituciones financieras ansiosas por tomar parte en la operación. Lo que más los había impresionado eran sus propuestas para explotar el enorme potencial del buen nombre de Rebecca Talworth.

Dos semanas después de terminar con el paquete financiero, había negociado el alquiler por diez años, con opción a compra una vez finalizado ese período, de novecientos metros cuadrados de oficinas en un viejo molino reformado al norte del río Támesis, justo al oeste del puente de Wandsworth. Estaba en el último piso y tenía abundante luz natural gracias a los grandes ventanales que se abrían a lo largo de todo el techo. Había una sala muy amplia para despachos y un estudio más grande, donde se cosía y se cortaban los patrones.

Al cabo de tres meses Rebecca había cerrado las dos tiendas de King's Road. Despidió a todos sus agentes de ventas, conservando solo a dos, y se trasladó a las nuevas instalaciones. Las tiendas no formaban parte del plan estratégico. Para empezar, las ventas al por menor se realizarían en un local alquilado de uno de los grandes almacenes más prestigiosos del centro, concretamente en el que ofreciera las mejores condiciones. Una vez que la producción alcanzara su pleno desarrollo, se buscarían locales en almacenes similares de las grandes ciudades de todo el mundo.

Y dio resultado. En el membrete de Rebecca Talworth Design Limited aparecían ahora las ciudades de Londres, Nueva York, París, Estocolmo, Frankfurt y Madrid, y si las negociaciones llegaban a buen puerto, el mes siguiente se añadiría Tokio.

Sin embargo, desde el momento en que la nueva empresa comenzó a facturar, surgió un problema cada vez más difícil de solventar: su relación de trabajo con la misma Rebecca. La mujer era un portento como diseñadora, pero seguía siendo un desastre con el dinero y se mostraba en extremo extravagante con el manejo de los nuevos ingresos. Después de haber sufrido en varias ocasiones muestras de su mal genio y su carácter irracional, Stephen sabía que tenía que tratar a Rebecca con muchísima mano izquierda si quería que sus relaciones mantuvieran un asomo de civismo.

La solución a este problema resultó ser Jackie Porter, una mujer que trabajaba con Rebecca desde el principio, a la que la diseñadora había convencido para que abandonara sus tareas de madre de familia y asumiera el puesto de relaciones públicas de la empresa. Siendo como era guapa, inteligente, tenaz y gran amiga de Rebecca, Jackie tenía las credenciales ideales para llevar la empresa y actuar como intermediaria entre Stephen y la diseñadora. En una de las reuniones semanales, Stephen había sugerido con mucha cautela que Rebecca necesitaba más tiempo para ampliar el departamento de diseño. La solución sería ampliar también la junta directiva nombrando a un director ejecutivo.

Stephen no propuso a Jackie hasta el último instante, en el momento más oportuno. Rebecca accedió de inmediato, lo cual confirmó la sospecha de Stephen: Rebecca ya había estado pensando en la manera de poner freno a su influencia en la empresa.

El caso es que entre Jackie y Stephen se creó una relación inmejorable. Rebecca les concedió plena autorización para dirigir la empresa, y desde el día del nombramiento de Jackie no se molestó en asistir a ninguna reunión. Stephen y Jackie viajaron juntos por Estados Unidos y por Europa abriendo nuevos locales comerciales y, puesto que pasaron juntos muchos días haciendo frente al tedio o bien a la desesperación, se creó entre ellos una amistad basada en el apoyo mutuo y el respeto. Por lo menos esa era la visión que Stephen atribuía a Jackie. Para él era diferente. Stephen se veía cada vez más atraído por ella, aunque sabía que era inalcanzable. No solo tenía diez años más que él, sino que también era madre de tres hijos y esposa de un ejecutivo de gran éxito. Sin embargo, la vida de Jackie había sufrido muchos cambios en el año anterior. Su marido había perdido su trabajo y en la oficina se rumoreaba que la relación entre ellos era cada vez más tensa. Aunque eso no parecía afectar a su trabajo de la empresa, Stephen advertía ahora en el comportamiento de Jackie un leve aire de vulnerabilidad que antes no existía.

De pronto interrumpió el hilo de sus pensamientos para echar un vistazo a la pantalla del ordenador. En el despacho que había frente al suyo, Jackie, sentada a su mesa, se pasaba los dedos por el pelo mientras tomaba rápidas notas en un cuaderno. Cuando ella alzó la vista un momento, sus miradas se cruzaron. Los dos sonrieron, pero en el gesto de Jackie no había alegría ni coqueteo. Bajó enseguida la cabeza y siguió escribiendo.

Stephen tamborileó un rápido ritmo con los dedos en la mesa y acto seguido salió al pasillo de cristal que separaba los dos despachos, llamó a la puerta y entró.

—¿Puedo pasar?

Jackie asintió con la cabeza sin dejar de escribir. Stephen se sentó frente a ella y se cruzó de brazos y piernas, pero no dijo nada.

—¿Pasa algo? —preguntó ella por fin, ladeando la cabeza.

Stephen se encogió de hombros.

—Te iba a preguntar eso mismo.

Jackie soltó el bolígrafo, que cayó con estrépito en la oscura superficie de la mesa.

—Oye, siento no haber estado muy comunicativa en la reunión de esta mañana.

—No tienes que disculparte. Ha salido de maravilla. Por lo visto están encantados con todo.

—Mientras todo siga saliendo según lo planeado.

—¿Qué quieres decir con eso?

—Pues que si Tom Headwick no termina las modificaciones del diseño de la pasarela, tenemos un problema gordo.

—Pero tú has hablado con él esta misma mañana. ¿No lo tiene casi terminado?

Jackie soltó un gruñido burlón.

—Ya, bueno, eso es lo que él dice.

—¿Has hablado de esto con Rebecca?

—No he podido dar con ella. Se ha pasado toda la mañana con un proveedor de telas y tenía el móvil desconectado.

Stephen alzó las cejas.

—Pues vaya novedad.

—Y echa un vistazo a esto. —Jackie le tendió un papel.

—Es el programa.

—Sí, acabo de sacarlo de internet.

Stephen lo miró un momento.

—¿Cuál es el problema?

—Varios, en realidad. Tenemos un espacio a la una el miércoles en el museo Bourdelle.

Stephen se alzó de hombros.

—Parece buena hora. Así no tendremos que levantarnos con las gallinas.

—Sí, pero mira quién aparece en el Louvre a la misma hora.

Stephen miró de nuevo el papel.

—Vaya. Gaultier.

—Exacto. Así que ¿dónde crees que estará la prensa?

—¡Maldita sea! —exclamó Stephen, poniendo de nuevo la hoja en la mesa—. ¿Y no podemos hacer nada?

—Nada de nada. La Chambre Syndicale se niega a hacer un solo cambio. ¿Quieres saber más?

Stephen cerró los ojos con un gruñido, como disponiéndose a recibir un golpe en la cara.

—Si insistes...

—Tres de las cuatro modelos principales nos han dejado en la estacada. Me atrevería a asegurar que se irán con él.

—¿Y pueden hacer eso?

—Me temo que sí. —Jackie sonrió—. Pero tampoco pasa nada. Yo ya me esperaba una cosa así, de modo que había reservado provisionalmente a otras seis modelos de la agencia.

Stephen suspiró aliviado.

—¡Gracias a Dios! ¡Bien pensado! —Acercó un poco más la silla y apoyó los codos en la mesa. En ese momento uno de sus gemelos de oro reflejó un instante el sol que entraba por la ventana y proyectó un punto luminoso en el escote de Jackie—. Escucha —prosiguió, moviendo imperceptiblemente la mano para que el punto de luz danzara en la profunda hendidura entre sus pechos—, ¿tú vas a ir a París antes del desfile?

—Eso tenía pensado. No está de más ir a dar coba a los organizadores y agradecerles por centésima vez que nos hayan concedido un espacio.

—Muy bien, pues me voy contigo.

Jackie movió la cabeza.

—No tienes por qué venir.

—Pues yo creo que debería. Dos cabezas piensan mejor que una, sobre todo si surge algún problema. De todas formas, tengo la agenda bastante libre hasta el viaje a Tokio.

Jackie consideró su oferta un momento y tendió el brazo hacia su agenda. Stephen apartó las manos rápidamente, por si ella se daba cuenta de la posición del reflejo de sus gemelos.

—Muy bien. ¿Qué te parece el sábado?

—¿Cómo? ¿Este sábado? —preguntó él.

—La semana que viene no puedo. Tengo reuniones todos los días.

—Pues no creo quc nos sirva de gran cosa.

—¿Por qué lo dices?

—Bueno, si surge algún problema, no creo que podamos solucionarlo el domingo. ¿Qué reuniones tienes el lunes?

Jackie miró de nuevo la agenda.

—Una por la mañana y otra por la tarde.

—¿Son importantes o puedes dejarlas para otro día?

Jackie comenzó a dar vueltas al bolígrafo entre los dedos.

—¿De verdad crees que es necesario?

—Sí, para ir sobre seguro.

—Muy bien. Le diré a Laurie que me cambie las reuniones.

Stephen se levantó.

—Estupendo. Yo voy ahora mismo a reservar los billetes.

Jackie giró la silla hacia la vista panorámica del Támesis y el perfil de los edificios de Wandsworth, más allá del río. Notando su distracción, Stephen se detuvo a medio camino de la puerta y se acercó a la ventana a tiempo de ver una canoa de ocho remos que navegaba hacia Putney.

—No estás muy animada esta mañana, ¿eh?

—No, la verdad —contestó ella con voz queda.

Stephen se sentó en el repecho de la ventana.

—¿Quieres hablar de ello?

Jackie se echó a reír.

—En realidad no. De todas formas —añadió, volviéndose hacia él—, además de que no estás casado y no tienes hijos, me parece que ni tienes edad ni eres del sexo apropiado para entender mi problema.

Stephen se rió también.

—No sé, siempre he pensado que estoy muy en contacto con

mi parte femenina. —Su comentario no provocó ni una sonrisa en el rostro de Jackie—. Tienes problemas en casa, ¿no?

—Más bien. —Jackie apoyó el codo en el reposabrazos de la silla y, con los ojos cerrados, se frotó el puente de la nariz con los dedos—. No sé por qué, pero al principio, cuando Dan se quedó sin trabajo, era todo más fácil. Estaba muy... muy vulnerable, muy perdido. Pero ahora parece muy satisfecho con todo, hasta contento, y a mí me pone negra. No creo que esté haciendo ningún esfuerzo por encontrar empleo.

—¿Y a qué se dedica?

—A nada en realidad. Hace un poco la casa, saca a pasear a los perros y casi siempre sale a comer al bar con algún amigo. También le ha dado por la cocina, lo cual significa ver muchos programas de Jamie Oliver en la televisión y preparar mejunjes extraños para que comamos los niños y yo.

—Bueno, por lo menos ya es algo. Si trabajarais los dos tendrías que pagar a alguien que se hiciera cargo de la casa.

—Sí, pero eso no se puede considerar un trabajo. Dan ganaba cerca de doscientas mil libras al año. Me está resultando una asistenta un poco cara, ¿no te parece?

Stephen extendió las manos.

—Así que ahora eres la única que lleva dinero a casa.

—Exacto.

—En ese caso, yo diría que es muy normal que te sientas así. Dan ha sido siempre el sostén de la familia, el elemento de seguridad, y ahora el papel te ha tocado a ti. Tal vez... —Stephen vaciló un momento— tal vez le has perdido un poco el respeto.

La dura mirada de Jackie le indicó que se había pasado de la raya.

—Claro que eso siempre tiene arreglo.

—Vete a la mierda.

—Perdona. No debería haber dicho eso.

—No, si lo que me molesta es que seas tan intuitivo. Estaba equivocada. Puede que ni la edad ni el sexo tengan nada que ver con ello. Pero lo que no comprendes es que, en el matrimonio, perder el respeto a la pareja es tan malo como ser infiel. Es imposible recuperar la confianza absoluta que había entre los dos y que era tan natural como… como la creación de la vida. —Jackie miró de nuevo por la ventana—. Madre mía, desde luego has metido el dedo en la llaga, una llaga que yo no quería ni reconocer.

—Lo siento.

—No lo sientas. Por lo menos ya no puedo seguir engañándome.

Stephen se encaminó a la puerta.

—Vamos. Te vienes conmigo.

Jackie se giró en la silla con expresión perpleja.

—¿Adónde?

—A comer.

—Imposible. Tengo un montón de trabajo. —Jackie miró el reloj y se echó a reír—. Además, solo son las once y media.

—Me da exactamente igual. Como director financiero de Rebecca Talworth Design Limited, considero que es un gasto necesario llevar a comer a la directora para hablar del éxito de la reunión de esta mañana y… animarla un poco para que pueda proseguir con el excelente trabajo que ha realizado hasta ahora. —Y entonces le hizo un guiño como el que media hora antes había impresionado tanto a la joven recepcionista—. Vamos, que solo estaremos fuera una hora. Además, tú no eres la única que tiene trabajo.

Jackie sonrió.

—Muy bien, comamos juntos. Pero espérate al mediodía. Así tendrás tiempo para sacar los billetes de tren.

4

Lo cierto es que la joven pareja Porter tuvo ciertas dificultades económicas durante un tiempo. Pero con la llegada de Josh, un niño precioso y sano que amenazó con causar daños permanentes en la esbelta figura de Jackie, se conformaron con vivir felices, aunque con muy pocos medios, en el diminuto piso que habían alquilado cerca de Baron's Court Road.

Más adelante, en 1986, cuando Josh era ya un diablillo de dieciocho meses, todo cambió y Dan tuvo que modificar su opinión de que había nacido en mal lugar y en mal momento. Fue el año de la gran explosión, de la liberalización del mercado de valores, cuando la imagen seria y formal de la City cobró un nuevo y grato dinamismo. La empresa de Dan experimentó un salto inmediato, y fue una de las primeras en ser absorbidas por una multinacional estadounidense. Al cabo de tres meses, el nuevo vicepresidente lo había rescatado de un relativo anonimato para convertirlo en creador de mercado. Y desde el primer momento Dan destacó en el puesto. Las dificultades del colegio lo habían entrenado bien para el trabajo. Le encantaban las decisiones rápidas, las descargas de adrenalina cuando cerraba un trato, la sutileza para deshacerse de algún trabajador poco productivo. Pero, sobre todo, le encantaba ganar dinero.

Fue probablemente la descarga de energía que Dan tanto necesitaba lo que dio lugar al nacimiento de Millie y Nina en un espacio de dos años. El piso de Baron's Court se les había quedado muy pequeño, de modo que Dan decidió realizar la mayor inversión de su vida y compró mediante una hipoteca una casa de tres pisos y cuatro dormitorios en Clapham. Al cabo de unos meses de vivir felizmente en su nueva y espaciosa casa, Jackie le recordó su conversación en el restaurante Central Park. Tres niños y una casa al sur del río. Lo habían conseguido todo, con excepción de los perros, y Jackie aseguró que los perros podían esperar.

Dan nunca prestó mucha atención a las cartas de los cazadores de talentos que recibía constantemente. Estaba satisfecho con trabajar en un entorno familiar, con colegas a los que conocía y en los que confiaba. Pero cuando Nina cumplió cinco años ingresó con Millie en el colegio Alleyn's, mientras que Josh ya asistía al Dulwich College, y de pronto Dan se encontró con que tenía que pagar tres matrículas escolares que no eran precisamente baratas. Puesto que tenía gran parte de los ahorros bloqueados en inversiones a largo plazo, la economía familiar sufrió los efectos de inmediato, a pesar de que Jackie había vuelto a trabajar tres días a la semana con Rebecca Talworth. Dan tenía que encontrar un empleo mejor pagado si no quería renunciar a lujos tales como sus dos viajes de vacaciones al año.

Un mes después Dan aceptó la oferta de un banco con sede en Hong Kong; a partir entonces se dedicó a tantear el terreno y jamás se quedó más de dos años en ninguna empresa. Pero, sin importar para quién trabajara, a Dan le encantaba lo que hacía, y no terminaba de dar crédito a su buena suerte. Había encontrado una profesión que le daba dinero y a la vez lo hacía sonreír. Siempre había sido como un juego, como hacer travesuras.

Hasta que le llegó el golpe. Decidió invertir una sustanciosa cantidad de dinero en la tecnología de punto.com y aceptó un empleo con tan buen sueldo que pensaba amortizar en un año las penalizaciones producidas por el cambio. Cinco meses más tarde, estalló la burbuja de las punto.com. Dan lo había visto venir y quiso deshacerse de sus acciones a toda prisa, pero los operadores no se fiaban ya mucho de sus métodos e intentaban evitarlos como la peste. Dan no pudo hacer otra cosa que contemplar cómo caía el valor de sus acciones. Hasta que un día recibió un correo electrónico interno en su ordenador. Al principio pensó que le había llegado por error, pero no obstante lo leyó de principio a fin, dos páginas de jerga empresarial que explicaban que la compañía se veía obligada a eliminar puestos de trabajo debido al colapso del mercado de punto.com. Hasta llegar al último párrafo no comprendió el auténtico significado del mensaje.

«Esta empresa ha adoptado siempre una política de protección a los empleados más antiguos, y por esta razón no tenemos otra alternativa que rescindir su contrato de trabajo.»

Había más comentarios y disculpas, pero Dan no se molestó en leerlos. Telefoneó de inmediato a la empresa de contratación que le había ofrecido su último puesto y durante una hora intentó una y otra vez contactar con alguien que pudiera informarle, pero no consiguió pasar más allá de la amable recepcionista. Por fin colgó el auricular y entonces se dio cuenta de que por primera vez en su vida se iba a quedar sin trabajo y sin seguridad económica.

Al principio se enfureció consigo mismo por haber invertido de forma tan temeraria. Además, le amargaba haber perdido el trabajo. Pero, a medida que pasaban las semanas sin recibir oferta alguna de las agencias que en el pasado se habían desvivido por contar con él, lo que llegó a sentir fue auténtico terror. No podía dormir por las noches y solía terminar en la cocina al amanecer bebiendo un té detrás de otro y viendo películas malas en la televisión para no pensar.

Pero sus pensamientos eran demasiado insistentes, y durante las solitarias noches en vela no dejaba de dar vueltas a lo que iba a pasar. Tendría que renunciar al cómodo estilo de vida que la familia había disfrutado hasta entonces. Debido a su catastrófica inversión en el mercado de las punto.com, ya no contaba con los recursos necesarios para proteger a su familia de las consecuencias de su desempleo. Solo había estado dos meses con su última empresa, de manera que no tenía derecho a un buen finiquito.

Tendría que congelar las contribuciones a su pensión; las niñas estaban a punto de empezar el curso en Alleyn's, y Dan sabía que si no conseguía pronto un trabajo no podría siquiera pagarles la matrícula. Millie iba a empezar sexto, de manera que para ella sería tal vez menos traumático cambiar de colegio. Quizá fuera mejor trasladar a las dos al instituto de Clapham de inmediato, en lugar de esperar a que Millie estuviera a mitad de curso.

Pero tampoco podía dejar que perdieran la casa. Era el pilar de seguridad para su familia. Por lo menos había considerado una prioridad pagar la hipoteca, pero no podía permitir que el banco la incluyera como parte de su patrimonio si caía en bancarrota. Lo mejor sería ponerla de inmediato a nombre de Jackie.

¿Y qué pasaría con Jackie? De momento lo apoyaba mucho, pero tenía otras cosas en que pensar, sobre todo con el puesto de altos vuelos que ahora ostentaba con Rebecca Talworth. Sabía que, cada vez que se levantaba de la cama por la noche, la despertaba. Jackie chasqueaba la lengua con fastidio y se giraba para darle la espalda. Además, antes nunca discutían, y ahora se peleaban casi todos los días. Pero la verdad es que tampoco se lo podía reprochar. Al fin y al cabo había sido él quien se había jugado la seguridad de la familia con una mala inversión, y era él quien se comportaba como un alma en pena desde que había perdido el trabajo, y eso afectaba a todo el mundo.

Bueno, a todos menos a Josh. Josh no quería saber nada de nadie. Había vuelto a casa, después de dejar la Universidad de Manchester durante el primer año, y se había convertido en un extraño para la familia. Encontró un trabajo ordenando estanterías en el supermercado Tesco's y se gastaba hasta el último penique en las ensordecedoras profundidades del Horace's Inferno, uno de los bares más famosos de Brixton. A Dan le enfurecía que su hijo hubiera dejado pasar una oportunidad en la vida con la que él nunca pudo contar, pero no se había enfrentado a él por no arriesgarse a que su hijo se marchara de casa y se metiera a vivir en cualquier agujero, porque entonces sí que estaría fuera de su control.

Por la mañana, cuando el ruido que hacía Jackie en la habitación lo despertaba de sus ligeras cabezadas en el sofá de la cocina, no recordaba ni una sola escena de la película que hubiera estado viendo por la televisión. Siempre tenía demasiadas cosas revoloteándole por la cabeza.

5

Dan volvió a empujar la puerta de la habitación de Josh, pero debía de haber algo al otro lado que impedía que se abriera más que unos centímetros. De rodillas en el suelo estiró el brazo por la rendija y consiguió sacar una zapatilla de deporte Nike que se había atascado haciendo de cuña por debajo de la puerta. Abrió entonces del todo, y el fuerte hedor de la habitación sin ventilar casi lo echó para atrás. Respiró hondo y se adentró en la oscura guarida de su hijo con la misma cautela que si estuviera recorriendo un campo de minas, esquivando las pilas de ropa sucia tirada por todas partes. Consiguió llegar al otro lado sin pisar a ninguno de los amigos de Josh, que solían quedarse a dormir con él con demasiada frecuencia. Retiró las cortinas y abrió la ventana de par en par antes de volverse para inspeccionar el habitáculo de su primogénito.

Era casi macabro, como una escena de película después de una incursión de la policía secreta. Todos los cajones estaban abiertos y vacíos; las puertas de los armarios, de par en par; las estanterías, vacías, excepto por un calcetín que colgaba de una de ellas, como realizando un valiente esfuerzo por unirse a sus compañeros en el suelo. Las paredes estaban cubiertas de pósters, unos encima de otros, muchos torcidos. La mayoría mostraban el perturbador rostro del rapero favorito de Josh, Eminem. Y allí, en la cama, completando la escena de violento caos, se hallaba el propio Josh, tumbado boca abajo sobre las sábanas arrugadas, con la cabeza bajo una almohada flácida que era lo único que cubría su cuerpo desnudo.

Dan se quedó mirándolo: los brazos fuertes, los anchos hombros, la espalda esbelta, las nalgas tersas, el vello oscuro de sus piernas... Y se echó a reír. ¿Cómo era posible que Josh, un bebé tan rubio y tan mono, se hubiera transformado en aquel... apático monstruo?

Dan suspiró con nostalgia, dándose cuenta de que aquella no era la actitud adecuada. Tiró sobre una silla la zapatilla Nike, que era la clave del problema, cogió a Josh por un pie y le dio una buena sacudida.

—Josh... —llamó, aunque su voz sonó apagada en los confines acolchados de ropa de la habitación. Su hijo ni siquiera se movió—. Vamos, Josh, que es hora de levantarse. —Tiró de él por los tobillos, alejándolo de la almohada. Josh se había quedado doblado en el borde de la cama, y Dan no pudo resistir la tentación de terminar de despertarlo con un fuerte azote en las nalgas desnudas.

Josh giró la cabeza despacio y entornó los ojos.

—Vete por ahí, papá. Me has hecho daño.

Dan cogió la sábana que había a los pies de la cama y la arrojó sobre su hijo.

—Me temo que a veces hay que hacer algo drástico.

Josh dejó caer la cabeza de nuevo sobre la cama.

—Ya te había oído.

—Pues entonces deberías haberte levantado, ¿no crees?

—¿Qué hora es?

—Las doce y diez.

Josh lanzó un gruñido.

—Pero yo no empiezo a trabajar hasta las siete de la tarde. No tengo que levantarme.

—Sí que tienes que levantarte, sí. En la vida hay otras cosas, aparte de colocar latas en el supermercado y hacer que te estalle la cabeza toda la noche en un maldito bar.

—¿Sí? ¿Como qué?

—Como ordenar tu cuarto, para empezar.

Josh se incorporó en la cama y se tapó el regazo con la sábana. Echó un vistazo a la habitación a través de una cortina de pelo y arrugó la nariz con gesto perplejo.

—Joder, si lo ordené hace dos días.

—No sé por qué, pero no te creo.

—Es verdad.

—Pues se ve que en dos días te has puesto toda la ropa que tienes.

Josh sonrió de mala gana.

—Sí, tienes razón. Eso ha debido de ser.

Dan recogió del suelo un par de pantalones. Eran demasiado grandes para el delgado talle de su hijo, pero así era como le gustaban. Los llevaba tan bajos en las caderas que siempre quedaba al descubierto gran parte de la ropa interior. Dentro de los pantalones había un par de calzoncillos rojos con cupidos. Dan tiró las dos cosas en la silla donde había dejado la zapatilla Nike y se sentó en la cama.

—¿Qué tal anoche?

Josh se apartó el pelo de la cara y Dan lo observó. Se parecía mucho a él: las cejas pobladas, los ojos oscuros, el puente alto de la nariz. Pero el aro de oro que le adornaba la oreja izquierda era solo de Josh.

—Bien. El discjockey era bueno.

Dan no tenía muchas ganas de conocer más detalles de las escapadas nocturnas de su hijo, de manera que se puso a hojear el libro que había en la mesilla, *Las uvas de la ira*, de Steinbeck.

—¿Lo estás leyendo? —preguntó sorprendido.

—Sí. Es un escritor genial. Tiene una gran economía de lenguaje.

Dan dejó el libro con un suspiro.

—Ay, Josh, hijo mío, ¿qué vas a hacer con tu vida? Eres demasiado inteligente para perder el tiempo de esta manera.

Josh lo miró con gesto desafiante.

—Pues no lo sé. ¿Qué vas a hacer tú con la tuya?

Dan lanzó una carcajada y le revolvió el pelo.

—¡Bien contestado! —dijo, levantándose—. La verdad es que

en este momento no lo sé muy bien, pero seguro que ya surgirá algo.

Josh asintió.

—Sí, justamente lo que yo pienso.

Dan se fue abriendo camino hacia la puerta dando patadas a la ropa.

—Anda, llévate esto abajo y pon la lavadora. Cuando vuelva lo tendemos a secar.

—¿Adónde vas?

—Voy a comer con Nick Jessop en el King's Head. —Dan se volvió al llegar a la puerta—. Por cierto, mientras estoy fuera podrías sacar a pasear a los perros. Y llévate una bolsa de plástico, por si a Biggles le da por hacer de las suyas otra vez.

Josh puso cara de auténtico asco.

—¡De puta madre! —murmuró entre dientes—. Oye, papá...

Dan ya había salido, pero volvió a asomarse a la puerta.

—Dime.

Josh cerró la boca, como si no quisiera hablar.

—¿Qué pasa? —insistió Dan.

—Es que... bueno... —El chico se inclinó y comenzó a toquetearse las uñas—. Las cosas no van muy bien entre mamá y tú, ¿no?

Dan reflexionó un momento.

—¿Por qué lo dices?

—Porque os he oído esta mañana.

—¿Cuándo?

—Esta mañana. Antes de que ella se fuera a trabajar. Estabais hablando en la escalera.

Dan alzó las cejas.

—Vaya, no sabía que hablábamos tan alto como para despertarte.

—Estaba en el baño, bebiendo agua.

—Ya. Bueno, no lo sabía.

—O sea que no van bien, ¿no?

—¿El qué?

—Las cosas entre mamá y tú. Os pasáis la vida discutiendo.

—Tampoco es para tanto.

Josh movió la cabeza con ademán desdeñoso, pero no alzó la vista.

—¿A quién intentas engañar?

A mí mismo, evidentemente, pensó Dan.

—No pasa nada, Josh. Es solo que... estamos atravesando una situación un poco difícil, ahora que tu madre se pasa el día trabajando y yo estoy en el paro. Cualquier relación se resentiría un poco.

Josh asintió, pero era obvio que no estaba muy convencido.

—Y además las niñas se están pasando mucho —comentó—. Últimamente te traen de cabeza, ¿verdad?

Dan sonrió ante la súbita preocupación de su hijo.

—Hombre, tampoco es eso. Y por otro lado es comprensible. Las dos tienen una edad en la que la vida puede ser... bueno, bastante traumática y yo no se lo he puesto más fácil precisamente al cambiarlas de colegio. El nuevo no les gusta mucho y, por supuesto, me echan la culpa a mí.

Josh lanzó una carcajada desdeñosa.

—¡Menuda chorrada! Lo que pasa es que eres muy blando con ellas porque son niñas. A mí tampoco me gustaba mi colegio y tú siempre me decías que tenía que aguantarme. —Josh se puso a recoger la ropa—. O a lo mejor es que ahora tienes tiempo para darte cuenta de que Millie y Nina no están a gusto.

Dan se rascó la cara con un dedo, pensando en el argumento apropiado para rebatir a Josh, pero no se le ocurrió ninguno.

—Puede que tengas razón —aceptó por fin, apoyándose contra el marco de la puerta—. Así que me estás diciendo que yo tengo la culpa de que dejaras la facultad.

Josh se echó a reír.

—No, hombre, no. La verdad, si me hubieras mandado a otra, habría pasado lo mismo. Siempre he tenido aversión a cualquier forma de educación.

Dan sonrió y se agachó para recoger una pila de ropa.

—Me llevo esto a la lavadora. Tú baja lo demás.

6

Sucedió exactamente un mes y dos días después de perder el trabajo. En el momento en que dieron la noticia por la radio él estaba en la cocina haciéndose un café instantáneo y un bocadillo para almorzar. Se había quedado paralizado con la cucharilla sobre la taza. Cuando el locutor finalizó, prometiendo mantener informados a los oyentes a medida que llegaran nuevas noticias, y comenzó de nuevo la absurda musiquilla, solo habían caído dos granos de café en la taza. En la plétora de artículos que llenaron los periódicos las siguientes dos semanas, se hizo evidente que muchísima gente iba a recordar exactamente y con todo lujo de detalles lo que estaba haciendo en aquel momento.

Dan encendió de inmediato la televisión para contemplar paralizado las escenas que retransmitían en directo desde Nueva York. Conocía muy bien el edificio. Lo había visto muchas veces, aunque le resultaba imposible juzgar a partir de las fotografías movidas cuál de las torres había sufrido el impacto. Cuando al fin se dio cuenta de que la que albergaba la sede de la empresa para la que había trabajado quince años parecía indemne, pensó que sus colegas estarían bien y podrían escapar. Pero la sensación de alivio duró solo un instante, porque enseguida vio horrorizado y pegado a la pantalla que otro avión se estrellaba contra la segunda torre. En cuanto logró despegarse de las imágenes de la catástrofe intentó llamar a su antigua oficina en la City, pero las líneas estaban bloqueadas. Luego probó con Nick Jessop, un antiguo colega que había perdido su trabajo a la vez que él. La criada le informó que el señor Jessop había sacado a pasear a su hijo pequeño. Al principio a Dan le costó creer que Nick fuera capaz de seguir adelante con su rutina diaria cuando veinte minutos antes había sucedido algo que iba a cambiar el mundo para siempre. Pero, claro, lo más probable era que Nick ni siquiera se hubiera enterado.

—Dígale que ponga la televisión en cuanto llegue —se despidió de la mujer.

Estaba desesperado por hablar con alguien conocido, con algún amigo, de manera que llamó a Jackie. La recepcionista le dijo que su mujer se encontraba en una reunión y había dejado órdenes de que no la molestaran. Dan gritó tales palabrotas que al cabo de diez segundos estaba hablando con Jackie.

—Espero que sea algo urgente de verdad —comenzó ella—, porque estoy en una reunión muy importante. Y, además, que no se te ocurra volver a hablarle así a mi recepcionista.

Dan se limitó a decirle que en cuanto terminara la reunión pusiera la radio o la televisión.

Y entonces se acordó de la presencia de Josh, arriba en la cama. Subió a toda prisa e irrumpió en la habitación con tal vehemencia que Josh se despabiló de inmediato. A pesar de su sopor el chico se dio cuenta de que algo iba mal.

—¿Qué pasa, papá? —preguntó preocupado—. ¿Por qué lloras?

Dan no se había dado cuenta hasta entonces de que estaba llorando.

—¿Puedes bajar a ver la tele un momento?

—¿Por qué? —preguntó Josh, poniéndose apresuradamente unos calzoncillos—. ¿Qué ha pasado?

—No estoy muy seguro, pero creo que acabo de ver morir a un montón de amigos míos.

Se pasaron el resto de la mañana delante del televisor, sin decir nada aparte de alguna que otra exclamación ante la magnitud de la catástrofe. Dan intentó varias veces contactar con su antigua oficina en la City, pero las líneas seguían ocupadas. Nunca en su vida se había sentido tan aislado.

Cuando por fin apareció en los periódicos una lista de desaparecidos, a los que se daba por muertos, Dan encontró a ocho amigos suyos y a otros tres colegas a los que había visto un par de veces. John Fricker había sido uno de sus mejores amigos, y en cuanto leyó su nombre recordó cada momento del fin de semana de otoño que había pasado en el norte de Nueva York con John y Debbie Leishman, otra colega del trabajo. Después de aquel fin de semana John y Debbie comenzaron a tomarse verdaderamente en serio su relación. Dan tenía su número de teléfono en la agenda, pero tardó una semana entera en reunir valor para llamar a Debbie. Cuando por fin habló con ella, no consiguió encontrar palabras para expresar sus sentimientos, de manera que se pasó un cuarto de hora escuchando las manifestaciones de absoluta incomprensión y desolación al otro lado de la línea.

Cuando colgó el auricular, allí solo en su estudio, Dan comenzó a reevaluar su vida entera. Sus problemas parecían ahora insignificantes. Pensó en lo afortunado que era al tener una familia, en lo orgulloso que estaba de su hijo de diecisiete años, que había tenido el coraje y la sensibilidad de sentarse con él y ponerle el brazo por los hombros con gesto protector mientras veían las desoladoras escenas de Nueva York. Pensó en las niñas, descontentas en su nuevo colegio, y se prometió que siempre estaría allí para ayudarlas. Al fin y al cabo aquello no era más que un momento difícil en sus vidas. Y pensó en lo trivial que era haber perdido su gran trabajo en la City. Había tantas otras cosas por las que alegrarse... A partir de entonces pensaba ser feliz, estaba dispuesto a disfrutar y a ser un apoyo para su familia, que lo necesitaba.

Sin embargo, hubo un aspecto de aquel día que Dan no pudo comprender y que dejó en su interior un vacío allí donde antes había sentido el calor del amor y la amistad. Durante aquellas interminables y terribles horas del 11 de septiembre, cuando familias de todo el mundo, que no tenían ninguna relación con las víctimas del atentado, se llamaban unas a otras solo para estar en contacto, para sentirse unidas, Jackie no se había molestado en llamarlo.

7

Cuando Dan entró en el King's Head, solo quedaba sitio de pie. Muchos se veían obligados a mantener los platos en equilibrio encima de los vasos para liberar una mano y poder comer, de manera que tardó un buen rato en abrirse paso hasta la barra. Intentó llamar la atención de Martin, el dueño, pero el hombre estaba muy ocupado sirviendo a varios clientes en el otro extremo del bar, de manera que Dan se volvió hacia Minty, una chica de Nueva Zelanda que apenas llevaba trabajando unos meses. En aquel momento atendía a un vociferante y joven ejecutivo que se había quitado la chaqueta y llevaba unos llamativos tirantes rojos y una camisa azul oscuro de cuello blanco y almidonado. Dan se consideró afortunado por no tener que volver a llevar el uniforme de la City. Se sentía mucho más a gusto con sus vaqueros, su chaqueta de cuero y sus zapatillas de deporte. Le gustaba que nadie pudiera ya encasillarlo en un trabajo determinado.

El hombre se inclinó sobre la barra para hablar con Minty en un tono de arrogancia y seguridad que obviamente implicaba que la chica no tenía más remedio que encontrarlo tremendamente atractivo. Minty le dio el cambio con una sonrisa deslumbradora y por fin vio a Dan.

—Hola, Dan —saludó enjuagándose rápidamente las manos bajo el mostrador y sacudiéndolas luego para secárselas—. ¿Qué te pongo?

—Una pinta de Young's, por favor.

—Ahora mismo.

Dan echó un vistazo a la muchedumbre.

—No habrás visto a Nick por aquí, ¿verdad?

Pero, antes de que Minty tuviera tiempo de contestar, se oyó un ruido que resultaba muy extraño en un atestado pub de Londres. Por encima del ensordecedor bullicio de voces sonó un alegre gritito que solo podía provenir de un cliente de muy corta edad y que provocó un instante de silencio mientras todas las cabezas se volvían hacia el origen del ruido, aunque el interés del gentío no duró mucho y las voces no tardaron en subir de nuevo de volumen. Dan, sin embargo, no tuvo que deducir la causa de la conmoción. Solo a una persona se le podía haber ocurrido la peregrina idea de llevar a un bebé de cinco meses a un pub lleno de humo, y al parecer la persona en cuestión estaba por allí, cerca de la máquina expendedora de tabaco.

Dan y Minty se sonrieron.

—Vale —dijo Dan—, me parece que ya sé dónde está.

Vio a Nick Jessop de pie detrás de una mesa, con la pinta de un canguro angustiado por haber perdido a su cría. Llevaba colgada una mochila portabebés vacía y contemplaba con una sonrisa inquieta al pequeño Tarquin, ataviado con su resplandeciente y diminuto uniforme del Chelsea Football Club. Una anciana con la boca pintarrajeada y rosetones de colorete en las mejillas hundidas arrojaba al voluminoso bebé al aire una y otra vez. De cuando en cuando cejaba en sus esfuerzos para fortalecerse con un trago de gin-tonic y una honda calada a su cigarrillo. Luego, animada por los gritos del niño, que pedía más, volvía a lanzarlo por los aires a pesar de que se le doblaban las rodillas. Cada vez que atrapaba a Tarquin, la anciana resollaba. Dan pensó que era como si una araña intentara atrapar una bala de cañón.

Su llegada a la mesa fue suficiente para interrumpir aquel número de circo y Nick, con evidente alivio, logró recuperar a su único hijo de las garras de la mujer.

—Gracias a Dios que has venido —resopló mientras colocaba a Tarquin en la esquina del banco y acallaba sus protestas con un chupete—. Me daba que en una de esas la tía iba a calcular mal y se pondría a beber y a fumar mientras Tarquin estaba todavía en el aire.

—Pues me parece que te lo has buscado tú solito —replicó Dan, poniendo la cerveza en la mesa y adueñándose de la silla que Nick le había reservado—. A quién se le ocurre traerlo al pub.

—No tengo más remedio. Laura trabaja ahora todo el día y de momento no tenemos canguro. Además, a Tarquin le gusta estar con gente. —Nick se inclinó sobre su hijo y le hizo una pedorreta en la barriga—. ¿A que sí, pequeñajo?

—¿Qué tal va todo? —preguntó Dan en un intento de entablar una conversación adulta.

Nick colocó mejor a Tarquin y se volvió hacia Dan.

—Pues bastante bien, la verdad. De hecho tengo una cosa que podría interesarte. —Nick sacó de debajo de la mesa una maltrecha cartera de piel y, con un guiño, blandió un folio—. ¿Estás listo?

—Me muero de ganas —contestó Dan, aunque ni muchísimo menos tan entusiasmado como su amigo.

Nick puso el papel sobre la mesa y se arrellanó en el banco con una sonrisa de oreja a oreja. Se trataba de un dibujo de lo que parecía un plátano gigante con un insecto muerto en el extremo superior. Dan miró a Nick, carraspeó y siguió mirando el dibujo. Tal vez fuera un elfo anoréxico sentado en una luna.

Por fin movió la cabeza.

—No, lo siento, pero no sé lo que es.

Nick frunció el entrecejo.

—¿Cómo que no sabes lo que es? Pero si es evidente.

Dan se dio cuenta de pronto de que la importancia del dibujo no radicaba tanto en su contenido como en la habilidad artística que implicaba.

—Es muy bueno. Tiene un futuro brillante.

—¿Quién?

—Tarquin.

Nick le arrebató el papel.

—Ya, muy gracioso. Oye, puede que yo no sea Van Gogh, pero la idea es genial.

—Pues más vale que me la expliques, porque a mí no me parece tan evidente como tú dices.

Nick volvió a ponerle el folio delante y le dio un golpe con el dedo.

—He diseñado una silla de niños para el coche.

Dan miró de nuevo el plátano y suspiró. ¿Por qué será que cuando la gente tiene a su primer hijo a una edad avanzada se cree que nadie en el mundo ha tenido antes hijos, o que todos los conocimientos sobre los cuidados rudimentarios de los niños han sido compilados por un cretino?

—¿Y qué les pasa a las que venden en las tiendas? —preguntó.

—Que se han quedado antiguas. Esto es tecnología punta.

Dan se echó a reír.

—Nick, tú eres banquero. ¿Qué demonios sabrás sobre diseño y tecnología?

Nick lo miró indignado.

—Pues, para que lo sepas, cuando iba al colegio era muy bueno haciendo maquetas.

—Vaya, pues no sé yo si con ese currículum vas a impresionar mucho a los compradores. A ver, ¿cómo piensas fijar la silla al coche? No será con pegamento, ¿no?

Nick se inclinó sobre la mesa y lo miró fijamente.

—Pues, ahora que lo dices, no es mala idea.

A Dan se le borró la sonrisa de la cara.

—No hablarás en serio.

Nick sonrió.

—No, pero es una idea revolucionaria.

—Muy bien —dijo Dan, reclinándose en el asiento y cruzándose de brazos—. Anda, cuéntamelo.

—¡Vale! Se me ha ocurrido la idea de hacer una silla sin correas de ningún tipo.

—¿Ah, sí?

—Espera, espera. —Nick movió las manos como si acariciara

una bola invisible—. Una vez que pones al niño en la silla, la vuelcas hacia arriba de manera que el culo esté en el punto más bajo de la estructura, y los pies y la cabeza hacia arriba, es decir, que el único movimiento que podría hacer sería hacia arriba, y, como ya sabes, eso es imposible en un coche.

—A menos que te salgas de la carretera y des diez vueltas de campana.

Nick miró a Dan como reprochándole su actitud negativa.

—No se puede conducir con tanta imprudencia llevando un niño en el coche.

Dan se echó a reír. Era imposible razonar con Nick.

—De acuerdo, como quieras. Pero ¿qué tienen de malo las correas?

—Que son incomodísimas para los niños pequeños.

—Ya. Pues entonces lo mejor sería meterles el culo en un cubo y encajarlos detrás del asiento.

Nick movió la cabeza.

—Vamos, Dan, haz un esfuerzo por entenderlo —pidió, apuntándole al pecho con un dedo—. Quiero que seas tú el que dirija el marketing del producto.

—¡Pero qué dices! —exclamó Dan horrorizado—. Mejor nos iría vendiendo rifles Kalashnikov en las jugueterías!

—Te pagaría, por supuesto.

—¿Ah, sí?

—Bueno, irías a comisión. Y no me digas que no te vendría bien ganar unas perras.

Dan sonrió con afecto. Quizá no debería mostrarse tan escéptico. Al fin y al cabo Nick solo quería ayudar.

—Te agradezco mucho que hayas pensado en mí, Nick. Mira, ¿sabes qué?, ya hablaremos más despacio cuando hayas encontrado un fabricante.

Nick blandió el puño con entusiasmo.

—Buena idea. —Metió de nuevo el papel en su cartera y echó un vistazo a Tarquin, que se había quedado dormido—. Oye, tengo un plan para mañana.

—¿Qué plan?

—Podríamos ir a cortarnos el pelo y afeitarnos a Trumpers, como en los viejos tiempos.

Dan lanzó una carcajada.

—No es mala idea, pero en primer lugar no necesito pelarme, en segundo lugar tampoco podría pagarlo y en tercer lugar, por si se te ha olvidado, mañana tenemos que ir a sellar al paro.

—Ah. Es que quería decirte también otra cosa. Lo de ir a Trumpers era además para celebrar algo.

—¿Y qué quieres celebrar?

—Pues que ayer me borré del paro. Tengo trabajo.

—¿Dónde?

—En la City. Con Broughton's.

Dan enarcó las cejas.

—¡Hombre, felicidades! ¿Cuándo empiezas?

—Dentro de dos semanas, el lunes. Lo único es que tengo que encontrar canguro para Tarquin. No creo que les haga mucha gracia que me lo lleve a la oficina. Oye, ¿tú no querrías…?

—De eso ni hablar.

—Claro, claro. Bueno, era solo una idea.

—Así que no dependes de la silla de niños para hacerte rico.

—No, era solo para ganar un dinerillo extra.

Dan lanzó una carcajada.

—Pues menos mal.

Nick por fin le vio la gracia a las bromas de Dan.

—Sí, puede que tengas razón. —Apuró su cerveza y se puso a dar vueltas al vaso sobre la mesa—. Oye, cuando lleve una temporadita trabajando en Broughton's, intentaré recomendarte.

Dan movió la cabeza.

—No te molestes. No pienso volver a la City.

—¡Vamos, hombre! ¿Cómo no vas a volver, con lo bueno que eres? No entiendo que no hayas recibido ninguna oferta desde el once de septiembre.

Dan le guiñó el ojo.

—No, si ofertas he recibido, lo que pasa es que no he dicho

nada. De hecho me han llamado seis o siete veces, pero he dicho que no.

—Pero ¿por qué? Tienes que trabajar, Dan —insistió Nick, casi en tono de desesperación.

—Y pienso trabajar, pero no en la City. Me parece que me he ablandado demasiado para volver a la jungla de las altas finanzas. Además, yo ya he sacado bastante tajada a lo largo de los años. Me parece que ha llegado el momento de dar un poco también.

Nick lo miró con la boca abierta.

—Eso suena fatal. No estarás pensando en meterte a cura o algo así, ¿no?

—¡Pero qué dices! ¿Tú me ves a mí con sotana?

Nick se estremeció.

—No, no, claro. Qué tontería. ¿Qué tienes pensado, entonces?

—Pues no lo sé, pero ya se me ocurrirá algo. —Aquella frase le sonaba. Dan sonrió acordándose del comentario de Josh, hacía un par de horas.

Tarquin gorjeó en el banco y movió los párpados amenazando con despertarse, pero al momento giró la cabeza y volvió a quedarse quieto. Nick lo tapó con su chaqueta.

—¿Has tenido alguna noticia de Debbie Leishman? —preguntó.

—Recibí un e-mail suyo hace dos días.

—¿Qué tal está?

—Más o menos. ¿Sabías que ha tenido un niño?

—Qué va. ¿Cuándo?

—En junio.

—¡Increíble! —Nick frunció el entrecejo—. ¿Tú crees que será de John?

—Pues claro que es de John. Debbie ni siquiera sabía que estaba embarazada cuando John murió en las torres.

Nick chasqueó la lengua.

—Menuda putada. Claro que por otro lado es maravilloso que le haya quedado algo de él para toda la vida, no sé si me entiendes.

—Mejor hubiera sido estar casada con él. Así por lo menos recibiría alguna compensación.

—¿Todavía le mandas dinero?

—Lo que puedo, sí. Aunque no creo que a Jackie le hiciera mucha gracia enterarse de que estoy manteniendo a otra mujer.

Nick se apartó de la cara un mechón de pelo rubio.

—¿Cómo van las cosas con Jackie? ¿Sigue igual de distante?

Dan soltó una carcajada.

—No, ahora las que están distantes son las niñas. Jackie se ha convertido en un témpano —añadió con un suspiro—. Pero yo sigo sonriendo como si nada, preparándoles comidas semideliciosas y soltando alegres comentarios, que no hacen gracia a nadie, con la esperanza de que mi alegría contagiosa nos mejore la vida a todos.

—¿Y has hecho algún progreso a ese respecto?

—No, la verdad —reconoció Dan—. Lo único que consigo es ponerlos negros a todos.

Nick se puso a tamborilear pensativo con los dedos en la mesa.

—Escucha, ¿por qué no te vas de Londres unos días? Podrías llevarte a toda la familia de vacaciones una semana.

Dan movió la cabeza.

—El colegio acaba de empezar, Nick. No se puede uno llevar a los críos por ahí cuando le da la gana. Claro que tú todavía no tienes que pensar en esas cosas —añadió mirando a Tarquin—. Además, Jackie tiene la semana de la moda en París, así que no querría venir.

—Pues vete a París con ella. Que se quede la abuela de Battersea con los niños.

Dan sonrió. Cuando su padre había muerto, dos años atrás, él había sacado a su madre de su casa de protección oficial para llevársela a un pisito en Battersea, con vistas al Támesis. Desde entonces todo el mundo la llamaba la abuela de Battersea.

—Sí, tal vez se lo comente esta noche a Jackie, cuando vuelva a casa.

Nick asintió con la cabeza.

—Bien. —Luego se inclinó sobre su hijo y sacó un periódico del bolsillo de la chaqueta—. Y ahora vamos a hablar de cosas más importantes. ¿Te vienes a Stamford Bridge el sábado?

—¿Quién juega?

—El Chelsea contra el Spurs. El primer encuentro de la temporada. —Nick dobló el periódico por la última página y se lo tendió a Dan—. A lo mejor te apetece venir a animar a tu viejo equipo.

Dan echó un rápido vistazo al artículo.

—No sé. No puedo hacer planes hasta que sepa qué va a hacer Jackie.

—¡Vamos, hombre! —lo animó Nick—. Será como en los viejos tiempos.

—¡Los viejos tiempos! —exclamó Dan echándose a reír—. Nick, cada vez que hemos ido juntos a ver un partido hemos terminado cada uno en un extremo del campo gritándonos insultos.

—Bueno, pues tráete una bufanda del Tottenham. A mí no me importa ser hincha del Spurs por un día.

Dan enarcó las cejas sorprendido.

—Oye, no me digas que hablas en serio.

—Claro que sí. Yo hago lo que sea por un viejo amigo.

—Pues eso desde luego sería un sacrificio increíble. ¿Cuántas entradas puedes conseguir?

—¿Cuántas quieres?

—Una para Josh.

Nick hizo un gesto con el pulgar hacia arriba.

—Lo intentaré. —Cogió el vaso vacío y se puso en pie—. Oye, échale un vistazo a Tarquin, que voy por un par de cervezas. ¿Quieres algo de comer?

—Si quieres nos partimos un bocadillo.

—Vale, ahora vengo. —Al pasar junto a Dan le dio una palmada en el hombro—. Y mientras tanto piensa cómo podemos mejorar el diseño de la silla.

8

Esa tarde, cuando estaba en su despacho buscando desesperadamente un e-mail que había desaparecido de la pantalla, un fuerte olor le indicó que la comida de gourmet que con tanto esmero había preparado se estaba convirtiendo rápidamente en carbón. Se levantó de un brinco y bajó los escalones de dos en dos. En cuanto abrió el horno una nube de humo le dio en la cara. Agarró un guante y, después de sacudirlo para aclarar el aire, sacó del horno el asado achicharrado y salió corriendo con él al jardín. Notando que el calor de la fuente empezaba a traspasar el guante, miró desesperado alrededor buscando una superficie sobre la que ponerla. Al final decidió dejarla en la bandeja de comida para pájaros.

Se quitó el guante, se sopló los dedos y contempló desanimado el bulto ennegrecido a que había quedado reducido su lomo de cerdo con laurel.

—¡Maldita sea! —exclamó entre dientes mientras volvía a la cocina.

El humo había subido hasta el techo y pendía sobre su cabeza como una bruma marina. Entonces se dio cuenta de que no se encontraba solo. Millie estaba sentada a la mesa, con la barbilla apoyada en las manos y los deberes extendidos sobre la larga superficie de pino. Aunque no parecía que la niña estuviera aprendiendo gran cosa, a menos que hubiera encontrado la manera de adoctrinar su cerebro con unos enormes auriculares Sony en las orejas mientras veía un vídeo del culebrón del día.

Dan cerró la puerta con el pie y dejó el guante sobre el mostrador.

—Millie, hija, ¿cómo no me has llamado? Se podría haber incendiado la casa.

Millie se sacó una tira de chicle de la boca y volvió a metérsela con la lengua sin decir nada. Dan se puso tras ella y le quitó los auriculares.

—¡Millie!

Su hija pegó un brinco en la silla.

—¿Qué?

—Que se ha quemado la cena. Se ha achicharrado del todo.

—¿Y a mí qué? ¿Yo qué culpa tengo?

—No te estoy echando la culpa de nada. Pero ¿no te has dado cuenta del humo que había, que no se podía ver ni la tele?

Millie volvió a apoyar la barbilla en las manos y miró el televisor.

—¿Cómo querías que supiera que no era cosa del programa?

—Hombre, pues por el olor a quemado, por ejemplo.

—No me había dado cuenta.

—Ya, seguro. Y yo que te creo.

Millie se giró en la silla y tendió las manos con aire inocente.

—¡Es verdad! ¿Cómo iba a darme cuenta? Estaba oyendo música.

Dan se quedó sin palabras. Miró pasmado los auriculares conectados al CD portátil que seguía sonando ensordecedor, preguntándose si su hija no tendría algún espantoso defecto de oído. Por fin aceptó el argumento como lo que era, una incongruencia de su hija para que no la molestara durante su vigilia nocturna con el culebrón.

—Vale —suspiró por fin—. ¿Dónde está Nina?

—Arriba, tocando la flauta —contestó Millie sin apartar la vista del televisor, donde Barbara Windson dejaba sobre el mostrador del pub Queen Vic otra cerveza enorme.

—¡Pero si acaba de tener un concierto! ¿Es que no ha tocado bastante por hoy?

—Dice que ha tocado fatal.

—Vaya, pues a mí me pareció un concierto estupendo. ¿Quién le ha metido esa idea en la cabeza?

Millie lo miró de reojo.

—Seguramente todos los de la orquesta o todos los del colegio.

Dan movió la cabeza.

—Vamos, Millie, las cosas no pueden ir tan mal, ¿no?

—¡Seguro que no! —masculló ella.

Dan dejó los auriculares en la mesa.

—Bueno, a ver si nos animamos un poco. Voy a encargar la cena. ¿Qué te apetece, comida india o china?

Millie se despabiló de pronto.

—¿Podemos pedir *sushi*?

—No, no podemos.

—¿Por qué no?

Dan se puso una mano en la cadera y apoyó la otra en la mesa mientras pensaba en su respuesta.

—En principio por dos razones. La primera, porque el restaurante de *sushi* más cercano está en Victoria, y la segunda porque el coche se ha puesto temperamental y no quiere arrancar, así que no hay forma de ir a buscarlo.

Millie volvió a apoyar la cabeza entre las manos.

—¿Y por qué no llamas a mamá para que nos lo traiga cuando venga?

—¿India o china, Millie?

Millie volvió a concentrarse en la televisión.

—Me da igual.

Dan tiró a la basura las tres tapas de cartón.

—A ver, en el menú de esta noche tenemos pollo al curry, pollo al limón y arroz *pilau*. —Sacó del cajón una paleta de servir y se quedó con ella en la mano—. ¿Qué os apetece? Ni, tú primero.

Millie y Nina seguían pegadas al televisor, tal como Dan se las había encontrado cuando entró en la cocina con las dos bolsas de plástico azul.

—¿No podemos apagar un rato la tele? —preguntó.

Era como hablarle a una pared. Dan se acercó a la mesa, tendió el brazo sobre el hombro de Millie y le quitó el mando. La pantalla quedó en blanco, pero no se oyó ninguna queja. Las niñas parecieron aceptarlo con absoluta indiferencia.

—Tengo que ir al servicio —anunció Millie levantándose.

—¡Pero bueno! Podrías haber ido cuando yo estaba fuera.

—Entonces no tenía ganas.

Dan suspiró resignado.

—Está bien. Ni, ¿tú qué quieres?

Nina echó un vistazo a la comida con gesto de total repugnancia.

—¿Eso qué es?

—Acabo de decirlo: pollo al curry, pollo al limón y arroz *pilau*.

—¿No has traído tortas fritas?

—Sí. Las he metido en el horno para que no se enfríen.

—¿Qué es lo que pica menos?

—Creo que el pollo al curry.

—¿No puedo comer solo unas tortas fritas con arroz?

—No, tienes que comer algo más.

—¿Por qué?

—Pues porque... lo he traído para vosotras, por eso.

—Podrías dejar mi parte en la nevera, para Josh. A él no le importa comer cualquier cosa.

Dan decidió que ya había razonado bastante. Sirvió en un plato un poco de arroz y pollo al curry y se lo tendió a Nina.

—Si sacas las tortas fritas del horno, te puedes comer las mías.

Mientras Nina llevaba su plato a la mesa, Millie entró en la cocina y Dan le tendió un plato ya lleno. No pensaba tener la misma historia con ella.

—¿Podemos poner otra vez la tele? —preguntó Millie.

—No, no podemos. —Dan metió los restos de comida en el horno antes de llevar su plato a la mesa.

Millie lanzó un gruñido.

—¿Por qué no? —quiso saber Nina.

Dan les tendió un tenedor a cada una.

—Porque en lugar de ver la tele, podríamos hablar.

—¿Hablar de qué? —protestó Nina de mala gana, jugueteando con el arroz del plato.

—No sé. ¿De qué os gustaría hablar?

Las dos se quedaron en silencio. Dan comió un bocado, esperando que alguna dijera algo, pero no dio resultado.

—Muy bien. Ni, a mí me ha parecido que el concierto ha salido de maravilla.

—¡Papá, tú eres tonto! —exclamó Millie apretando los dientes—. ¡Ya te he hablado de eso!

Dan no le hizo caso.

—Yo creo que has tocado muy bien.

—Qué va —murmuró Nina.

—Pues es lo que yo pienso. Y sé que la señorita Partridge piensa lo mismo.

Millie y Nina se volvieron a la vez hacia él, ceñudas.

—¿Quién es la señorita Partridge? —quiso saber Millie.

—Vamos, Millie. Sabes perfectamente que es la profesora de música de Nina.

Las dos se quedaron mirándolo con la boca abierta y de pronto se echaron a reír con tal brusquedad que Nina escupió la comida sobre la mesa.

—¡Nina! —gritó Dan, tendiendo la mano para limpiar las salpicaduras de arroz de la pantalla del televisor—. ¿Qué es lo que tiene tanta gracia?

Millie se volvió en su silla con los ojos chispeantes. Dan no había visto a su hija tan animada en toda la tarde.

—¿Y qué le dijiste a la señorita Partridge, papá? —preguntó—. No sería algo como: «Vaya, señorita Partridge, sí que ha tocado bien la orquesta hoy. ¿Cree usted que Nina sacará un sobresaliente en música, señorita Partridge?».

Dan no entendía nada, pero por lo menos había logrado hacer reír a sus hijas, cosa que no sucedía muy a menudo.

—Bueno, no con esas palabras, pero algo muy parecido, sí.

Nina tenía tal ataque de risa que se desplomó sobre la mesa y se dio un golpe en la frente. Era evidente que le había dolido, porque se incorporó de inmediato esbozando con los labios un silencioso «¡ay!».

Millie respiró hondo para dominarse.

—Papá, la señorita se llama Peacock, no Partridge.*

Dan se llevó la mano a la boca.

—¡No!

Millie asintió con la cabeza y se echó a reír otra vez.

—Vaya por Dios —murmuró él.

—¿Siempre la has llamado Partridge, papá? —logró preguntar Nina.

—Pues me parece que sí —contestó Dan, con cara de haberse comido un limón amargo.

Las niñas estallaron de nuevo en carcajadas en el momento en que su madre entraba en la cocina. Jackie contempló la cordial escena mientras se quitaba la gabardina.

—Vaya —dijo en tono cansado—. Sí que estáis contentos.

—No te imaginas por qué, mamá —dijo Nina, aprovechando el momento de distracción para tirar los restos de su pollo al curry a la basura.

—No, probablemente no —contestó Jackie distraída mientras se acercaba al teléfono para ver si tenía mensajes.

—Papá ha llamado Partridge a mi profesora de música, la señorita Peacock.

Jackie esbozó una media sonrisa mientras acariciaba el largo pelo oscuro de su hija.

—Siento no haber podido ir al concierto. Tenía mucho trabajo.

* *Peacock* es «pavo real»; *partridge*, «perdiz». *(N. de la T.)*

El brillo se apagó en los ojos de Nina.

—No pasa nada —contestó con voz queda.

Millie se levantó de la mesa.

—¿Podemos ir arriba a ver la tele, mamá?

—Sí.

—Gracias. Vamos, Ni.

Cuando las niñas se marcharon, Jackie se dejó caer en la silla de Millie. Dan llevó los platos sucios al fregadero.

—¿Qué tal el día? —preguntó mientras los aclaraba.

—Agotador.

Dan sacó la comida del horno.

—Me temo que hoy tenemos comida de encargo. Ha habido un pequeño desastre con el lomo de cerdo.

Jackie alzó a mano.

—Gracias, pero no tengo nada de hambre. He comido mucho.

—Bueno. —Dan echó un vistazo a los recipientes—. No voy a correr el riesgo de dárselo a los perros, porque sería tentar a la providencia. —Lo tiró todo a la basura y se limpió las manos con un trapo—. ¿Te apetece un vino?

—No, no te molestes. Creo que me voy a dar un baño y luego a la cama.

Dan se sentó junto a ella.

—¿Qué tal te ha ido con el escenógrafo?

—Vaya, te has acordado.

—Pues claro que sí. ¿Por qué no me iba a acordar?

—No sé... Oye, no vayamos a discutir ahora, que estoy muy cansada.

—¡No estamos discutiendo! ¡Era solo una pregunta!

—Está bien, lo siento. —Jackie enterró la cara entre las manos—. Estoy agotada.

Dan le dio una palmadita.

—No me extraña. Trabajas demasiado. ¿Seguro que no quieres un vino? —preguntó acercándose a la nevera—. Yo me voy a servir uno.

—Bueno, pero solo media copita.

Dan le tendió el vaso y volvió a sentarse.

—Oye, ¿cuándo es el desfile?

—Dentro de tres semanas.

—¿Y tienes que ir antes?

Jackie lo miró un momento antes de contestar.

—La verdad es que sí.

—Bien, porque había pensado en ir contigo.

—¿Cómo? —exclamó ella sorprendida.

—No sé, creo que necesitamos pasar un tiempo juntos, y sería la ocasión perfecta.

Jackie se mordió el labio.

—Dan, tengo que ir este fin de semana, te lo iba a decir ahora.

—Ah. Bueno. Podría llamar a la abuela de Battersea para que viniera, aunque es un poco repentino.

—Dan, voy a ir con Stephen.

Dan se quedó callado, como intentando recordar quién era Stephen.

—¿Stephen? —preguntó por fin.

—Nuestro director financiero.

—Ah.

—Se trata de trabajo, Dan. Tengo que entrar en negociaciones serias con los organizadores, y Stephen se ha ofrecido a echarme una mano.

Dan la miró sombrío.

—Espero que eso que has dicho sea una metáfora.

—No seas idiota. Sabes perfectamente a qué me refiero.

—Ya. ¿Y cuándo vuelves?

—El lunes por la tarde. Stephen piensa que es mejor que nos quedemos hasta el lunes, por si encontramos algún problema el fin de semana.

Dan se rascó la frente con un dedo.

—¿Y cómo es que nunca me habías hablado de ese tal Stephen?

Jackie lanzó un hondo suspiro.

—Quizá porque nunca te habías interesado por mi trabajo.

—Jackie, eso es una tontería y tú lo sabes.

—¿Sí? Pues si estuvieras tan al día en todo, sabrías que Stephen es el que ha montado Rebecca Talworth Design Limited, y creo que también le debo a él mi puesto de directora.

Dan ladeó la cabeza y le hizo un guiño.

—Parece todo un personaje, ese Stephen.

Jackie apuró su vino de un sorbo.

—Bueno, me voy arriba.

—Era una broma.

—Ese es tu problema, Dan, que siempre estás de broma. Tal vez deberías pensar en tomarte la vida un poco más en serio y conseguir trabajo de una maldita vez.

Jackie agarró su gabardina y salió de la cocina con un portazo. Biggles, que estaba escondido en su cesta en la galería, salió en silencio y apoyó la cabeza en la rodilla de Dan. Dan le dio una palmada.

—Biggles, chico, sabes ser mucho más oportuno que yo.

9

Dan aguardaba en su viejo Saab a la puerta de la iglesia de St. Bartholomew, en Battersea. Para matar el tiempo mientras llegaba su madre, intentaba encajar el mecanismo de la capota para no tener que volver hasta Clapham con la cabeza congelada. Lo cierto es que no había notado el frío hasta el día anterior, cuando fue a llevar a Jackie a la estación de Waterloo y la dejó junto a la terminal del Eurostar con su bufanda de lana atada en torno a la cabeza como una campesina rusa. Le habría gustado que Stephen el magnífico la viera de aquella guisa pero, al entrar en el edificio, Jackie se quitó la bufanda, se sacudió el pelo y recuperó su habitual aspecto impecable, por lo menos vista de espaldas. La verdad es que no se molestó en girarse ni para despedirse por última vez.

Dos niños salieron corriendo de la iglesia con unos dibujos en las manos, anunciando el final del servicio. Los chicos se escondieron detrás de un pilar de piedra, hablando muy animados, y luego salieron de un salto en cuanto vieron a sus padres. Ni la madre ni el padre mostraron reacción alguna al ver a sus vástagos. ¡Vamos, haced algo!, pensó Dan. Por lo menos podrían haberse llevado la mano al corazón o dar un respingo fingiendo un susto. Pero no, se limitaron a empujar a los niños delante de ellos y seguir andando por la calle sin interrumpir su animada conversación.

Dan observó la procesión de fieles que salían de la iglesia y estrechaban la mano al vicario, un hombre con aspecto de cigüeña. Un par de tipos con aire de militares, más tiesos que un palo, reían echando la cabeza hacia atrás, festejando la historia que sus esposas relataban al vicario con una sonrisa afectada. Había un grupo de cristianos recién convertidos, con su ropa humilde y sus sonrisas de pura bondad y radiante sinceridad. Una anciana con un gorro de lana encasquetado sobre una maraña de pelo pasó por delante del vicario sin decir una palabra, mascullando entre dientes. Llevaba sus pertenencias en siete bolsas de plástico cuyas asas se enredaban entre sus dedos sucios. Y luego estaban las beatas, que fregaban el suelo, pulían los metales, arreglaban las flores y organizaban actos benéficos entre semana a los cuales no acudían más que ellas. Vestían sus grises abrigos de domingo abrochados hasta el cuello y sombreros que parecían haber domado a garrotazos antes de adornar con ellos sus blancas permanentes. Llevaban los bolsos colgados del brazo y los guantes en la mano.

Dan jamás había comprendido por qué, hasta donde le alcanzaba la memoria, las ancianas siempre se habían vestido exactamente igual. ¿Es que nunca se habían puesto algo colorido y ajustado? ¿Jamás se habían pintado los labios de un rojo diabólico? ¿Acaso aquellos ojos, ahora tras gafas rosadas, jamás habían mirado con coquetería y descaro a algún jovencito al otro lado de la pista de baile? Era difícil de imaginar. Tal vez todas sufrieran una extraña metamorfosis al acercase a la cincuentena. Era como si entraran en una extraña nave industrial vestidas de mariposa para salir por el otro extremo como polillas jubiladas.

Gracias a Dios su madre no era así, pensó Dan. Acababa de salir, rolliza y saludable, con su gabardina rosa fucsia y el pelo gris rizado volando al viento. Destacaba entre las demás como una rosa en un huerto de coles. No era difícil imaginársela de joven, una vivaz adolescente con su faldita de vuelo y sus calcetines cortos que ganaba todos los concursos de baile celebrados en el salón de baile Metropole de Tottenham Hale.

Dan salió del coche para abrirle la puerta. Su madre lo saludó con la mano, pero se quedó hablando con una de las esclavas de la iglesia, sin duda fijando la próxima chispeante reunión del club «Frota hasta reventar por el bienestar de la iglesia».

—Hola, cariño —dijo por fin, ofreciendo la mejilla para recibir un beso—. Madre mía, menudo frío ha caído de repente. ¿Qué ha sido del veranillo de San Martín que el señor Fish, ese hombre tan simpático, prometió en la tele? —La mujer le sacudió la solapa de la chaqueta de cuero—. ¡Y tú sin jersey! Te creerás que vas muy guapo con eso, pero vas a pillar una pulmonía.

—Estoy bien, mamá —replicó Dan—. La verdad es que hasta tengo calor. —Por Dios, pensó, tengo casi cuarenta y un años y todavía tengo que darle explicaciones.

—Bueno, si tú lo dices. —La mujer suspiró mientras entraba en el coche. Dan cerró la puerta con cuidado y se puso tras el volante.

—Vaya, qué bonito —exclamó su madre pasando la mano por el salpicadero de chapa—. Qué lujoso. ¿Es nuevo?

—¿El qué?

—El coche.

—Mamá, tiene quince años. —¿Es que su madre no se daba cuenta de que el interior del coche estaba que parecía haberse utilizado para transportar ganado?

—Huy, pues no lo parece. —La mujer husmeó el aire fétido y esbozó un gesto de asco—. ¿Has estado fumando? —preguntó con brusquedad.

—No. Debió de ser el último dueño.

La abuela de Battersea chasqueó la lengua.

—Seguro que se murió de un cáncer de pulmón. ¿Por qué si no se iba a querer deshacer de un coche tan bonito?

—Seguro, mamá. Anda, dame el cinturón, que te ayudo a ponértelo.

El coche se puso en marcha a la tercera intentona. Dan dio la vuelta con cinco maniobras en la estrecha calle, para irritación de un taxista y un motociclista, que tuvieron que esperar a que terminara.

—Muy bien —dijo al cabo, pidiendo disculpas con la mano—. Vamos hacia Clapham.

—Creo que primero debería pasar por casa, cariño.

—¿De verdad? Es que he dejado un asado en el horno y seguro que a las niñas ni se les ocurre echarle un vistazo.

—Tengo que ir al lavabo. No creo que llegue ni a Haleridge Road.

—¿No hay servicio en la iglesia?

—Sí, pero no se me ocurriría usarlo.

—¿Por qué no?

—Pues... no sé. Eso de ir al servicio en la iglesia... no me parece bien.

—Mamá, hasta Jesús tenía que hacer pis de vez en cuando.

—Ya, ya, pero seguro que iría a algún sitio discreto.

Dan ahogó una risa.

—¿Como el desierto, por ejemplo?

—Probablemente.

—Un poco exagerado, ¿no te parece?

—¿Qué quieres decir?

—Mujer, cuarenta días y cuarenta noches.

La abuela de Battersea miró a su hijo con los ojos entornados, pero no pudo ocultar una chispa de humor en la mirada.

—No seas irreverente, Daniel Porter.

El bloque de pisos, que se alzaba junto a Battersea Reach Wharf, era un ejemplo típico de la aburrida arquitectura de los años sesenta. En un comienzo habían sido pisos de protección oficial, pero a principio de los noventa los había comprado por cuatro perras un especulador que supo ver el potencial de su emplazamiento junto al río. Después de renovar todo el edificio, desde el tejado con goteras hasta las paredes cubiertas de graffiti, le cambió el nombre, puso un conserje en la puerta y calificó los pisos de «alto standing». Casi todos los inquilinos eran jubilados y, cuando Dan trasladó allí a su madre tras la muerte de su padre, tuvo miedo de que fuera un error alejarla de su tranquila vida en Tottenham Hale para meterla en un ambiente de gente con dinero. Pero sus temores resultaron infundados. Su madre consideró el lugar como una avanzadilla de su propio barrio y se dedicó sin ayuda de nadie a desarrollar en el edificio un espíritu de convivencia que no existía. Obligó a todo el mundo a saludar en el ascensor y se dedicó a llamar puerta por puerta a sus sorprendidos y solitarios vecinos para invitarlos a su casa a tomar té y montañas de sus bollos caseros. Hasta el conserje, un viejo cascarrabias, tuvo que rendirse a su simpatía y hospitalidad. El piso 10F2 de Cavendish Rise no tardó en convertirse en la sede central para reuniones de vecinos, campañas de recaudación de fondos a fin de comprar plantas para el recibidor, y fiestas de Navidad para los pocos niños que vivían en el bloque. No es que a la abuela de Battersea se le dieran muy bien las cuestiones administrativas, ni solucionar problemas de fontanería o revisar las subidas del alquiler, pero se hacía cargo de la merienda, lo cual era un gran incentivo para los que tenían el estómago vacío y mucha más habilidad oratoria que ella.

—Es solo un momentito, cariño —dijo al entrar en el piso y encaminarse deprisa hacia el servicio—. Espérame en el salón, que vuelvo enseguida.

El pequeño salón estaba amueblado exactamente igual que el de la casita de Tottenham Hale. Dan se había ofrecido a comprarle muebles nuevos en Habitat, pero ella no quería «esas porquerías» e insistió en llevárselo todo de la casa vieja. Los mismos patos volaban en la pared, la foto de la niña siamesa con lágrimas en los ojos seguía colgada junto a la fotografía en blanco y negro de su madre de adolescente en el Metropole, en el escenario con Bill Haley y los Comets. El tresillo de terciopelo seguía dispuesto en torno a la chimenea (aunque esta era falsa) y girado hacia la televisión. La única diferencia era que la ventana de la antigua casa daba a una hilera de coches aparcados y a la sucia fachada de otras casas, mientras que, ahora, desde la ventana del décimo piso se veía la curva del Támesis desde el puente de Wandsworth hasta el de Battersea, y todo el paisaje de Fulham y Chelsea hasta el White City Stadium y más allá.

Dan miró el reloj, preocupado: otro asado que se le iba a quemar.

—¿Cómo vas, mamá? —preguntó desde la puerta.

—Un momentito —contestó ella desde el dormitorio—. Me estoy poniendo una camiseta, que hace un poco de frío.

—Pues date prisa.

La abuela se asomó con la camiseta a medio poner, dejando al descubierto una amplia delantera embutida en un sujetador de color carne.

—Ya me doy prisa, Dan. Ten paciencia.

—No, si es que...

—Tienes el asado en el horno. Ya lo sé, cariño. Y, ya que hablamos de cocina, deberías echar un vistazo a la receta que te he encontrado en el *Woman's Weekly*. Está en la mesa del salón. —La mujer logró por fin meterse en la camiseta—. Tenía muy buena pinta.

Seguro, pensó Dan. Su idea de una buena receta era pollo con queso o albóndigas en salsa. Fue al salón y miró la revista. Sí, como siempre. Se trataba de un guiso de cordero con judías.

En ese momento apareció su madre abrochándose el abrigo.

—Vale, yo estoy lista.

—Bien, pues vamos.

—No te olvides la revista.

Dan cogió el *Woman's Weekly* con un suspiro de resignación.

Al final la comida fue un gran éxito. Aparte de que la carne asada salió del horno tal como Dan siempre había deseado (crujiente por fuera y roja y jugosa por dentro), fue la primera vez, desde que él recordaba, que el almuerzo transcurrió sin que se cruzara ni un grito ni un insulto. Por supuesto todo era gracias a la abuela de Battersea. Cuando se había casado con el padre de Dan, había considerado que su papel en la vida era cubrirlo de alabanzas y dedicarse a él con entera devoción. Sin embargo, desde la muerte de su esposo, había trasladado ese instinto a sus nietos y lograba siempre, a su manera sencilla y práctica, sacar lo mejor de ellos. Todo lo que hacían estaba bien para la abuela, y los chicos la querían con locura. La abuela de Battersea admiraba la habilidad de

Josh para llenar los estantes del supermercado y le intrigaban sus visitas al Horace's Inferno. Lloró de orgullo cuando, después de la comida, Nina tocó con la flauta a trompicones el tema de *Braveheart*, y se partió de risa cuando Millie le contó que la habían pillado fumando en los servicios del colegio, de pie sobre la cisterna y soplando el humo hacia el extractor (aunque su padre le había echado una bronca al respecto), o que le había hecho un gesto grosero al empollón de la clase cuando le pidió que saliera con él.

Además de saber escuchar, la abuela de Battersea era un pozo sin fondo de conocimientos sobre las cosas que interesaban a los chicos, una sabiduría que debía a la televisión. Sabía más que Dan o Josh sobre la posición de los Tottenham Hotspurs en la liga, quién había marcado los goles en el último partido y con quién pensaban firmar el próximo contrato multimillonario. Veía todas las semanas el programa de música «Top of the Pops» y sorprendía a las chicas con sus conocimientos sobre raperos, grupos de heavy metal y una interminable retahíla de bandas manufacturadas de chicos, chicas y mixtos. Cuando Josh entró en la Universidad de Manchester (el primer Porter que alcanzaba tal distinción), la abuela se levantaba a las cinco de la mañana todos los días para ver el programa de la Universidad a Distancia. Hasta consiguió comenzar a comprender vagamente algunos de los complejos problemas matemáticos que el profesor escribía en su pizarra. Pero entonces averiguó que Josh estaba estudiando lengua inglesa, de manera que decidió abandonar sus vigilias nocturnas y quedarse con la información menos erudita que le proporcionaba la televisión diurna.

Todas las Navidades y en todos los cumpleaños los niños recibían regalos caros y espectaculares de los abuelos de Chester, pero durante sus visitas a Londres (que, gracias a Dios, según pensaba Dan, eran breves y espaciadas) ni el padre ni la madre de Jackie eran capaces de mostrar la mínima espontaneidad con los niños. Sin embargo, Josh, Millie y Nina contaban para ello con la abuela de Battersea, y sabían que el hecho de tenerla constantemente en sus vidas valía mucho más que los bienes materiales que les proporcionaban «los otros». Si hubiera una batalla de lealtades, la abuela de Battersea ganaría con los ojos cerrados. Josh habló por todos cuando dijo una vez que era la abuela «suprema».

Esa tarde el tiempo mostró la típica tendencia caprichosa del clima inglés y el invierno se convirtió en el veranillo de San Martín que el hombre del tiempo había prometido. Después de llevar a su madre a Battersea y cuando volvía a su casa, Dan tuvo que bajar el visor para protegerse los ojos del sol poniente. El viento helado que antes entraba por la rendija del parabrisas se había convertido en una brisa cálida. Aunque eran casi las siete de la tarde, Clapham Common estaba atestado de gente a la que la subida de la temperatura había sacado de sus casas y que ahora se dedicaba a correr, jugar al fútbol o al disco volador o hacer volar cometas, entre el estrépito de los perros revoltosos que se unían a cualquiera de los juegos.

Todo estaba en silencio cuando entró en la casa. En el tercer escalón había una nota que lo explicaba. Jessica Napier, una de las mejores amigas de Millie del antiguo colegio, había invitado esa tarde a Millie y Nina. Qué bien, pensó Dan entrando en la cocina. Millie había tenido muy poco contacto con Jessica desde que había cambiado de colegio. Tal vez aquel gesto presagiara un nuevo comienzo en su relación.

Se le ocurrió llevar a Biggles y Cruise a unirse a las hordas de Clapham Common, pero al final decidió que por una vez podían conformarse con su paseo diario alrededor de la manzana. Era mejor disfrutar de la tranquilidad mientras durase. Sacó una cerveza de la nevera, y salió al jardín con una revista dominical.

Dio un trago a la cerveza y sacó una silla cubierta de moho de debajo de una madreselva silvestre para ponerla al sol. Le dio una sacudida superficial con la mano y se sentó. Abrió la revista y se encontró con la fotografía de un guiso de cordero muy poco apetitoso, con judías que flotaban como cucarachas ahogadas en la grasienta salsa. Miró entonces la portada y soltó un taco al darse cuenta de que había cogido por error el *Woman's Weekly* de su madre. Volvió a beber un largo trago y dejó que la revista cayera al suelo con las páginas flameando en la brisa.

Se quedó un rato sentado con los ojos cerrados hasta que dejó de notar el sol en la cara. La radiante esfera roja se hundía tras los tejados del final de la calle, llevándose todo el calor del día. Notó un escalofrío y decidió que era momento de entrar en casa.

Al agacharse para recoger la revista advirtió que una araña atravesaba la página, cortando limpiamente en dos el rostro de una mujer de pómulos altos y ojos azules que reflejaban el destello de un flash. La araña se perdió un instante contra el fondo de pelo castaño antes de reaparecer en el frío gris del cielo nublado. Y luego, con unos pasos tentativos, bajó de la revista y se alejó por los ladrillos del patio hacia el refugio del parterre infestado de malas hierbas.

Dan se quedó mirando la fotografía. La mujer rodeaba con los brazos a dos niños cuyas pícaras sonrisas parecían indicar que el abrazo de su madre los abrazaba más que nada para contenerlos mientras les hacían la foto. Tras las tres figuras, unas colinas oscuras se extendían hasta las cristalinas aguas de una especie de lago o pantano. Contra este fondo oscuro destacaban notablemente los coloridos pantalones de cuadros que llevaban la mujer y los niños.

Dan se levantó con la cerveza en la mano y se acercó a la casa leyendo el pie de la fotografía: UNA JEFA DEMASIADO BUENA DECIDE VENDER EL NEGOCIO.

Tiró la lata a la basura y se sentó a la mesa, intrigado por el pie de foto. Aquella mujer con aspecto de ama de casa, sin ápice de maquillaje, no podía ser la «jefa demasiado buena». Desde luego no se parecía en nada a las mujeres de negocios que él había conocido. Sabía perfectamente que a Jackie no se le ocurriría entrar en su oficina con una cara así, tan limpia que parecía que se la hubieran frotado con piedra pómez. ¿Qué demonios habría hecho aquella mujer para que la describieran como «una jefa demasiado buena»? Dan se inclinó sobre la mesa para leer el artículo.

Hace doce años, Katie Trenchard (cuarenta y dos años) tenía todo lo necesario para llevar lo que ella consideraba una vida tranquila y apacible. Vivía con su esposo Patrick (cuarenta y cinco años) en una preciosa casa de Cloveden, un pueblo a ocho kilómetros de Plymouth, donde Patrick trabajaba como profesor de biología marina en la universidad. Vivían cerca de tiendas y cines, recibían amigos en casa con frecuencia y tenían a su disposición los muchos servicios que ofrecía la universidad. Pero un día tomaron una decisión que cambiaría sus vidas para siempre. Vendieron la casa, se despidieron de sus amigos y se trasladaron a Fort William, en el noroeste de Escocia, donde invirtieron hasta el último penique en la compra de Seascape, una pequeña planta de procesamiento de gambas.

«Fue por culpa de Patrick», dice Katie entornando sus preciosos ojos azules. «Siempre había querido montar un negocio propio. Había dirigido unos cuantos proyectos de investigación en Seascape y se enteró de que estaba a la venta. Sabía que era una oportunidad que no podía dejar pasar.»

Dan enarcó las cejas. Menudos idiotas, pensó. Pero a quién se le ocurre hacer una tontería así.

A los tres meses de haber comprado el negocio, los Trenchard habían establecido agencias en Francia, Italia y España, y en poco tiempo la demanda de su producto superaba en mucho la oferta. Sin embargo, todos los beneficios se invertían de nuevo en el negocio para actualizar la maquinaria y cumplir con las estrictas normativas del departamento de sanidad del Highland Regional Council. En consecuencia, no disponían de fondos para una vivienda adecuada, de modo que los dos primeros años vivieron con estrecheces en una casita de campesinos a las orillas del lago Eil.

«Claro que casi nunca estábamos en casa», dice Katie. «Los trabajadores entraban a las siete todos los días y Patrick y yo llegábamos siempre media hora antes. En temporada alta, cuando recibíamos muchas gambas, los empaquetadores sacaban más de diez toneladas al día, con lo cual teníamos que trabajar hasta la noche. Patrick y yo íbamos como zombis durante cuatro meses del año.»

—Menudos idiotas —repitió Dan—. Trabajando como burros para no tener ni un duro.

Katie dejó de colaborar en la empresa la noche que nació Max (que tiene ahora nueve años y aparece en la fotografía de la derecha). A partir de entonces dejó la administración para dedicarse a su cuidado, tarea que implicaba asimismo procurar que el niño no se muriera de frío.

«Ese año tuvimos en Escocia el invierno más frío que se había producido en veinte años», dice Katie. «La única calefacción que había en casa era una antigua cocina de leña que, si la madera estaba un poco verde, lo llenaba todo de humo. Fue espantoso. Creo que Max pasó sus seis primeras semanas envuelto día y noche en un viejo saco de dormir en el que, a juzgar por su olor, antes vivía toda una familia de ratones. Fue nuestro peor momento. Yo solo deseaba recuperar nuestra antigua vida en Plymouth.»

No me extraña, pensó Dan.

Un año y medio más tarde llegó Sacha (fotografía de la derecha, con ocho años). Su padre la apodó Sooty (betún) nada más verla en el hospital, porque había nacido con una masa de pelo rizado y negro. «Cuando llegó Sooty, Patrick reaccionó por fin», nos dice Katie. «Sabía que si teníamos que pasar otro invierno como el último, esta vez con dos niños, corría el riesgo de perder a toda la familia. En aquel entonces comenzábamos a ver la luz al final del túnel con Seascape, de manera que Patrick consiguió que el banco le concediera una hipoteca para comprar una casa de labranza que vendía la misma agencia que nos tenía alquilada nuestra casa. La verdad es que estaba bastante deteriorada, pero por lo menos tenía calefacción central, de manera que, gracias a Dios, ya no tenía que ir de un lado a otro cargada de mantas.»

Dan sacó otra cerveza de la nevera. Empezaba a admirar a aquella familia perdida en el norte de Escocia. Tal vez estuvieran locos, pero tenían una resistencia increíble.

Pero la familia Trenchard seguía viviendo al borde de la pobreza. Katie decidió adaptarse a las circunstancias haciendo ropa para los niños a partir de retales que compraba en Fort William. El diseño de las prendas se basaba en lo que los niños encontraban cómodo: pantalones amplios de algodón de vivos colores y cintura elástica, bolsillos grandes para guardar cosas tan útiles como tractores de juguete o galletas. Las faldas seguían un diseño similar. A continuación se dedicó a los jerséis, con mangas anchas, hechos de forro polar que Katie compraba en una fábrica de Inverness especializada en ropa para excursionistas y montañeros.

«Lo que no me había imaginado es que las madres de la guardería de Max me iban a pedir que les hiciera ropa a sus hijos. En aquel entonces cualquier dinero extra nos venía bien, de manera que la cocina se convirtió en un taller de costura.»

Uno de sus mayores admiradores resultó ser el hijo de nueve años del jefe ejecutivo de Local Enterprise Company, un corpulento escocés pelirrojo llamado Rhuraidh MacLeod. Rhuraidh era buen amigo de Patrick y lo había ayudado con un estudio de viabilidad para un plan de ampliación de Seascape, de manera que no les extrañó verlo llegar a su casa con un mazo de papeles bajo el brazo.

«Pero no venía a hablar de Seascape», nos cuenta Katie. «Quería hablar conmigo de mi ropa.»

Mientras se tomaban un whisky, Rhuraidh explicó que en la misma zona de la planta de Patrick había una pequeña fábrica de ropa que acababa de perder a su principal cliente, una gran cadena del sur que había decidido recortar gastos trasladando la manufactura a la Europa del Este.

Pues claro, se dijo Dan. Yo habría hecho lo mismo. En la siguiente página había otra fotografía, esta vez de un joven modelo de poblado pelo castaño despeinado al estilo moderno y un crucifijo a modo de pendiente. Llevaba una camiseta negra que le caía muy por debajo de la cintura de la cazadora, unos pantalones estilo militar con las perneras metidas en unas deportivas Nike. Era una fotografía a toda página, con el texto alrededor. Estaba tan ampliada que incluso se veía el nombre *Vagabundos* cosido en el bolsillo derecho de los pantalones.

Según explicó Rhuraidh, la fábrica iba a deshacerse de veinte puestos de trabajo y, aunque eso no parecía gran cosa, sería un gran golpe para una comunidad pequeña como la de Fort William. «Pero nos dijo que se podía evitar, y antes de marcharse nos dejó un documento de tres páginas donde resumía su proyecto.»

Rhuraidh MacLeod sugería para la empresa el nombre de VAGABUNDOS. Katie le había oído muchas veces utilizar la palabra para referirse a su hijo, un chico hiperactivo. Su plan consistía en formar una empresa que trabajara por pedidos postales, de manera que la fabricación, los pedidos y el embalaje se pudieran realizar desde un mismo centro. El pago se recibiría por adelantado. El trabajo se pospondría dos meses, durante los cuales Rhuraidh encargó a Katie la monumental tarea de buscar tejidos, crear muestras y fotografiar el catálogo. Él utilizaría su experiencia para establecer el sistema informático y comprar listas de correos.

«Era una tarea impresionante», confiesa Katie, «pero Rhuraidh nos tentó diciendo que Local Enterprise Company y el ayuntamiento asumirían los gastos de fabricación de los primeros seis meses.

»De manera que decidimos aceptar el reto, no tanto porque nos apeteciera, sino sobre todo por lealtad a Rhuraidh. Si se había esforzado tanto por salvar veinte puestos de trabajo, era porque para él era importante. De manera que la empresa pasó a llamarse VAGABUNDOS, y dos meses justos después de la visita de Rhuraidh habíamos producido los primeros pantalones amplios de cintura elástica y grandes bolsillos y los enviamos a nuestro primer cliente. ¡Fue un momento emocionante!»

Dos años más tarde, cuando la demanda de VAGABUNDOS se extendía por toda Europa, el director del instituto Fort William pidió a Katie que diera un curso de técnicas de diseño y manufactura a los estudiantes de último año de Arte y Diseño.

«Yo dije que sí, aunque no lo tenía muy claro», asegura Katie. «La verdad es que no tenía tiempo. Pero ahora me alegro mucho de haberlo hecho. Los chicos estaban más en contacto con la ropa que se lleva en la calle, y desde aquel año incorporé muchas de sus ideas a nuestro catálogo de ropa. Sus nombres aparecían siempre como diseñadores, y creo que eso los motivó muchísimo.»

Ahora, seis años después de los comienzos de la empresa, Katie ha decidido que es el momento de venderla.

«La empresa puede dedicarse ahora al mercado mundial», explica Katie, «y necesita a alguien con más visión de negocios que yo. Además, estos años he estado tan ocupada con VAGABUNDOS que tengo la sensación de haberme perdido una gran parte de la vida de mis hijos. Ahora quiero pasar más tiempo con ellos.»

La puerta de la cocina se abrió y Dan alzó la vista. Era Josh.

—Hola. ¿Tú de dónde sales?

—De arriba —contestó Josh mientras llenaba la tetera.

—¿Sí? Creía que no había nadie en casa. ¿No trabajas esta tarde?

—No. Paso. He llamado para decir que estaba enfermo.

—Ah. —Dan volvió a su revista para leer el último párrafo.

«VAGABUNDOS no es solo un nicho de mercado, sino que, a juzgar por el creciente volumen de pedidos, la gente considera que nuestros productos son buenos. La empresa marcha por sí sola.»

—Hombre, los Vagas. Son geniales.

Dan se volvió. Josh miraba la revista por encima de su hombro.

—¿Qué?

—Los pantalones esos. Se llaman Vagas.

Dan miró de nuevo la fotografía de la revista.

—¿Tú los conoces?

—Pues claro. Son Vagas.

—Supongo que será una abreviatura de Vagabundos, la empresa que los fabrica.

—Yo qué sé. —Josh fue al mostrador a prepararse un café—. Yo solo sé que se llaman Vagas.

—¿Pero cómo demonios los conoces?

—Porque la gente los lleva en el Inferno. Molan un montón para bailar, porque son muy sueltos.

—¿Me estás diciendo que estos pantalones están de moda?

Josh se echó a reír.

—No, porque yo no diría una cosa así. Yo diría más bien que son el no va más.

—¡Increíble! —murmuró Dan, sabiendo que Josh solo utilizaba esa expresión para las mejores cosas de la vida.

—Pero la marca es muy difícil de encontrar. Lo único que yo he tenido es una gorra de béisbol, y eso porque se la quité a un amigo. ¿Sabes cuál es? La que tiene una V delante y unos garabatos a un lado.

—Sí, me suena.

—He intentado buscar la empresa en internet, pero me parece que no tienen página. Que yo sepa, la ropa solo se puede pedir por correo.

Dan volvió la página para mirar otra vez a aquella mujer de aspecto sencillo y rústico que había creado un fenómeno de moda.

—Si los pantalones tienen tanto éxito, ¿cómo es que nadie ha intentado copiarlos?

—Pues no lo sé, pero yo desde luego no compraría ninguna imitación. Pasa como con los Levi's, ¿sabes? Que nadie quiere ir por ahí con unos vaqueros con la etiqueta de un supermercado.

—Es verdad. Así que, en tu opinión, el mercado de los Vagas, como tú los llamas, podría crecer.

—¡Ni te lo imaginas! —contestó Josh. Bebió un sorbo de café y se sentó junto a Dan—. Yo diría que no han empezado ni a rascar la superficie. No soy el único que anda loco por conseguir un catálogo. ¡Ni siquiera se sabe dónde tiene la sede la maldita marca! Desde luego, el que esté dirigiendo el negocio ahora mismo no tiene ni idea de las posibilidades que se está perdiendo.

—Parece ser que la marca está en el norte de Escocia.

—¿Ah, sí? Pues ya podría el jefe dejarse de gaitas y venirse para aquí a hacer negocio.

Dan le tendió la revista.

—Mira, ahí tienes al «jefe» —dijo señalando a la mujer.

Por la cara de Josh, era evidente que lo había decepcionado.

—Pues no parece muy dinámica precisamente, ¿no? —comentó.

Dan sonrió.

—No, la verdad. Pero no te creas, empezó con la empresa como un hobby. Para mí que ya ha hecho bastante llegando donde ha llegado.

Josh tamborileó con los dedos en la mesa.

—Ya. Pero lo que necesitan es alguien que sepa llevar un negocio así. Como mamá, por ejemplo. Si ella se hiciera cargo, crearía una auténtica explosión.

Dan se mordió pensativo el labio.

—Pues no lo sé. A ver, no dudo de la capacidad de tu madre, pero esto es algo muy distinto. El nombre de Rebecca Talworth estaba bien establecido antes de que ella se hiciera cargo de la compañía.

Josh movió la cabeza.

—Papá, tú vete a cualquier discoteca que se precie al sur del río y pregunta si conocen el nombre de Rebecca Talworth o el de Vagas. Yo ya sé cuál sería la respuesta.

—Que todos conocerían los Vagas, ¿no?

—Seguramente un noventa por ciento.

—¡Es imposible! No puedo creer que una marca que comenzó a base de hacer cuatro piezas en Escocia se haya convertido en ropa de culto.

—Pues eso parece —replicó Josh apurando el café—. Oye, en ese artículo no vendrá un número de contacto, ¿verdad?

Dan pasó las páginas.

—No, nada. Supongo que te lo darán en información.

—Sí, supongo. —Josh enjuagó la taza en el fregadero—. Pero creo que paso. De momento estoy sin blanca.

—No serán tan caros, ¿no?

—Unas cincuenta libras, que es más de lo que me puedo permitir ahora mismo.

—¡Cincuenta libras! ¡Caray!

—Pues no pienses que les cuesta venderlos a ese precio. —Josh se levantó y abrió la puerta que daba al pasillo—. Oye, me voy a dar un baño y luego he quedado con Phil Neilson. Nos íbamos a ver este fin de semana, pero al final no pudo ser y esta noche se vuelve a la universidad.

Dan se levantó también.

—Vale. Nos vemos luego.

Josh asintió.

—¿Las niñas no están?

—No. Están en casa de una amiga de Millie.

—Ya. ¿No te importa quedarte solo?

Dan sonrió ante la preocupación de su hijo y le guiñó un ojo.

—No, pero gracias.

Mientras Josh subía la escalera a toda prisa, Dan se llevó a la mesa la revista dominical que buscaba al principio y apartó el *Woman's Weekly*. Leyó un párrafo de un artículo sobre un prometedor diseñador de Londres, pero tenía la cabeza en otra parte. No hacía más que mirar una y otra vez la revista de la abuela de Battersea. Por fin la cogió de nuevo para volver a mirar la fotografía de Katie Trenchard y sus dos hijos.

Si Josh tenía razón, tal vez valiera la pena averiguar algo más sobre la empresa. Si de verdad existía un mercado tan amplio sin explorar, aquello podía ser una bomba. Dan llevaba mucho tiempo diciendo que «ya surgiría algo». No creía en presagios, pero, a pesar de todo, la forma en que aquello había llegado hasta él era cuanto menos sorprendente. Su madre le da una revista por una receta espantosa; el artículo anuncia que la compañía está en venta, y luego Josh le dice que esa marca es la sensación del momento. Quizá Josh tuviera razón también acerca de Jackie. Claro que ahora trabajaba con Rebecca Talworth, pero si él se hacía cargo de la compañía, podrían trabajar juntos en el marketing. De hecho tal vez era el estímulo que su relación necesitaba en ese preciso momento: un interés común.

Dan abrió el cajón de la mesa y después de rebuscar un momento sacó un lápiz azul y un cuaderno de Nina. Bien, se dijo. Vamos a pensar un poco.

1. Buscar un fabricante en la Europa del Este para reducir gastos de producción.
2. Ventas por correo y por internet. Expandir el mercado a todo el mundo.
3. No hace falta vivir en Escocia. El negocio se podría llevar desde Haleridge Road.
4. No hace falta guardar existencias. Habría que alquilar algún centro industrial cercano.
5. Telas, diseños, etc. De eso no sé nada. Podríamos mantener a Katie Trenchard como diseñadora durante un año. O casi mejor no. Podría haber rivalidad entre Jackie y ella.
6. Financiación. ¿Hipotecar la casa? No, no es buena idea. Llamar a Nick Jessop para ver si puede conseguir un préstamo a corto plazo sin garantía a través de Broughton's.

Nick, claro. Era justamente con quien debía hablar. Dan se acercó al teléfono y marcó el número de memoria.

—¿Nick?

—Hola, Dan.

Dan oyó un chapoteo.

—Lo siento. ¿Te pillo en mal momento?

—Un poco. Estoy bañando a Tarquin. Espera un momento, que lo saco del baño.

Dan oyó la voz apagada de Nick dirigiéndose a su hijo.

—Vale, ya estoy —dijo al cabo de un momento—. Espero que no me llames para restregarme por la cara el resultado de ayer.

Dan se echó a reír.

—Vamos, hombre, ¿cómo iba yo a hacer eso?

—¡Pues eres capaz de sobra!

—Bueno, tendrás que admitir que fue un partido estupendo. De todas maneras, gracias por conseguirme las entradas.

—De nada.

—Oye, pero yo te llamo por otra cosa. Tú que sabes tanto de niños, ¿has oído hablar de una marca de ropa que se llama Vagabundos?

—Claro.

Dan se quedó sorprendido.

—¿Sí? ¿De verdad la conoces?

—Claro que sí. Es una marca muy conocida. Creo que Laura dio con ella hace un año. Compró unos pantalones para uno de sus ahijados, y desde entonces nos envían el catálogo. De hecho Laura estaba pensando en pedir pantalones para ella y para Tarquin. —Su voz se alejó—. ¿A que sí, pequeñajo? ¿Y a qué viene tanto interés en Vagabundos? —preguntó, de nuevo en el auricular.

—No, por nada. Es que acabo de leer un artículo sobre la mujer que fundó la empresa. Oye, ¿conoces a otra gente que les compre ropa?

—Claro. Ahora mismo no sé decirte quién, pero he visto a adultos y a niños de todas las edades llevar sus pantalones.

—Ya. ¿Y crees que la empresa está bien dirigida?

—Ni idea, Dan, pero creo que tiene mucho más éxito que ninguna otra empresa de venta por correo. Para empezar, el catálogo es excelente.

—¿Tienes uno ahí?

—Hombre, aquí no. Estoy en el baño.

—¿Me podrías pasar su número de teléfono?

Nick suspiró.

—Bueno, pero espera un momento. El catálogo está abajo, no sé dónde.

—Vale. Y perdona, ¿eh?

La pantalla de teléfono inalámbrico de Dan registró tres minutos antes de que Nick volviera.

—¿Tienes un bolígrafo?

—Dime.

—El teléfono es 01397 890000, y el fax, 01397 890110. No tienen dirección electrónica.

—Vale. Muchas gracias, Nick.

—De nada. ¿Puedo volver ahora a la tranquilidad del domingo?

—Pues claro que sí.

Dan ni siquiera colgó el teléfono. Apretó un botón para desconectar la línea y marcó de inmediato el número que le había dado Nick. Pensaba dejar un mensaje en el contestador para pedir un catálogo. No se imaginaba que responderían a la llamada un domingo por la tarde.

—¿Diga? —Era una voz femenina, chillona e inquisitiva, y Dan tuvo la impresión de que su llamada no había sido muy oportuna. De fondo se oía un rítmico repiqueteo, tan fuerte que tuvo que apartarse el teléfono de la oreja.

—Perdone, no sé si me equivoco de número. Quería contactar con una empresa llamada Vagabundos.

—¿Qué? —gritó la voz. Dan se dio cuenta entonces de que el tono chillón era probablemente debido al ruido de fondo.

—Vagabundos. ¿Estoy llamando a Vagabundos?

—Sí. Perdone, tendría que haberlo dicho al contestar el teléfono. Es que en este momento estamos un poco liados.

—La verdad es que esperaba encontrarme con un contestador. No me imaginaba que estarían trabajando un domingo por la tarde.

—Perdone, ¿cómo dice? Es que estoy en el taller y tengo todas las máquinas funcionando.

Dan decidió que no valía la pena pedir un catálogo. Mejor sería llamar por la mañana. Pero tampoco podía colgar.

—¿Es usted Katie Trenchard? —preguntó alzando la voz.

—Sí. ¿Quién llama?

—Usted no me conoce. Me llamo Dan Porter y llamo desde Londres.

—Ya. Perdone, ¿puede esperar un momento? —Dan oyó una voz apagada que preguntaba algo y la mujer respondió—: No, termina esta noche las tallas extra. Las grandes las sacaremos mañana por la tarde. —Entonces volvió al teléfono—. Disculpe. ¿En qué puedo ayudarlo?

—Verá, es que he leído un artículo sobre usted en una revista.

—Una revista, sí. —Otra máquina pareció añadirse al estruendo general, esta más cerca del teléfono de Katie Trenchard.

—En el artículo aparecían un par de fotografías.

—O sea, que quiere usted venir a verme.

—¿Qué? —preguntó Dan, sorprendido por una actitud tan directa.

—¿Cuándo quiere usted venir?

Dan estaba desconcertado. Madre mía, pensó, no me extraña que la empresa de esta mujer tenga tanto éxito, si es capaz de tomar la iniciativa de esta manera.

—Espere, es que no estaba pensando exactamente...

—¿Cómo dice?

Dan respiró hondo.

—Solo quería hacerle unas preguntas.

—Muy bien. ¿Qué le parece esta misma semana?

Dan tuvo que contener una carcajada. Katie Trenchard era evidentemente una vendedora nata. Él solo había llamado para pedir un catálogo y de pronto estaba invitado a las remotas tierras de Escocia como posible comprador de la compañía. ¡Él, Dan Porter, que jamás en su vida había estado más al norte de Manchester!

—Eh... —Dan quería ganar un poco de tiempo—. Espere un momento, que consulto mi agenda. —Tapó el micrófono con la mano.

¿Qué demonios estaba haciendo? Di que no, que gracias pero no, y cuelga de una vez. Se quedó mirando las notas que había tomado en el cuaderno de Nina. Vamos, hombre, que esto es una oportunidad y tú lo sabes. Como no vayas, a la larga te arrepentirás. Y, además, ¿a qué vienen tantas precauciones? Cuando trabajabas en la City no eras así.

Dan consideró rápidamente la situación familiar. Jackie estaba en París, volvía el martes; las niñas irían al colegio durante la semana; la abuela de Battersea podría pasarse por casa para echarles un vistazo a ellos y a los perros. ¿Qué le impedía marcharse? Seguramente le sentaría de maravilla pasar un par de días lejos de la casa y de Londres. Y además, aunque solo fuera eso, por lo menos Jackie tendría la impresión de que él ponía algo de esfuerzo en buscarse un trabajo.

Se llevó de nuevo el teléfono a la oreja. El ruido de fondo parecía haber subido de volumen.

—¿Cuándo le vendría a usted bien? —preguntó.

—¿Qué? Perdone, voy a salir un momento. —Dan oyó un portazo y de inmediato el estruendo se convirtió en un rumor sordo—. Ah, mucho mejor. ¿Qué me decía usted?

—Que cuándo le vendría bien que fuera a verla.

—Lo mejor sería a principios de semana. Mañana estaré fuera todo el día, pero podríamos quedar el martes.

—Muy bien. ¿Sabe usted cómo puedo llegar hasta allí?

—Decía que estaba en Londres, ¿no?

—Sí.

—Hay un tren nocturno que va directamente de Euston a Fort William y llega a eso de las diez menos cuarto de la mañana. También podría coger el avión a Glasgow y luego un tren. Cuando llegue a la estación llame a este número y mandaré a alguien a buscarlo.

—Muy bien. —Dan respiró hondo—. ¿El martes, entonces?

—Perfecto. Ha sido un placer... ¿cómo me ha dicho que se llama?

—Dan Porter.

—Muy bien, Dan. Ah, por curiosidad, ¿en qué revista ha leído el artículo?

Dan se acercó a la mesa y miró la portada.

—En *Woman's Weekly*.

—Ah, ya. —En su voz se advertía una ligera decepción.

—Hasta el martes, entonces.

La llamada a la abuela de Battersea fue muy breve. La mujer accedió encantada a cuidar de los niños un par de días, pero por una vez cortó enseguida la conversación, puesto que estaba viendo en la televisión su serie de los domingos, *Monarch of the Glen*. Dan colgó con una sonrisa. Si su madre hubiera sabido que se iba a un lugar que tenía que ser muy parecido a las agrestes tierras de Glen Bogle, donde se desarrollaba la serie, le habría sonsacado todas y cada una de las razones del viaje, y además le habría pedido un autógrafo de Susan Hampshire.

Dan subió a la carrera los dos tramos de escalera hasta su estudio y encendió el ordenador antes de volver al rellano.

—¡Josh! —llamó.

Oyó ruido de agua en el baño.

—¿Qué?

—Cuando termines ven un momento al despacho, ¿quieres?

Se sentó a su mesa al mismo tiempo que abría el navegador de internet. Para cuando apareció Josh, todavía empapado y con una toalla envuelta en la cintura, Dan tenía en la pantalla el horario de trenes de Euston a Fort William.

—¿Qué querías? —preguntó Josh.

—Mira, me voy a Escocia un par de días —contestó Dan sin apartar los ojos del ordenador.

—¿Qué?

Dan se echó a reír.

—Volveré el miércoles o el jueves, dependiendo de los trenes. La abuela de Battersea vendrá a echaros un vistazo hasta que vuelva mamá.

—¿Y por qué demonios te vas ahora a Escocia?

Dan se mordió el labio.

—Te lo digo si me prometes guardar el secreto.

Josh enarcó las cejas.

—¡Qué intriga!

En la pantalla había aparecido una nueva página. Dan hizo una selección antes de proseguir.

—Voy a echar un vistazo a la compañía Vagabundos.

—¿Vagabundos? ¿Y eso por qué?

—Porque está a la venta.

Josh soltó una risita burlona.

—Espera, espera, que no entiendo nada. ¿No estarás pensando en comprarla, verdad?

—No sé, ya veremos. Tú mismo has dicho que el mercado para los Vagas, como tú los llamas, apenas está explorado, ¿no? Yo creo que vale la pena averiguar más cosas.

—¡Guau! —exclamó Josh, incrédulo. Dan notó un golpecito en el hombro y se volvió hacia su hijo, que esbozaba una sonrisa de respeto—. ¡Muy bien, papá!

—Pero tú no digas nada.

Josh le guiñó el ojo y se tocó los labios.

—¡Yo, ni mu!

10

Cuando Jackie entró en su habitación esa tarde, la suave luz roja del atardecer bañaba la gruesa moqueta y se metía debajo del pequeño escritorio, forrado de cuero, apoyado contra la pared. Jackie tiró el bolso sobre la cama, colgó la chaqueta en el armario y abrió la ventana. Apoyándose en la barandilla de hierro forjado respiró hondo el aire cargado de los olores de la ciudad y contempló el relumbrante paisaje de París desde las alturas de Montmartre. Debajo de ella, en el boulevard de Clichy, se oía el ruido del tráfico incesante, interrumpido ahora por las melodiosas campanas del Sacré Coeur que llamaban a la misa de la tarde.

Una sonrisa de satisfacción le curvó los labios. Todo había marchado según lo previsto el fin de semana: la reunión con la Chambre Syndicale, el lugar que les habían asignado en el museo Bourdelle. Y, sobre todo, había recibido e-mails de la agencia de Londres confirmando su reserva de modelos, y del diseñador, que aseguraba que todo estaría terminado para cuando ella volviera a Londres.

Volver a Londres. La mera idea acabó de inmediato con su tranquilidad para provocarle un nudo en el estómago. Le encantaba tener su propio espacio, retirarse al hotel cada noche y disfrutar del éxito del día. En Londres no podría. Todas las noches, al volver a su casa, se encontraba con lo mismo. Cualquiera que fuera su estado de ánimo, la invadía el ambiente opresivo de mal humor y desaliento que allí imperaba y ella notaba una sensación, casi física, de malestar y desdén. Y sabía que la culpa de todo eso era exclusivamente de Dan.

Ahora respiró hondo y cerró los ojos para alejar aquellos pensamientos. Volvió a recordar los últimos días y se dio cuenta de que, desde que había subido al Eurostar en la estación de Waterloo, no había sentido ningún estrés ni mal humor. No tenía razones o, para ser más precisos, nadie le había dado razones.

Y, a pesar de todo, no había sido ella misma. Cuando Stephen se ofreció a acompañarla a París, su primera reacción fue decir que no. No le apetecía nada tener compañía, quería dedicarse a sus cosas sin hacer el esfuerzo de conversar con un hombre. Pero nada más llegar a París comprendió que, con los problemas que tenía en casa y los que temía que pudieran surgir durante su visita, se sentía bastante vulnerable y no sabía si podría manejarse ella sola. Durante el fin de semana, Stephen había demostrado ser un verdadero amigo y una valiosa ayuda. Además, al estar con alguien mucho más joven que ella y sin la carga de la familia constantemente pesando sobre sus hombros, Jackie se sentía animada, rejuvenecida y libre de preocupaciones.

Ese día terminaron por la mañana las cuestiones de trabajo y disfrutaron de un largo almuerzo en uno de los pequeños restaurantes al pie del Sacré Coeur, mientras los coches pasaban a toda prisa vibrando sobre los adoquines. El camarero, con su largo delantal blanco almidonado, servía las seis mesas con exquisita cortesía y, aunque Jackie había intentado borrar la idea de su mente, no pudo evitar la sensación de estar manteniendo un romance ilícito: los dos allí juntos, riéndose en aquel restaurante recoleto, con el calor del vino tinto en la garganta y el aroma de ajo en el paladar. Durante un instante se sintió culpable pensando que, si hubiera hecho el viaje con Dan, su relación podría haber mejorado. Pero incluso aquella idea fugaz le provocó un momento de ansiedad, de manera que se apresuró a olvidarse de ella, dispuesta a evadirse de la realidad al menos mientras durase aquella escapada.

Una llamada a la puerta interrumpió el hilo de sus pensamientos. Jackie cerró la ventana y fue a abrir. Era Stephen, con una sonrisa en los labios y una botella de champán y dos copas en la mano.

—¿Qué tal si lo celebramos? —preguntó.

Jackie apoyó la mano en la puerta, como impidiéndole el paso.

—Pensaba que ya lo habíamos celebrado en el restaurante.

—Sí, pero a esto invito yo —replicó él entrando en la habitación.

—De verdad, estoy cansada —insistió Jackie, sin apartarse de la puerta. Su respuesta podría haberse entendido como una negativa, de no haber ido acompañada de una carcajada al ver que Stephen, sin hacerle caso, descorchaba la botella de champán. Sirvió las dos copas y le tendió una a ella, sin dejarle otra opción que la de cerrar la puerta y aceptar.

—Por ti —brindó.

—Y por ti. Creo que los dos hemos hecho un trabajo excelente. —Jackie bebió un sorbo y notó el champán en la boca como un fluido de agujas heladas—. Ah, qué rico está.

Jackie quiso tapar la copa con la mano, pero Stephen fue más rápido y volvió a llenarla hasta el borde.

—No, que conste que la que ha hecho un buen trabajo eres tú. Yo no me había sentido tan inútil en la vida. Tengo que confesar que esta vez me equivocaba: una cabeza ha resultado ser infinitamente mejor que dos.

—Eso no es verdad. Me alegro de que hayas venido.

Stephen se quedó callado un momento.

—¿De verdad?

—Sí. Ahora sé que necesitaba tu apoyo moral.

Stephen se acercó a ella.

—Oye, espero que no te importe, pero es que tienes aquí una mancha que me distrae un montón. —Alzó la mano y le frotó la mejilla suavemente con el pulgar. Stephen apartó la mano solo unos centímetros, esperando su reacción. Al ver que Jackie no intentaba alejarlo, le dio un brinco el corazón.

—Me ha debido de caer una mota cuando me he asomado a la ventana —dijo ella—. ¿Ya está?

—Sí. Tu cutis ha recuperado su habitual perfección.

Stephen tendió de nuevo la mano para tocar la tersura de su piel, y entonces notó que ella ladeaba la cabeza hacia él. Fue suficiente. No necesitaba saber más de momento. Con un gesto casi imperceptible, Jackie había demostrado que estaba dispuesta. Pero Stephen tenía que desarrollar su juego con mucho cuidado. Todo dependía de él: su trabajo, su futuro. Dejó caer la mano y advirtió en Jackie un fugaz gesto de sorpresa. Entonces sonrió, sabiendo que Jackie lo tomaría como una expresión de afecto. Solo él sabía que era más bien de satisfacción.

—Lo siento —dijo, poniéndose la mano a la espalda—. Me he pasado. Perdóname.

Jackie movió la cabeza.

—No es nada —contestó sonriendo—. Por lo menos los dos somos adultos y sabemos que no podíamos ir más lejos.

—Claro que no. —Stephen se llenó la copa y bebió un sorbo de champán—. ¿Pero tú qué habrías hecho?

—¿Qué quieres decir?

—Si yo hubiera intentado ir más allá.

Jackie apartó la mirada y se sonrojó. Pero Stephen supuso que sería más por vergüenza, o tal vez de pura excitación, y no una señal de que se hubiera enfadado con él.

—Soy una mujer casada y con tres hijos, Stephen. No deberías preguntarme esas cosas.

Stephen se encogió de hombros.

—Puede que tengas razón. Pero sí sé una cosa: estos días has estado mejor de lo que nunca te había visto desde que te conozco. El problema es que yo sé por qué, porque tú misma me lo has dicho en más de una ocasión. Cuando hoy hemos entrado en el restaurante, muchos hombres han dejado de comer para mirarte, y ten por seguro que no cualquiera puede distraer a un francés de su comida. Si les hubieras dicho a ellos que eras madre de tres hijos, sin duda te habrían contestado con un coro de «*mais ce n'est pas possible!*». Te aseguro que me sentí orgulloso de ir contigo, aunque... bueno, aunque las apariencias fueran engañosas.

Jackie sonrió.

—Eres muy amable.

—¡Por Dios, esto no es amabilidad! No te engañes, Jackie. Ser amable es ir a ver a mi abuela al asilo, o rascarle la tripa al perro apestoso que mis padres adoran cuando de lo que tengo ganas es de liarme a patadas con él. Te aseguro que contigo no estoy siendo amable, ni muchísimo menos.

Jackie apartó la vista de nuevo mientras Stephen apuraba su copa.

—Pero sé captar una indirecta. —Le puso la mano en los hombros y le dio un beso fraternal en la frente. Ella cerró los ojos y Stephen advirtió por su postura que estaría dispuesta a algo un poco más íntimo. Pero lo dejó ahí. Era ella la que tenía que hacer el primer movimiento—. Aprovecha bien estos días —dijo, ya abriendo la puerta—. Ahora que estás a gusto y relajada, intenta pensar qué es lo que quieres. Eres una mujer guapa, inteligente, con un gran sentido del humor. A mí me encanta estar contigo, como les gustaría a muchos. De manera que, por favor, no te pases el resto de tu vida sintiéndote descontenta y amargada. Sería un desperdicio horrible.

Jackie se quedó con los brazos cruzados, mirando al suelo y siguiendo con la punta del pie el dibujo de la moqueta.

—Te llamo a eso de las nueve para salir a cenar, ¿de acuerdo? —sugirió Stephen, pero Jackie no parecía haberle oído—. ¿De acuerdo?

Ella alzó la vista y asintió con la cabeza.

Stephen cerró la puerta y se metió las manos en los bolsillos. Maldita sea. Tal vez había ido demasiado lejos. No podía saber si el silencio de Jackie se debía a que estaba furiosa por su atrevimiento o si, por el contrario, estaba pensando en lo que él acababa de decirle. Stephen sintió una punzada de culpa, sabiendo que había estado jugando con ella aprovechándose de su estado vulnerable. Echó a andar con un suspiro por el pasillo y llamó al ascensor, pero justo cuando llegaba oyó que una puerta se abría.

—Stephen...

Jackie estaba en el pasillo de brazos cruzados y a Stephen le dio un brinco el corazón al ver que la postura le resaltaba la profunda hendidura entre los pechos, donde él había jugueteado con el reflejo de sus gemelos unos días atrás.

—¿Sí?

Jackie se pasó los dedos por el pelo rubio y tardó un momento en contestar.

—No tienes por qué irte todavía.

Y con estas palabras entró de nuevo en la habitación, dejándole la puerta abierta.

11

Durante los últimos veinte años, su vida en el mundo de las finanzas lo había llevado a muchos rincones del globo, y a Dan le gustaba considerarse un viajero avezado, acostumbrado a volar en la relativa comodidad de primera clase a Norteamérica y Europa, a Rusia y Australia, al Oriente Próximo y al Extremo Oriente. Con el paso del tiempo había aprendido a combatir el *jet lag*, de manera que era capaz de bajarse del avión y acudir de inmediato a una reunión sin sentir que se le licuaba el cerebro. Pero, con todo el tiempo que llevaba viajando de un extremo a otro del planeta, jamás había realizado un viaje tan incómodo como este. El tren nocturno de Euston traqueteaba y se bamboleaba sin cesar en su trayecto a Escocia.

A las tres de la mañana renunció a dormir. La áspera sábana de lino y la fina manta de lana que le habían asignado parecían mágicamente atraídas hacia el suelo y ya se había levantado por lo menos cinco veces (dos de ellas dándose un golpe en la cabeza con el durísimo borde de la litera de arriba) para ver si encontraba la manera de que la maldita manta dejara de caerse. Si el calor sofocante del compartimiento hubiera sido constante, ni se habría molestado, pero de vez en cuando la calefacción se paraba y la temperatura caía bruscamente a unos niveles que habrían dejado incapacitado a un esquimal.

Su compañero de viaje, un vendedor de tractores de los alrededores de Glasgow, no tenía problema alguno para dormir.

Se había enzarzado en animada conversación con Dan desde que había entrado en el pequeño compartimiento, aunque Dan no había entendido ni una sola palabra del gutural soliloquio del hombre. Lo más desconcertante fue cuando el vendedor comenzó a desvestirse en un área que solo permitía el contacto con el suelo de un único pie. Dan se metió como pudo en su litera, contemplando inquieto cómo el enorme trasero del hombre, ataviado solo con unos calzoncillos, se acercaba a él cada vez más. Le recordó a una película en la que una infortunada víctima de la Mafia encontraba su truculento final dentro de una de esas gigantescas presas hidráulicas de metal. A continuación el vendedor subió por la escalera a su litera (en ese momento Dan apartó la vista, puesto que los calzoncillos no dejaban mucho a la imaginación), apagó la luz, ahuecó dos veces su almohada, se tiró un pedo y de inmediato se puso a roncar.

Cuando por fin solucionó el problema de las mantas envolviéndose en ellas, Dan se metió de nuevo en la litera haciendo contorsiones y logró dormitar un poco. Le pareció que apenas habían pasado diez minutos cuando oyó unos golpes en la puerta. El vendedor de tractores dormía profundamente, de manera que le tocó a él abrirle al revisor.

—Llegamos a Glasgow dentro de media hora —anunció el hombre con un aliento que apestaba a tabaco, poniéndole en las manos una bandeja de té.

—No es...

Pero el revisor debía de ir con retraso, porque ya estaba llamando a la puerta siguiente antes de que Dan, todavía adormilado, pudiera terminar la frase.

Pocas situaciones puede haber en la vida tan incómodas como recibir una bandeja con té hirviendo estando uno postrado en una estrecha litera, falto de sueño y envuelto en sábanas. Con los ojos irritados y la vista fija en la bandeja, Dan intentó primero incorporarse, pero solo logró un ángulo de cuarenta grados antes de darse en la cabeza contra la litera superior. Luego intentó alzar las piernas, pero solo pudo mantener una postura de plátano durante unos segundos. Después de un gran esfuerzo mental, decidió intentar rodar, pero abortó la operación al ver que la tetera se deslizaba precariamente hasta el borde de la bandeja. Sin embargo, el inminente desastre provocó una descarga de adrenalina en su cerebro obnubilado, y Dan tuvo un momento de inspiración. Encontró a su lado el pequeño estante diseñado específicamente para sostener la bandeja y, después de librarse del elemento de riesgo, consiguió por fin deshacerse de las mantas y levantarse.

Entonces sacudió suavemente al vendedor.

—Perdone, pero es hora de levantarse.

El hombre gruñó y, a pesar de su sobrepeso, de alguna manera logró girarse en la estrecha litera. Si Dan no se hubiera agachado para coger la bandeja en ese momento, probablemente se habría desmayado del golpe, porque el hombre lanzó un buen manotazo.

—¿Qué pasa?

Entonces fue cuando Dan perdió la paciencia. Se subió al primer peldaño de la escalera, abrió el estante de la litera superior y dejó allí la bandeja.

—¡Que es hora de levantarse de una puta vez, tío! El tren llega a Glasgow en cinco minutos.

El vendedor se despertó de inmediato y se quedó mirándolo sorprendido.

—Vale, vale, hombre —gimió a la defensiva—. No te pongas así.

Fueron las últimas palabras que intercambiaron. El hombre se apresuró a vestirse entre resoplidos mientras Dan se tumbaba de espaldas en la litera. Luego bajó la maleta del portaequipajes, abrió la puerta y desapareció. Dan calculó que el tren tardó en parar por fin en Glasgow unos veinte minutos, y con una sonrisa de satisfacción se quedó dormido.

—Fort William en media hora.

Esta vez Dan estaba preparado. Se levantó de la litera un instante antes de que se abriera la puerta, de manera que cuando le dieron la bandeja la colocó en la litera vacía. Cerró la puerta, estiró los brazos, que los tenía agarrotados, y abrió la cortina.

—¡Coño! —exclamó.

El cielo tenía un color de agua sucia y el aguacero que estaba cayendo apenas dejaba ver las oscuras colinas. No había señales de vida: ni carreteras, ni casas ni animales. Nada. Era un auténtico páramo. Aquel tren lo llevaba al fin del mundo. Se quedó mirando por la ventana por lo menos cinco minutos, esperando, casi rezando por encontrar el consuelo de una luz, un fuego, un coche. Pero lo único que divisaba eran las colinas, cada vez más altas, y el día cada vez más oscuro. Justo antes de rendirse logró ver un puñado de ovejas, apiñadas al refugio de un muro de piedra, y pensó que sus expresiones de puro suplicio debían de parecerse a la suya.

—Tendríais que haberos ido a Londres, chicas —murmuró entre dientes. Luego lanzó una carcajada frenética. Dios mío, pensó. ¿Esto es lo que pasa cuando se viene a Escocia? ¿Se empieza a hablar con las ovejas?

Dan se animó un poco al ver que por lo menos otras treinta personas se bajaban con él en Fort William, cosa que le pareció sorprendente. Advirtió también que todo el mundo iba mucho mejor equipado para el tiempo. Un alegre grupo de escaladores, con sus anoraks, sus bombachos y sus calcetines de vivos colores, caminaba hacia él por el andén sin acusar para nada sus pesadas mochilas y mucho menos el aguanieve que soplaba en el apeadero. Al pasar de largo se miraron unos a otros sonriendo mientras Dan intentaba, con los dedos entumecidos, abrocharse la cremallera de su chaqueta de cuero, muy elegante pero muy poco apropiada para el lugar. A continuación echó a andar hacia la salida, con la cabeza gacha contra la lluvia helada, y de inmediato se metió en un charco que le llenó uno de sus zapatos Gucci de agua congelada. Menos mal que los escaladores no seguían mirando. En ese momento estuvo a punto de echarse a llorar de rabia y desesperación. Se quedó parado en el andén, con la bolsa en la mano y los hombros hundidos, preguntándose qué demonios hacía allí y deseando estar en el cálido entorno familiar de Clapham.

Encontró un banco un poco protegido al abrigo de la taquilla y allí se quitó el zapato, del que salió un chorro de agua. Lo secó lo mejor que pudo y se puso los únicos calcetines de muda que llevaba. Para cuando terminó se había quedado solo en el andén, excepto por una extraordinaria figura que lo miraba desde la salida. Iba ataviada con un par de botas de agua negras y un canguro rojo con la capucha tan cerrada sobre la cara que parecía que todas las funciones sensoriales las desarrollara únicamente una larga nariz roja. Dan echó a andar hacia el desconocido, hasta que de pronto se dio cuenta de que guardaba un enorme parecido con el enano veneciano asesino de la película *Don't Look Now*.

—¿Eres Dan Porter? —preguntó una voz dentro de la capucha.

—Sí.

—Pues date prisa. Tengo la furgoneta fuera.

Nada de presentaciones, nada de preguntas de cortesía sobre el viaje, nada de disculpas por el espantoso día. En aquel instante Dan tuvo la tentación de salir corriendo en dirección contraria, buscar un buen hotel y quedarse allí hasta que se le pasara un poco el cabreo monumental y luego tomar el primer tren a Londres.

Lo consoló un poco ver que la furgoneta era una Ford Transit nueva con el nombre Vagabundos pintado de muchos colores en el costado. Por lo menos aquello lo tranquilizó. No parecía que fueran a llevarlo a un remoto y frío tugurio para cortarlo en trocitos con un cuchillo de cocina. Esperó a que el conductor se metiera en el coche y le abriera el seguro de la puerta. Nada más entrar notó un agradable calorcillo. Por fin el desconocido se quitó la capucha y agitó el pelo, encrespado y castaño, y Dan se dio cuenta de que era una mujer. De hecho la reconoció por la fotografía del *Woman's Weekly*.

—Hola, Dan. Soy Katie Trenchard —saludó ella.

—Encantado. —Estrecharle la mano fue como agarrar un témpano.

—Siento no haberme presentado antes, pero es que se te veía tan frío y tan abatido en el andén, que pensé que era mejor entrar en calor antes de entablar conversación. Dime, ¿qué tal el viaje?

—Interesante.

—A ver si lo adivino. No has dormido nada, la calefacción se encendía y se paraba y tu compañero de compartimiento roncaba.

Dan se quedó pasmado.

—Has acertado de plano. Oye, ¿no lo habrás organizado tú?

Katie se echó a reír.

—No, forma parte del trayecto. El truco es dar diez libras al revisor antes de salir. Se les da muy bien eso de distribuir las literas.

—Gracias por la información. La próxima vez te haré caso.

Katie metió la primera y encaminó la furgoneta hacia la salida del aparcamiento.

—¿Vuelves a Londres esta noche?

—Probablemente. He dejado la vuelta abierta, por si necesitaba quedarme más tiempo. —En la calle la gente se apresuraba de una tienda a otra con los paraguas inclinados contra el aguanieve. Dan lanzó una carcajada amarga—. Pero me parece que intentaré volver lo antes posible.

—Así que no te gusta mucho nuestro magnífico clima, ¿eh? —preguntó Katie divertida.

—Jamás me hubiera imaginado que pudiera cambiar tanto en solo setecientos kilómetros. Anoche, cuando salí de Londres, era casi verano. ¿Siempre hace este tiempo en septiembre por aquí?

—No, qué va. No es más que una racha. Dicen que mañana hará bastante bueno. —Katie lo miró—. De manera que, si te quedas un día más, no tendrás que comprarte prendas tan poco elegantes como este canguro.

Dan echó un vistazo a su propia ropa. La chaqueta de cuero comenzaba a humear en el calor del vehículo, y los pantalones húmedos estaban calientes. Solo el pie del zapato mojado se empeñaba en permanecer helado.

—No sabía muy bien qué esperar.

Katie se echó a reír.

—Es evidente —contestó.

Dan se mordió el labio.

—Vale, mensaje recibido.

—Perdona, no debería reírme. Es que allí en el andén, la verdad, parecías bastante fuera de lugar.

—Como te habría pasado a ti si hubieras llegado a Euston tapada hasta arriba y enseñando solo la nariz.

—Quizá. Pero también podrían haberme tomado por una musulmana excéntrica.

Katie aceleró hacia un semáforo que acababa de ponerse en ámbar. Tenía intención de pasarlo, pero en el último momento frenó de golpe. Dan recibió un buen golpe en la nuca y al instante quedó enterrado en largos rollos de telas de colores.

—¡Madre mía! ¿Estás bien? —preguntó Katie preocupada, apartando los rollos a empujones hacia la parte trasera—. No me había dado cuenta de que los llevaba en el coche. Deberían haberlos descargado en la fábrica anoche.

Dan decidió no hacer comentarios. A su tremenda sensación de malestar general se había añadido ahora un sordo dolor de cabeza.

—¿Vamos ahora a la fábrica?

—Sí. Está en un pequeño polígono industrial, a las afueras. No queda muy lejos.

Diez minutos más tarde atravesaban un paso a nivel y llegaban a una verja con un gran cartel blanco que anunciaba la entrada al polígono industrial de Cruach. La carretera serpenteaba entre varios edificios prefabricados, la mayoría con enormes puertas azules junto a las que se apilaban desordenadamente cajas de pescado y palés. Un fuerte viento soplaba sobre las agitadas aguas de la ría en cuyas orillas se situaba el polígono.

Katie detuvo la furgoneta delante de uno de los edificios.

—Aquí es. La sede de mi imperio.

—Está muy bien —comentó Dan, intentando mostrar entusiasmo y mirando las vigas oxidadas que sostenían un porche inútil sobre la puerta de cristal, con su pintura vieja y desconchada.

—Ven, te prepararé un café. —Katie cogió del suelo del coche una bolsa grande de lona y abrió la puerta—. Oye —añadió, volviéndose hacia él—, supongo que no habrás comido nada. ¿Te apetece un bocadillo de beicon?

—Estupendo, si no es mucha molestia.

—Qué va. Ahora mismo mando a Hilary al bar.

Nada más salir de la furgoneta lo asaltó un penetrante olor a pescado. Aunque el viento soplaba sobre la ría, el olor parecía permanente, como si estuviera incrustado en el cemento de los edificios y emanara de cada grieta. Entraron en una nave desde la que se oía el rumor de las máquinas de coser. A través de un panel de cristal se veía una hilera de mujeres trabajando en silencio.

La sala en la que se encontraban estaba atestada pero con aspecto eficiente, con tablas, gráficos y fotografías de Vagabundos en todas las paredes. La recepcionista era una chica joven que le dedicó una radiante sonrisa. Detrás de ella, otras dos mujeres trabajaban en sendos ordenadores mientras hablaban por teléfono utilizando auriculares.

—¡Vagabundos, buenos días! —oyó decir a una con voz cantarina—. Lo atiende Maggie. ¿En qué puedo ayudarlo?

—Hilary —dijo Katie a la recepcionista—, te presento al señor Potter, de Londres. —La chica se levantó y le tendió la mano—. Quería pedirte un favor. ¿Puedes acercarte al bar y traerle un bocadillo de beicon?

—Pues claro —replicó ella, acercándose de inmediato al perchero para coger su impermeable.

Dan se metió la mano en el bolsillo.

—Espera, que te doy dinero…

—No seas tonto —lo interrumpió Katie—. Lo menos que podemos hacer después de tu espantoso viaje al polo Norte es ofrecerte un bocadillo. —Se quitó el canguro y las botas de agua y se puso unos zapatos náuticos marrones. Era evidente que el cambio de calzado era un proceso de rutina. Al verla sin su atuendo de lluvia, tan poco favorecedor, Dan se quedó impresionado.

Katie se acercó a la tetera eléctrica colocada precariamente en el repecho de una ventana y, después de comprobar que tenía bastante agua, la puso en marcha. Aunque no medía más de uno sesenta y cinco, su figura guardaba una proporción perfecta con su altura. Tenía las caderas estrechas, el pecho pequeño pero firme bajo su jersey de lana azul, y, aunque llevaba unos Vagabundos de vivos colores con los que cualquier mujer más corpulenta se habría evitado una dieta, Dan advirtió que en el caso de Katie solo ocultaban un culo respingón y unas piernas bien formadas.

Al cabo de un momento Katie volvió a la mesa de recepción.

—Bien, mientras esperamos a que hierva el agua, ¿te explico cómo funciona todo esto?

Dan se quitó la chaqueta de cuero, que comenzaba a humear en el calor de la oficina y olía como un novillo con problemas de higiene.

—¿Puedo colgar esto en algún sitio para que se seque? Está empapada.

—Ay, perdona —replicó Katie, cogiéndole la chaqueta—. Debería habértelo dicho yo.

Extendió la prenda sobre un radiador en el otro extremo de la sala, detrás de una mesa vacía que debía de ser la suya.

—¿Seguro que está bien ahí? —preguntó Dan, preocupado por su preciosa chaqueta.

—Creo que sí. No se va a estropear, si te refieres a eso.

Dan decidió hacerle caso. Ella mejor que nadie sabría una cosa así.

—Muy bien. —Katie se acercó a las dos mujeres que trabajaban en los ordenadores hablando sin cesar en sus micrófonos, y les puso la mano en el hombro. Ellas se volvieron sonriendo, sin dejar de hablar—. Estas son Heather y Maggie. Ven, que te voy a explicar lo que hacen.

Dan obedeció.

—Mira la pantalla de Maggie. Ahora mismo está recibiendo un pedido. —Katie se interrumpió mientras Maggie tecleaba el nombre de una tal Catherine Swift. En la pantalla apareció de inmediato su dirección, número de teléfono y datos bancarios—. Eso es lo que más me gusta, que una clienta satisfecha nos llame con más pedidos. —Se inclinó sobre el hombro de Maggie y señaló uno de los recuadros al final de la pantalla—. Aquí se ve que la señora Swift se ha gastado con nosotros quinientas ochenta libras en lo que va de año.

Dan se quedó impresionado.

—¿Y tenéis muchos clientes como ella?

—Huy, sí. Cuando Maggie termine con este pedido, te sacará nuestra lista de mejores clientes. Seguro que la señora Swift no aparece.

Maggie pulsó una tecla y comenzó a introducir en la nueva pantalla el pedido que acababa de recibir por teléfono.

—Desde esta pantalla se manejan las existencias —explicó Katie—. Maggie está comprobando si tenemos lo que le han pedido. Si es así, lo reserva y queda borrado de la lista. Si no lo tenemos, pasa a una lista de espera. Una vez que se tramita el pedido, se transfiere al monitor del almacén, y si todo va bien se envía por correo el mismo día. Si no tenemos algún elemento del pedido, se imprime en una lista de fabricación que pasa, junto con las listas de existencias, a las chicas del taller para informarles lo que hay que producir.

—¿Y por qué les pasáis una copia impresa? —preguntó Dan—. ¿Por qué no instaláis un monitor en el taller, igual que en el almacén?

Katie sonrió.

—Porque a las chicas no les gustan los ordenadores. Ya lo intentamos una vez, y casi dimiten en masa. —Katie se acercó a la tetera—. No, ellas prefieren la cosa antigua del papel —explicó, mientras preparaba un café instantáneo—. ¿Cómo lo quieres?

—Solo ya está bien.

Mientras Katie le tendía la taza entró Hilary en la oficina, con el impermeable empapado y el pelo, largo y oscuro, pegado a la cara. Dejó en la mesa un envoltorio de papel de aluminio y sacudió la cabeza de lado a lado, salpicando agua como un perro.

—¡Madre mía! ¡La que está cayendo! —exclamó, arreglándose el pelo con los dedos. Luego le dio a Dan el envoltorio, que estaba caliente, y fue a colgar el impermeable.

—Lo siento, Hilary —dijo Katie—. La verdad es que tendría que haber parado yo con el coche, pero es que tengo tantas cosas en la cabeza...

—No pasa nada, mujer.

Dan sonrió agradecido a la recepcionista.

—¿Qué te apetece hacer? —preguntó Katie—. ¿Prefieres que hablemos ahora, o seguimos con la visita?

—Si a ti te da igual, yo preferiría dejar las preguntas para el final —contestó Dan, mientras desenvolvía el bocadillo—. Bueno, eso si no te importa que desayune sobre la marcha.

—Qué va. Ven, empezaremos por el taller.

Atravesaron la puerta de cristal al fondo de la oficina y se encontraron con un estruendo de máquinas de coser y música a todo volumen proveniente de los altavoces colgados en las vigas de metal. Había doce trabajadoras, todas concentradas en sus máquinas y sus telas de colores, moviendo los pedales y las manos en perfecta sincronización. Detrás de cada puesto había una pila de cajas de plástico marcadas con una serie de números y dos letras. Dan advirtió que cada caja era diferente.

—Son los códigos de fabricación —explicó Katie a gritos—. Son distintas telas, tallas y piezas. Todo empieza al final, junto a la mesa de corte, y va moviéndose hacia delante, de manera que el artículo terminado sale aquí, al lado de la puerta. Elsie está haciendo bolsillos. —Elsie alzó la vista al oír su nombre, miró a Dan y se puso colorada de vergüenza—. Cuando termine con este lote, pasará las cajas a Karen, aquí delante, que pondrá los elásticos.

Katie lo guió a través de la hilera de trabajadoras hasta la parte trasera. Dan oyó un silbido y se volvió. La chica sentada junto a Elsie se inclinó sobre ella para darle un golpe amistoso en el brazo. Elsie estaba pasando tanta vergüenza que la cabeza casi le había desaparecido en el regazo.

Katie se echó a reír.

—No te preocupes, pasa lo mismo cada vez que entra un hombre en el taller. De hecho contigo se han dominado mucho. —Katie apoyó las manos en la larga mesa de corte. Una chica robusta, con una gorra de béisbol puesta al revés, manejaba con destreza un cuchillo eléctrico en torno a un patrón colocado sobre varias telas que alcanzaban veinte centímetros de grosor.

—Es un trabajo muy especializado —explicó Katie—. Si el cuchillo se sale de la línea, hay que tirar un buen lote de tela.

—¿Y ha pasado alguna vez?

Katie sonrió.

—Morag, me están preguntando si hemos tenido que tirar algún lote.

La chica alzó la vista de pronto, con una expresión tan ofendida que Dan se sorprendió; sacudió la cabeza una vez y volvió a su trabajo.

Katie intentaba ahogar una carcajada.

—Ahí tienes la respuesta. No te quepa duda de que son las chicas las que han levantado la empresa, no yo. Si alguna vez nos retrasamos con la producción, jamás se han quejado de tener que trabajar los fines de semana o incluso de noche. Creo recordar que cuando nos llamaste, el domingo, era muy tarde, ¿no?

Dan asintió.

—Pues ya lo ves. En cierto modo has sido testigo. Todas se enorgullecen de lo que hacemos, y lo mejor es que todas son mis amigas. Somos una gran familia feliz.

Dan advirtió que Katie hablaba de sus trabajadoras con cierta tristeza, y pensó que era natural. Al fin y al cabo iba a vender el negocio y estaría preocupada por la situación incierta de «su familia».

Para cuando Dan terminó el bocadillo y el café, habían acabado la visita, después de pasar deprisa por el almacén, con sus ordenadas pilas de pantalones y jerséis doblados, y la sala de envíos, llena de paquetes de papel y elegantes cajas azules con la marca Vagabundos escrita en letras doradas. Dan recogió su bolsa en la recepción y siguió a Katie al fondo de la oficina. Ella le ofreció una silla y se sentó a su mesa.

—Muy bien —comenzó—. Hemos llegado a la parte de las preguntas.

Dan sacó de la bolsa el gastado cuaderno de Nina.

—¿Puedo? —preguntó, cogiendo un bolígrafo de la bandeja. Luego se sentó y cruzó las piernas—. Me gustaría empezar con lo más importante. ¿Puedo preguntarte cuál es el volumen de ventas?

Katie alzó las cejas, sorprendida por una pregunta tan directa.

—Vale. —Vaciló un momento antes de contestar—. Pues yo creo que el año pasado rondábamos el medio millón de libras, pero este año vamos a superar esa cifra.

Dan se quedó pasmado, con el bolígrafo sobre el cuaderno. No esperaba nada parecido. Recordó la conversación que había mantenido con Josh en la cocina de su casa. Si Vagabundos todavía no había empezado a «arañar la superficie» del mercado, qué demonios, lo cierto es que no iba nada mal. De todas formas le costaba creer que un negocio asentado en lo que parecía una chabola en el rincón más perdido del Reino Unido pudiera alcanzar tal volumen de ventas.

—¿Y el margen de beneficios?

Katie suspiró, de nuevo sorprendida por la pregunta.

—La verdad es que no puedo darte una respuesta exacta. Tendrías que hablar con el contable. Lo que sí sé es que los gastos de producción son muy altos, aunque a mí no se me ocurriría cambiar nuestro método de trabajo. Creo que el año pasado obtuvimos unas veinticinco mil libras, después de liquidar los salarios, pero casi todo se fue en pagar un préstamo a medio plazo. —Katie se inclinó sobre la mesa—. ¿Puedo hacerte yo una pregunta?

—Pues claro.

—¿Cómo es que a una persona que lee el *Woman's Weekly* le interesan los beneficios?

—¿Cómo dices?

Katie se reclinó en la silla.

—Hombre, yo diría que a los lectores de esa revista les interesarían cosas más frívolas. De hecho, me sorprendió mucho que quisieras escribir un artículo sobre mí cuando el otro acaba de publicarse.

Dan frunció el entrecejo.

—Me temo que no te entiendo.

Katie se quedó mirándolo.

—¿Pero no has venido a escribir un artículo para el *Woman's Weekly*?

Dan se echó a reír.

—Pues no. ¿De dónde has sacado esa idea?

—Es lo que dijiste por teléfono.

—Yo no dije nada parecido.

—¿Pero no eres periodista?

—Qué va.

Katie se quedó pálida.

—No serás de Hacienda, ¿verdad? Porque en ese caso tendrás que...

—Escucha —la interrumpió Dan, que comenzaba a sentirse irritado, además de agotado y falto de sueño—. Leí el artículo sobre ti en un *Woman's Weekly* que me había pasado mi madre porque traía una receta de no sé qué. —Era una buena forma de empezar, pensó—. Por eso leí el artículo. Entonces te llamé para hablar de la empresa y tú me dijiste que viniera. Y eso es lo que he hecho.

—Pero ¿por qué?

—Porque decías que ibas a vender el negocio —contestó Dan, alzando la voz desesperado—, y a mí podría interesarme comprarlo.

Katie se llevó la mano a la boca.

—¡Oh, no!

—¿Cómo que «oh, no»?

—Yo no te oí decir eso. —Katie se quedó callada un momento, mordiéndose el labio—. Madre mía, me parece que he metido bien la pata.

Dan movió la cabeza.

—Bueno, no te preocupes, no pasa nada.

—¡Sí que pasa! Te he hecho venir hasta aquí para nada.

—Bueno, deja que sea yo quien lo decida.

—¡Es que no hay nada que decidir! ¡La empresa se vendió hace dos semanas!

Dan la miró en silencio, sin poder ni hablar.

—¿Qué quieres decir? —dijo al cabo—. No puede ser... ¿tan pronto? Pero si acabo de leer el artículo.

—¿No miraste la fecha?

—¿Qué?

—La fecha del *Woman's Weekly*. Ese artículo se publicó hace cuatro meses.

Dan cerró los ojos, sin poder creerlo.

—¡No puede ser verdad! —exclamó, dándose una palmada en la frente—. ¡Joder, no se me pasó por la cabeza!

—Oye, lo siento muchísimo. Si hubiera sabido que...

—No, no, si es culpa mía. Debería haberme informado bien. Es que no se me ocurrió.

Katie intentó sonreír.

—¿Quieres otro café?

—No, gracias.

Joder, pensó, tanto tiempo en paro le había obnubilado el cerebro. Si alguien del banco hubiera realizado un trabajo tan lamentable de investigación, lo habría puesto de patitas en la calle. ¡Menuda pérdida de tiempo! ¡Y qué manera de tirar el dinero!

—¿Puedo saber quién ha comprado el negocio?

—Una pareja joven que venía de Londres. Había recibido tres ofertas, y de hecho una era más alta que la de ellos, pero eran los únicos que estaban dispuestos a mantener aquí la fábrica.

Dan lanzó un hondo suspiro y dejó el bolígrafo en la bandeja.

—Pues entonces ya está —comentó, metiendo de nuevo el cuaderno en su bolsa.

—Me siento fatal —declaró Katie apretando los dientes avergonzada.

—No te preocupes. Toda la culpa la tengo yo, que he sido un estúpido. —Dan cerró la bolsa y cogió la chaqueta del radiador detrás de la mesa. Por lo menos se había secado—. Bueno, no te quiero robar más tiempo.

—Siento muchísimo que hayas hecho el viaje en balde.

—Ya te digo que la culpa es solo mía. Oye, deberías decirles a los nuevos propietarios que en Londres hay un mercado enorme para los Vagabundos. Según mi hijo, todos sus amigos andan detrás de la marca. Se ve que es la vestimenta ideal para ir a bailar.

—¿De verdad?

—Eso dice. Los considera «el no va más», y te aseguro que es todo un cumplido viniendo de mi hijo.

Katie se levantó.

—En ese caso, se lo comentaré —aseguró, metiéndose las manos en los bolsillos—. ¿Y ahora qué vas a hacer?

Dan recordó que esa mañana había pensado meterse en un pub para anestesiar a base de alcohol el frío y el malestar. La idea de pronto se le hacía diez veces más interesante.

—Pues me voy al centro para hacer tiempo hasta la tarde.

Katie echó a andar hacia la puerta.

—Te llevo.

—No, no te molestes. Creo que ya te he hecho perder bastante tiempo. Pero te agradecería que llamarais a un taxi.

Katie chasqueó la lengua.

—No digas tonterías —replicó, cogiendo su canguro del perchero.

—¿Qué tonterías?

Katie se puso el canguro, que echó chispas de electricidad estática.

—Que no te voy a tener todo el día esperando en Fort William.

—Oye, de verdad, no te molestes…

—Lo siento, pero sí me molesto. —Katie se volvió hacia Hilary—. Voy a llevar al señor Porter a Auchnacerie. Si hay alguna urgencia, me puedes localizar allí. Vamos —añadió, sacándose unas llaves del canguro.

—¿Y adónde vamos?

—A mi casa.

Dan suspiró. Dadas las circunstancias, habría preferido quedarse solo y con una copa doble en la mano.

—Supongo que protestar no va a servirme de nada.

—De nada en absoluto. Digas lo que digas, me siento responsable por haberte hecho venir con falsas expectativas. Es lo menos que puedo hacer.

Dan se encogió de hombros.

—Muy bien. Estoy en tus manos.

Dos minutos más tarde habían salido de la zona industrial y se dirigían hacia el oeste en el Volkswagen Golf GTI rojo de Katie. Gracias a Dios, pensó Dan, habían dejado la furgoneta en el aparcamiento. El día no había mejorado mucho, pero por lo menos los nubarrones que cubrían las colinas paraban valientemente el aguanieve.

—Un coche muy bonito —comentó Dan. En realidad no tenía ganas de entablar conversación, pero pensó que sería un poco grosero quedarse en silencio, rumiando su propia incompetencia.

—Un pequeño lujo. La empresa ha dominado mi vida los últimos años, de manera que pensé que me merecía una recompensa después de tantos esfuerzos.

—Creía que aquí todo el mundo llevaba tracción en las cuatro ruedas.

—No es para tanto. Si nieva un poco también se puede ir con un coche normal, si se conduce con cuidado. —Katie sonrió—. ¿No es verdad que en Londres hay más coches de tracción a las cuatro ruedas que en ninguna otra parte del país?

Dan se echó a reír.

—No lo sé a ciencia cierta, pero sí que se ven muchos, sí.

—Probablemente son muy útiles para atravesar pasos de cebra sin quedarse estancado con los peatones.

—Me parece advertir cierto sarcasmo...

—Un poquito —dijo Katie riendo. Giró a la derecha para subir una pronunciada cuesta y se detuvo frente a un muro de mampostería tras el cual se veía aparecer de vez en cuando la cabeza de un niño.

—¡Menos mal! Es la hora del recreo —comentó Katie mientras apagaba el coche—. Oye, será un momento. Voy a recoger a mi hija Sooty. Esta mañana no se encontraba muy bien y había pensado sacarla del colegio a mediodía.

—Siempre que Max no te vea llevártela.

Katie frunció el entrecejo.

—¿Qué?

—O puede que no vaya al mismo colegio.

Katie pareció entender de pronto.

—¡Ah, claro! —exclamó, señalándolo con el dedo—. Lo sabes todo por la revista. Es verdad, Max está aquí en el colegio, pero puede volver luego a casa en autobús. Yo intentaré llevarme a Sooty sin provocar una escena.

Katie entró corriendo en el patio del colegio. Por fin solo, desde que le habían dado la noticia de la venta de la empresa, pudo desahogarse un poco de la rabia que sentía.

—¡Mierda! ¡Mierda! ¡MIERDA! —exclamó, dando un puñetazo en el salpicadero. —Mientras seguía maldiciendo su propia estupidez, vio un par de manos de niño que se agarraban al borde del muro del patio, y una cabeza pelirroja se asomó a mirar. El niño se quedó allí un instante y se dejó caer de nuevo al otro lado. Cinco segundos después reapareció, esta vez de un brinco. Se sentó en la tapia y se quedó mirando a Dan mientras jugueteaba con los pulgares.

Al principio Dan pensó que era mejor no hacerle caso. Intentó distraerse un rato toqueteando el cierre de la guantera; pero, cuando alzó la cabeza, el niño seguía mirándolo. Tal vez debería decirle algo. Intentó abrir las ventanillas, pero el mecanismo eléctrico no funcionaba con el coche apagado, de manera que abrió la puerta una rendija. No quería que se escapara el calor.

—Hola —saludó, intentando hacerse el simpático.

El niño contestó con un gesto.

—¿Cómo te llamas?

—Murdoch —contestó el pequeño con voz monótona.

—¿Y cuántos años tienes, Murdoch?

—Once.

—Ya. —Dan suspiró. No era fácil entablar conversación—. ¿Te gusta el colegio?

El chico se encogió de hombros.

—No está mal. —Luego ladeó la cabeza—. ¿Eras tú?

—¿Qué quieres decir?

—Que si eras tú el que gritaba «mierda».

Dan se mordió el labio, avergonzado.

—Pues sí, me temo que sí. Lo siento.

Murdoch dio un puñetazo a los dedos de un infortunado compañero que pretendía unirse a él en el muro.

—Mi padre nunca dice «mierda».

—Y hace bien. Esas cosas no se dicen.

—Él dice «hostia».

Dan carraspeó.

—Pues eso tampoco se dice —respondió, en tono de maestro de escuela—. Es mejor no decir ni lo uno ni lo otro.

—No, puede que no.

Dan le guiñó un ojo, muy satisfecho pensando que su pequeña lección contra los tacos había surtido efecto.

Murdoch, sin embargo, parecía amenazarlo con más preguntas.

—¿Y «ostras»? ¿Eso sí se puede decir?

Por suerte para Dan no tuvo que contestar, porque una voz masculina gritó al otro lado de la tapia:

—¡Murdoch! Bájate ahora mismo de ahí y vete a tu clase. —El niño desapareció como un premio de tiro al blanco al que hubieran acertado de plano.

Dan todavía estaba mirando el muro cuando apareció Katie de la mano de una niña de pelo oscuro que andaba dando saltitos. Abrió la puerta y la chiquilla subió al coche.

—Siento haberte hecho esperar —se disculpó Katie—. Pero es que ha habido una pequeña discusión con Max.

—No pasa nada. Me he entretenido charlando con un tal Murdoch.

La niña lanzó una exclamación de asco desde el asiento trasero, como si estuviera a punto de vomitar.

—¡Murdoch es asqueroso! —exclamó—. Se mete el dedo en la nariz y le tira los mocos a la gente.

—Vale, Sooty —dijo Katie mientras ponía en marcha el motor—. Tampoco hace falta que nos cuentes los detalles. Oye, además no has saludado al señor Porter.

—Soy Dan —dijo este, volviéndose sonriente hacia la niña, que intentaba abrocharse el cinturón de seguridad—. Hola, Sooty, encantado de conocerte.

—¿De dónde eres? —preguntó ella sin mirarlo.

—De Londres.

—Lo sabía.

—¿Ah, sí? ¿Y cómo lo sabías?

—Porque hablas como los de la serie *Eastenders*.

—¡Sooty! —la reprendió Katie—. ¡No seas maleducada!

—¡Pero si es verdad!

Dan se echó a reír.

—Tienes razón. Claro que mi acento era mucho más cerrado antes.

—¿Y por qué ya no? —preguntó Sooty.

—Seguramente porque llevo toda la vida trabajando en la City.

—¿Y eso te cambia el acento?

—Pues sí, porque en la City trabaja gente de todo el mundo y a veces no saben hablar bien inglés, así que hay que hacer un esfuerzo para que a uno lo entiendan. Y para eso no se puede hablar con un acento marcado.

—¿Yo tengo acento marcado, mamá?

—No lo sé. Pregúntaselo a Dan.

—¿Tú qué crees, Dan?

—Pues creo que sí. Se nota que eres de Escocia. Aunque no tienes tanto acento como Murdoch.

—¡Ay, no me hables de Murdoch, que me da mucho asco!

Dan y Katie se miraron sonriendo.

—El padre de Murdoch es guardabosque de una finca de por aquí —explicó ella—. Toda la familia es... ¿cómo lo diría? Bueno, son todos un poco indisciplinados.

Dan asintió.

—Ya me hago idea.

Katie metió tercera y salió al centro de la carretera para adelantar a un camión articulado de matrícula extranjera con el logotipo de un pez en la puerta.

—Así que trabajas en la City —comentó.

—Bueno, trabajaba. Durante veinte años.

—¿Y qué hacías?

—Casi siempre me he dedicado a la banca.

—¿Y ahora?

—De momento no hago nada. Estoy esperando que me salga una oportunidad.

Katie suspiró.

—Y pensabas que Vagabundos era esa oportunidad.

—Podía ser.

—No sabes cómo lo siento.

—No te preocupes. No ha sido más que un malentendido.

—Mamá, ¿puedes poner la cinta? —preguntó Sooty.

—No, cariño. Estoy hablando con Dan.

—¡Pero es que es un rollo! Podéis hablar cuando lleguemos a casa.

—¡Sooty!

—A mí no me importa —terció Dan, encantado de tener una excusa para dejar de oír las disculpas de Katie.

—Eso es porque aún no has oído la cinta —murmuró ella.

Puso en marcha el estéreo y de inmediato se oyó una voz nasal que cantaba con un acento escocés muchísimo más cerrado que la modesta contribución de Murdoch.

> Una niña tenía un pez de colores, un pez de colores, un pez de colores.
> Una niña tenía un pez de colores y el pez de colores se llamaba Doris.
>
> Una niña tenía dos peces de colores, dos peces de colores, dos peces de colores.
> Una niña tenía dos peces de colores y los peces se llamaban Doris y Boris.

La carretera trazaba suaves curvas a lo largo de una vía de tren que seguía la rocosa orilla del oscuro lago. Mientras la niña de la canción adquiría otro pez de colores llamado Clovis, Katie señaló con el dedo.

—Nuestra casa está allí, entre la niebla, al otro lado del lago. Para llegar no tenemos más remedio que ir hasta el final y dar la vuelta.

—¿Queda muy lejos Fort William? —quiso saber Dan.

—A unos treinta kilómetros.

—¿Y haces el trayecto todos los días?

—Y más de una vez. De momento vengo a casa a comer todos los días.

—O sea, que haces ciento veinte kilómetros.

—Y más. También tengo que ir a recoger a los niños a la parada del autobús. Debo de hacer unos ciento cuarenta kilómetros al día. —Katie lo miró un instante—. Muy diferente de la vida en Londres, ¿eh?

—Más bien. Aunque, por otra parte, seguro que en cualquiera de tus trayectos tardas menos que yo en ir de Clapham a la City.

Katie cambió de marcha otra vez y adelantó a otro coche.

—Eso seguro.

Dan dio una palmadita en el salpicadero.

—Y es mucho más divertido.

Para cuando salieron de la carretera y atravesaron dos columnas de piedra, habían escuchado tres veces la canción de Sooty. La musiquilla resonaba ahora constantemente en la cabeza de Dan, que a estas alturas aborrecía los malditos peces de colores y comenzaba a inventar para ellos nombres bastante más groseros que los de la canción. El camino particular atravesaba un descuidado jardín con parterres llenos de malas hierbas y un césped que no se había cortado en años. En el centro goteaba inconsolable una larga cama elástica redonda con un agujero en el centro. Sin embargo, la casa de piedra situada en un extremo del jardín parecía cómoda y acogedora. Sus blancas ventanas daban al lago, si bien la densa niebla ocultaba considerablemente la vista.

Katie aparcó el coche detrás de la casa, en uno de los cubículos de un enorme granero, junto a un viejo Mercedes.

—Vamos, todos fuera. —Sacó su bolso de lona y echó hacia adelante el asiento para dejar salir a Sooty.

Dan bajó con dificultades, intentando no darse con la bicicleta de color rosa chillón apoyada en una de las gruesas vigas que sostenían el techo.

—Ten cuidado, no te vayas a resbalar —advirtió Katie, caminando con cuidado hacia la puerta—. Estas losas son una trampa mortal.

Entraron en la casa y atravesaron un pequeño trastero lleno de botas de agua, cañas de pescar y estanterías atiborradas de herramientas de bricolaje. Otra puerta daba a la cocina, también atestada de cosas pese a su gran tamaño. Sobre un aparato de cocina Rayburn colgaba un tendedero con ropa. La mesa redonda, colocada junto a un banco empotrado bajo la ventana, estaba llena de libros, papeles y muestras de tela. Un gato anaranjado sentado sobre un ordenador portátil hizo caso omiso de su llegada. Dan se preguntó por qué no preferiría acurrucarse en el viejo sillón, con su funda de cuadros y sus cojines de colores, colocado contra la pared cerca de la televisión.

—¿Me disculpas? —dijo Katie, dejando el bolso en la mesa—. Tengo que subir un momento. —Atravesó la puerta de la esquina, obstaculizada por una enorme cómoda de pino—. Sooty te hará compañía hasta que vuelva, ¿verdad, Sooty?

En cuanto se marchó, Sooty se subió de un brinco al sofá y encendió la televisión con el mando a distancia. Con las manos en la barbilla y los codos en los reposabrazos, la niña quedó de inmediato absorta en las travesuras de un perro de dibujos animados que intentaba frenéticamente enterrar un cartucho de dinamita encendido. Dan echó un vistazo a los incontables dibujos infantiles que adornaban las paredes y, mientras un estampido anunciaba el final del infortunado perro, se acercó a la ventana para mirar la niebla gris que impedía cualquier posibilidad de que el tiempo aclarase. Desde luego, él no podría vivir con aquel clima, un día detrás de otro. Y menos allí perdido en el fin del mundo, donde no había rastro de ningún otro ser humano en kilómetros a la redonda. De pronto se dio cuenta de que lo mejor que le podía haber pasado era que la empresa de Vagabundos se hubiera vendido y deseó suerte a la joven pareja de Londres que la había comprado. Si en pocos meses no estaban de vuelta en la civilización, es que ya se habrían vuelto locos de remate.

Al poco rato se oyeron los pasos de Katie en la escalera.

—Bueno, ¿qué hora es? —preguntó nada más entrar, mirando el reloj sobre la cocina—. Las doce menos cuarto. Es un poco temprano, pero podemos comer igualmente. ¿Te apetece una cerveza?

—Si hay, sí —contestó Dan.

Katie le tendió una lata.

—A ver, ¿qué tenemos? —prosiguió, mirando en la nevera—. Me temo que no mucho. Mañana pensaba ir a comprar, así que de momento estamos casi a cero. ¿Qué tal... pan con queso y sopa de tomate?

—Por mí estupendo.

Sooty continuó absorta en la televisión mientras Dan y Katie comían. Katie siguió haciéndole preguntas, y para cuando terminaron el café y metieron los platos en el lavavajillas, Dan le había hablado de la casa de Clapham, de Jackie y su absorbente trabajo, de Josh y su empleo de poca monta y de las ganas que tenían Millie y Nina de que su padre encontrase trabajo para poder volver a su antiguo colegio y reunirse con sus amigas. Dan le contó detalles de la abuela de Battersea, de Biggles y Cruise y hasta mencionó a su viejo amigo Nick y a Tarquin, el niño mimado.

—¡Madre mía! —exclamó Katie, levantándose de un brinco al ver el reloj—. ¡Son las dos y media! Patrick me esperaba a las dos.

Dan se puso también en pie.

—¿Puedo ayudar en algo?

—No, ya me las arreglo yo.

—¿Seguro? Puedo ir yo con tu coche. Sé que su fábrica está muy cerca de la tuya. Y creo recordar el camino de vuelta.

Katie lo miró en silencio, mordiéndose los labios.

—Papá no está trabajando, Dan —terció Sooty, apartando por fin la vista del televisor y dando brincos sobre las rodillas—. Está arriba, ¿verdad, mamá?

Katie esbozó una sonrisa triste.

—Sí, cariño.

Dan se metió las manos en los bolsillos de la cazadora.

—Lo siento, no lo sabía. Como has dicho que tenías que ir a buscarlo…

—Tengo que explicarte una cosa. —Katie miró a su hija, que de nuevo estaba absorta ante la televisión. Se cruzó de brazos y se apoyó sobre la cocina—. El artículo de la revista no contaba toda la verdad. Decía que había decidido vender la empresa para pasar más tiempo con mis hijos.

—Y que pensabas que podría tener una proyección internacional —añadió Dan.

—Exacto. —Katie se interrumpió un momento con los labios fruncidos, como preparándose para continuar—. Pero la verdadera razón es que no quiero pasar mucho tiempo fuera de casa. —Dan la miraba con atención mientras ella se quedaba pensativa otra vez—. Ya sabrás que Patrick tiene su propio negocio de proceso de gambas.

—Sí. Seascape.

—Eso es. Pues bien, hace cinco años, en junio creo que fue, Patrick se fue a Mallaig para recoger una carga de gambas, y cuando volvía a Fort William en el camión tuvo un accidente. Nada serio, solo que se salió a la cuneta. El caso es que, cuando por fin conseguí que me contara lo que había pasado, me dijo que de pronto se le había dormido el costado derecho y perdió el control del camión. Yo quise llevarlo de inmediato al médico, pero no hubo manera. En esa época es cuando hay más trabajo en la fábrica, y Patrick decía que no se podía permitir el lujo de andarse con remilgos de salud. Pues bien, dos semanas más tarde le volvió a pasar, pero esta vez perdió la sensibilidad en la pierna derecha. Por suerte estaba en la oficina, aunque se cayó al suelo y se dio un buen golpe en la cabeza con una mesa. Entonces sí que se llevó un buen susto y se mostró más que dispuesto a ir al médico. La consulta duró cinco minutos, porque lo enviaron de inmediato a Inverness a hacerse más pruebas. El caso es que al final le diagnosticaron esclerosis múltiple.

—Cielo santo —murmuró Dan.

—El especialista nos explicó que era muy pronto para saber cómo se desarrollaría la enfermedad. Sin embargo, teniendo en cuenta la edad de Patrick, lo más probable era que avanzara de manera progresiva, en vez de ir sufriendo ataques y remisiones, sobre todo porque ya había notado pérdida de sensibilidad en los miembros. A pesar de todo, pensaba que Patrick tendría períodos de estabilidad, y no veía razones para que no siguiera trabajando y haciendo vida normal. Aquello a Patrick le sonó a gloria, claro. A partir de entonces se puso a trabajar incluso más que antes. Yo no quise impedírselo, porque sabía que era su manera de desahogarse.

—¿Y cómo lo afectó?

—Cuando la enfermedad remitía, no lo afectaba para nada. Bueno, solo que al final de la jornada estaba agotado, pero no sabíamos si era por la esclerosis o por lo mucho que trabajaba.

—¿Y tuvo recaídas?

—Sí, la primera unos tres meses después del primer ataque. Le duró unas tres semanas y no pareció causarle ningún daño permanente, de manera que siguió haciendo vida normal. Luego pasamos una época estupenda, sin ningún síntoma, hasta el punto de que casi nos olvidamos de que tenía la maldita enfermedad.

—¿Y volvió a recaer?

Katie asintió con la cabeza.

—Hace unos cinco meses, y esta vez las piernas le quedaron muy débiles.

—¿Tiene alguna posibilidad de recuperarse?

—A Patrick no le hemos dicho nada, pero según el médico, esto va a pasar con frecuencia de aquí en adelante.

—¿Sigue trabajando?

—Claro que sí. El cerebro lo tiene perfectamente. Lo único que no le funciona bien es el cuerpo. Ahora tiene que delegar mucho más trabajo, pero yo sigo llevándolo a la oficina unas tres veces por semana, dependiendo de cómo se encuentre. Otras veces trabaja aquí —añadió, señalando la mesa de la ventana.

—¿Y no sigue ningún tratamiento?

Katie sonrió.

—Sí, pero nada ortodoxo. Está siempre en contacto con una mujer bastante rara que vive cerca de Spean Bridge. Es una curandera. Y lo más curioso es que antes Patrick era de lo más escéptico, y ahora se cree a pies juntillas todo lo que la mujer le dice. —Katie se puso seria—. Además, uno de los chicos de la fábrica lo lleva a Inverness cada dos semanas, donde se pasa una hora en una cámara hiperbárica.

—¿Qué demonios es una cámara hiperbárica?

—Es como una campana de inmersión. No sé muy bien cómo funciona, pero el caso es que la presurizan a cierta profundidad y luego bombean oxígeno puro. Y Patrick se tiene que quedar allí sentado como un pez en una pecera, más aburrido que una ostra. Cuando termina la sesión está agotado, así que lo más normal es que cuando vuelve a casa se meta en la cama. Por eso fui arriba cuando llegamos. Y me había dado instrucciones estrictas de que lo despertara a las dos.

Dan lanzó un hondo suspiro.

—Todo esto tiene que ser durísimo para ti.

—Bueno, desde luego la vida se me ha complicado un poco y tengo que hacer malabarismos para llevar la empresa, cuidar de Patrick, llevar a los niños al colegio... El caso es que ya no había manera de sacarlo todo adelante y por eso decidí vender el negocio. Y además, claro, Patrick es ahora otra persona.

—¿En qué aspecto?

—A veces está muy deprimido, de mal genio, se pone frenético cuando ve que no puede hacer ni las cosas más sencillas. Y es comprensible.

—Claro que sí—contestó Dan, deseando no haber hecho una pregunta tan tonta. Entonces miró a Sooty, que seguía en el sillón—. ¿Y los niños? ¿Cómo se lo han tomado?

—Creo que Max entiende que Patrick está muy enfermo. Su actitud hacia él no ha cambiado nada, lo cual es bueno, pero conmigo se ha vuelto muy cariñoso. Creo que está intentando ayudarme lo mejor que puede.

—¿Y Sooty?

—No creo que ella entienda bien la situación. La inocencia de la infancia, supongo. Se limita a llamar a su padre «señor flojeras».

—¿Tan mal está?

Katie se acercó a la puerta que daba a la escalera.

—Lo vas a ver por ti mismo.

—¿Puedo ayudar en algo?

Katie sonrió.

—No, gracias. Ya tenemos la rutina establecida.

12

Jackie se quedó con la maleta en la mano hasta que el taxi desapareció al final de la avenida. Luego se volvió hacia la casa de Haleridge Road y suspiró. No recordaba haberse sentido así desde la época en que tenía que volver al internado después de unas largas y agradables vacaciones. El viaje de vuelta de París había sido maravilloso, pero desde que se había levantado de la cama esa mañana tenía el estómago encogido de aprensión. Pues bien, ya estaba allí. De vuelta a la realidad.

Abrió la cerca y avanzó hacia la puerta mientras sacaba la llave del bolsillo. La alivió encontrar la casa en silencio, y no se molestó en llamar a nadie. Dejó la maleta en el recibidor y fue a la cocina.

La abuela de Battersea no la vio entrar. Estaba frente al fregadero, frotando una cazuela con unos guantes de color rosa. Los perros, en cambio, se dieron cuenta de inmediato y Biggles lanzó un ladrido antes de correr a saludarla. La cazuela cayó al fregadero con estruendo y la abuela se volvió bruscamente con gran sobresalto y llevándose la mano al pecho.

—¡Ah, eres tú! ¡Qué susto me ha dado el perro!

Jackie esbozó un amago de sonrisa.

—¿Estás bien?

La abuela apoyó la mano en el fregadero.

—Sí, sí. Es que se me ha disparado el corazón.

—¿Por qué no te sientas un momento?

—No, no hace falta —contestó la anciana, volviendo a su cazuela—. Te quería dejar esto limpio.

Jackie dejó el abrigo en el respaldo de una silla.

—Bueno, ¿qué tal en París?

Un sentimiento de culpa se alzó de algún rincón de su subconsciente para sonrojarle las mejillas. Jackie se volvió y fingió hojear las cartas cerradas que había en la mesa.

—Bien.

—Ah, estupendo —replicó su suegra, agachándose con cierto esfuerzo para guardar la cazuela en un armario.

Jackie intentó dominarse.

—¿Dan no está?

—No, cariño. De momento está fuera.

Jackie frunció el entrecejo.

—¿Cómo, «fuera»?

—En Escocia —contestó la abuela de Battersea, quitándose los guantes—. Se marchó ayer.

—¿En Escocia? ¿Y qué demonios se le ha perdido en Escocia?

—Pues no tengo ni idea. A mí me llamó el domingo para pedirme que viniera a cuidar de los niños porque tenía que irse a Escocia.

—¡Pero si allí no conoce a nadie!

—Eso no lo sé, cariño, pero seguro que ha tenido una buena razón para ir. —La abuela echó un rápido vistazo a la cocina antes de encaminarse al pasillo.

—¿Y cuándo vuelve? —inquirió Jackie antes de que se marchara.

—Mañana o pasado. No lo sabía muy bien.

Con un suspiro de desconcierto, Jackie se apoyó de espaldas contra la mesa y se cruzó de brazos. Al cabo de un momento la abuela volvió a la cocina poniéndose una bufanda sobre su impermeable rosa.

—¿Adónde vas?

—A casa, cariño. —La mujer se puso un par de guantes que

había sacado del bolsillo—. He dejado hecho un pastel de carne para las niñas y…

—Pero no te puedes ir todavía —la interrumpió Jackie, cada vez más nerviosa.

—¿Cómo dices?

—¿Por qué no te esperas hasta mañana?

—Bueno, ahora ya estás tú aquí. Seguro que te puedes hacer cargo de la casa.

—¡No puedo! Tengo que trabajar.

La abuela de Battersea sonrió.

—Puedes llamar a la oficina para decir que vas a llegar tarde.

—No, no puedo llegar tarde —le espetó Jackie—. Esta es la época de más ajetreo. No te puedes ir.

—Pues lo siento mucho, cariño, pero yo me voy.

—Pero… ¿Y los perros?

La abuela miró a los dos perros, que se habían acurrucado en sus cestas en cuanto Jackie subió la voz.

—Ah, sí. Eso podría ser un problemilla. Pero, bueno… —añadió, acercándose para darle un beso—. Ya se te ocurrirá algo. —Con estas palabras se encaminó hacia la puerta, pero Jackie le cerró el paso.

—Por favor, abuela, no te vayas.

—No tengo más remedio, cariño. Tengo que preparar el té para una reunión de vecinos esta tarde.

Jackie se quedó en la puerta mientras su suegra se alejaba.

—Esto es cosa de Dan, ¿verdad?

La abuela se volvió hacia ella con el entrecejo arrugado.

—Pero, bueno, ¿qué quieres decir con eso?

—Que ha sido Dan, ¿a que sí? Seguro que te dijo que yo volvía esta noche y que me haría cargo de los niños.

—Eso no es verdad. No creo que tú le dijeras cuándo pensabas volver.

—¡Sí que se lo dije!

—Pues en ese caso, él no me lo dijo a mí —replicó la abuela en tono firme. A continuación agarró su bolso y se marchó.

Todavía de brazos cruzados, Jackie apoyó la cabeza en el marco de la puerta y cerró los ojos.

—Eres un hijo de puta, Dan. ¡Un hijo de puta!

Cuando volvió a la cocina, los perros se encogieron al ver cómo los miraba. Jackie sacó de la cocina el pastel de la abuela, envuelto en celofán, y lo metió en el horno. En ese momento sonó el teléfono.

—¡Diga! —contestó Jackie, airada—. Ah, eres tú. —Su tono de voz se suavizó de inmediato—. Sí, ya lo sé. Lo siento. Es que mi suegra acaba de dejarme en la estacada... Pues Dan se ha ido a Escocia, no sé por qué, y ahora tengo que encargarme de los niños y los perros... No, no puedo. Millie y Nina están a punto de llegar... Sí, a mí también me gustaría... Ha sido genial. Lo he pasado muy bien. Gracias por todo, Stephen.

Y, por primera vez desde que había entrado en la casa, una ancha sonrisa se dibujó en sus labios.

13

Katie le abrió la puerta y él entró en la cocina arrastrando los pies, apoyado en dos muletas; Dan apartó bruscamente el brazo cuando ella intentó ayudarlo, aunque advirtió que el gesto de Katie había sido más de cariño que de apoyo. Patrick era un poco más bajo que Dan, pero tenía la fuerte complexión de un jugador de rugby. Llevaba la camisa remangada, y los fuertes músculos de sus brazos reflejaban el esfuerzo que tenía que hacer para mantenerse sobre las piernas. Ahora estaba pálido, pero mostraba signos de haber sido un hombre sano y curtido, y, aunque el pelo castaño comenzaba a ralear en la coronilla, no se le veía ni una cana.

Pero lo más fascinante eran sus ojos. Tenían un brillo excepcional, y en ellos se leía un espíritu de aventura, una chispa de humor y de furia por la injusticia de sufrir, en el mejor momento de su vida, el ataque de una enfermedad devastadora.

Katie se interpuso entre ellos.

—Patrick, este es Dan Porter, de Londres.

—Vale, espera un momento. Deja que me organice antes de decir hola —replicó él, malhumorado. Dan no pudo evitar volverse para ver la reacción de Katie, pero ella no apartó la vista de su marido y su expresión era únicamente de amor y preocupación.

Patrick llegó por fin al banco junto a la ventana y se apoyó en la mesa mientras colocaba las muletas junto al respaldo de una silla. Luego se dio la vuelta y se dejó caer en el asiento. Por fin, jadeando, se pasó los dedos por el pelo y miró a Dan sonriendo.

—Encantado, Dan —saludó—. Perdona el retraso en las presentaciones.

Cuando Dan se acercó para saludar advirtió que llevaba abierta la cremallera de los pantalones.

—Me alegro de conocerte, Patrick. —Le estrechó la mano con toda la suavidad que pudo sin que se notara que era una concesión a su estado—. Y, entre nosotros, llevas la bragueta abierta.

Patrick bajó la vista y lanzó una carcajada.

—Me cago en la mar, estoy siempre igual. Menos mal que últimamente no salgo mucho. En este maldito país, tan políticamente correcto, seguro que ya me habrían arrestado varias veces por escándalo público. —Llevaba ya un rato forcejeando con la cremallera sin conseguir cerrarla—. Maldita sea. Katie, ¿puedes ayudarme?

Katie se acercó al instante.

—Cuida un poco el lenguaje, Patrick —murmuró con la cara pegada a él—. Sooty está ahí, en el sofá.

—¡Vaya! No la había visto —replicó él, sonriendo como un niño travieso—. ¡Eh, Soots! ¿Qué tal andas? ¿Estás mejor?

Sooty puso fin a su sesión de tele estirándose un buen rato.

—Sí, gracias. —La niña se acercó a su padre y empezó a subirse a sus rodillas.

—¿Puedes? —preguntó Katie a su marido.

—Pues claro que podemos. ¿A que sí, Soots? Mientras no te pongas a dar saltos.

Sooty apoyó la cabeza contra el pecho de su padre.

—¿Has ido a bucear hoy?

—Pues claro que sí. Y he bajado doce metros y todo. Estamos ya muy cerca del barco hundido, así que ya mismo voy a empezar a subir el tesoro y vamos a ser todos multimillonarios.

Patrick le hizo cosquillas en la barriga y la niña chilló de risa.

—¿Podemos hacer multimillonario también a Dan?

Patrick la hizo bajar de sus rodillas y miró a Dan con expresión sonriente.

—¡Pues claro que no! Pero si casi no lo conocemos.

—¡Por favor, papi!

—Bueno, a ver, primero lo voy a interrogar un poco, para ver si es de fiar. —Entonces señaló el otro extremo del banco—. Siéntate, Dan. No me gusta que la gente se quede de pie. Me hace sentir inferior.

—Ven, Sooty —terció Katie—. Vamos a hacer un té.

Patrick se volvió con dificultad y apoyó el codo en la mesa.

—Bueno, me han dicho que has hecho un viaje un poco tonto.

—Más bien. Y todo por mi culpa.

—No es eso lo que dice Katie. Para mí que tendría que ir a destaponarse los oídos. —Katie, que en ese momento volvía de llenar la tetera, le sacó la lengua. Patrick hizo lo propio—. Así que trabajabas en la City, ¿no es así?

—He trabajado allí unos veinte años.

—De modo que viviste la gran eclosión.

—Desde luego. Fue cuando todo se informatizó y aquello despegó de verdad.

—¿Eras uno de los infames chicos de Dagenham que tomaron la bolsa por asalto?

Dan sonrió. Le gustaba la actitud directa de Patrick.

—No. Yo era de Tottenham Hale, pero supongo que mi origen era parecido al de ellos.

Patrick se quedó impresionado.

—Bien hecho. Eso es lo mejor, coger el toro por los cuernos.

—La verdad es que tuve suerte. Podría haber terminado trabajando con mi padre en un taller.

—Pero no fue así.

—No.

Patrick se ayudó de las manos para mover la pierna.

—Yo siempre he pensado que eso de trabajar en la bolsa tiene que ser peliagudo. Además, entonces tenías que ser muy joven, ¿no?

—Veintipocos. —Dan se quedó callado un momento—. Te aseguro que era como tener una descarga de adrenalina constante. Trabajábamos mucho, nos arriesgábamos. Bueno, por lo menos los demás. Yo lo que quería era ganar todo el dinero posible y no perderlo para no tener que volver a Tottenham Hale.

—Y si te gustaba tanto, ¿por qué lo dejaste?

—La verdad es que no lo dejé yo, me echaron. Eliminaron mi puesto de trabajo hace poco más de un año.

—Pero, con tu experiencia, no te costaría encontrar otro empleo.

—No, tienes razón.

Patrick ladeó la cabeza.

—¿Entonces? ¿Qué pasa?

—Pues pasó lo del once de septiembre. Perdí a uno de mis mejores amigos en las torres, y a varios compañeros. Entonces me puse a repasar mi vida y decidí que hay cosas más importantes que el dinero.

Patrick asintió con la cabeza.

—Sí, eso lo entiendo. —Se inclinó sobre la mesa y clavó la vista en Dan—. Pero lo echas de menos, ¿a que sí?

Dan sonrió.

—Sí, todos los días. Cuando uno ha pasado una infancia difícil, sin lujo ninguno, hay que luchar para sobrevivir. Siempre hay que ir un paso por delante de las bandas callejeras si no se quiere terminar con las costillas rotas tirado en la calle, o algo peor. El trabajo estaba hecho para mí. Bueno, para mí y para toda la gente que empezó desde cero y acabó en la City. Todos nos arriesgábamos muchísimo, pero sabíamos por instinto cómo manejar una situación tan volátil y tan imprevisible, puesto que nuestros comienzos en la vida fueron justamente así. Era... no sé, la supervivencia del más fuerte, como vivir en la jungla.

—¡Ja! —exclamó Patrick dando un manotazo en la mesa. Se volvió hacia su esposa con los ojos chispeantes de emoción—. ¿Has oído eso, Katie?

Katie asintió sonriendo mientras preparaba el té.

—Acabas de decir una de mis frases —prosiguió Patrick, señalando a Dan con el dedo—. Pero no me extraña nada.

Dan se echó a reír.

—¿Por qué?

Patrick blandió los puños en el aire, intentando encontrar las palabras precisas.

—Porque... porque es un trabajo tan excitante, tan de toma y daca, tan... básico que uno se llena de entusiasmo y sabe que, si no sale ahí a coger al vuelo todas las oportunidades que se presenten, pues... no sé, que se va a marchitar y a morir.

—¿Y crees que tu negocio es también así?

—Exacto.

—En ese caso, menudo cambio, después de ser profesor de universidad.

Patrick lo miró sorprendido.

—¿Cómo lo sabías?

—Dan lo sabe todo sobre nosotros —intervino Katie, dejándoles en la mesa dos tazas de té—. Saca toda su información del *Woman's Weekly*, ¿verdad, Dan?

Dan torció la boca.

—No siempre, pero en esta ocasión sí. Dime, Patrick, ¿cómo surgió lo de tu negocio?

—¿De verdad quieres que te lo cuente? —replicó él con expresión desafiante.

—Si no te importa.

Patrick bebió un sorbo de té.

—Muy bien. Es verdad que era profesor de biología marina en la Universidad de Plymouth. El departamento se encargaba también de realizar proyectos para empresas de cría de peces y esas cosas. Así fue como conocí a Seascape. Pero, bueno, eso viene luego. Al principio lo que pasó fue que vino un amigo de Londres a pasar el fin de semana con nosotros. Llevaba un negocio de venta al por mayor de pescado y marisco. Trabajaba con restaurantes del centro de Londres y mencionó de pasada que iba a Penzance para ver a un nuevo cliente. —Patrick se interrumpió para beber más té—. El caso es que estábamos de vacaciones en la universidad y no teníamos ningún proyecto en el departamento, de manera que le pregunté en qué consistía su negocio. Él me contestó que era muy sencillo. Se trataba de comprar la calidad adecuada al precio adecuado. —Miró a Katie, que observaba cómo Sooty coloreaba un dibujo que había colocado en el suelo delante de la cocina—. Eran solo dos veces por semana, ¿verdad Katie?

Katie asintió.

—Así que le pregunté si yo podría hacerlo también. Mi amigo no estaba muy seguro al principio; decía que cuando empezaran de nuevo las clases no tendría tiempo. En fin, el caso es que le sugerí que, si me pagaba la gasolina, yo trabajaría sin cobrarle comisión mientras durasen las vacaciones; de manera que, si la cosa no funcionaba o yo demostraba ser un inepto, él tampoco habría perdido mucho. De modo que a eso de las cuatro y media de la madrugada del lunes nos fuimos a Penzance. Compramos un poco y... no sé, me quedé enganchado.

—¿Y seguiste con el asunto?

—Sí. Todo funcionaba de maravilla. Justo antes del siguiente semestre arreglé los horarios para no tener clases las mañanas que me tocaba ir a comprar.

—¿Y cuánto tiempo estuviste así?

—Pues... —Patrick se rascó la barbilla sin afeitar—. Creo que al final me quedé con Seascape en el noventa y uno, o sea que... unos dos años.

—Y entonces Seascape salió al mercado.

—Sí. Bueno, la verdad es que no llegó a salir al mercado. Yo conocía bastante bien a Archie Brannon, el dueño de la empresa, y había ido a verlo varias veces a Fort William. Había montado un buen negocio. Procesaba gambas y langostinos para los mercados europeos, sobre todo España, Italia y Francia. Descubrió que, cuando llegaban aquí los barcos de pesca, tiraban los peces pequeños, de modo que decidió sacarles beneficio y lo hizo de maravilla. El problema de Archie es que tenía un defecto espantoso: tenía obsesión con las faldas. Al final su esposa perdió la paciencia, le pidió el divorcio y sacó una buena tajada. Archie estaba bastante endeudado con el banco, de manera que no tuvo más remedio que poner a la venta la empresa.

—¿Y tú cómo te enteraste?

—Porque en esa época estábamos realizando unas investigaciones para Seascape, y Archie me llamó para que lo parásemos todo. Entonces me contó lo que pasaba y esa misma noche lo estuve hablando con Katie.

—¿Ya tenías intención de comprar la empresa?

—Exacto. No quería perder tiempo. En aquella época llevábamos casados un par de años. No teníamos hijos ni animales ni compromisos con nadie. Kate trabajaba de secretaria en un pequeño despacho de Plymouth y estaba más aburrida que una ostra. Y yo prefería mil veces trabajar todo el día en los puertos de Falmouth y Penzance a seguir encerrado en un aula dando clase a un montón de estudiantes apáticos. De manera que agarramos la ocasión al vuelo. Negocié el precio con Archie, nos dieron una fortuna por la casa de Plymouth y nos trasladamos aquí como orgullosos propietarios de Seascape.

—¿Y qué tal llevasteis el cambio?

Patrick miró a Katie sonriendo.

—Bueno, nos las apañamos bastante bien, ¿verdad? Pero fue un cambio radical, eso sí. Yo antes jamás me había encontrado con problemas de xenofobia, pero no te imaginas lo que fue llegar aquí. A mí me conocían en todos los puertos como «el inglés». Seascape llevaba funcionando cinco años; pero, cuando yo empecé a comprar, siempre decían «vendido al inglés». —Patrick movió la cabeza con una sonrisa—. Pero lo pasaba de miedo. Recuerdo la primera vez que fui a Ullapool. Cuando bajaba con el coche hacia el pueblo, se veían un montón de barcos en el puerto, y cada uno con una bandera de un país distinto. Y en la bahía había unos enormes pesqueros rusos. Cuando llegué al puerto, no lo podía creer. No se comerciaba solo con pescado, ni mucho menos. ¡Allí se vendía de todo! Los rusos, vodka y caviar; los pescadores escoceses, tejanos Levi's y whisky; los españoles también vendían de todo. Aquello era un mercado libre internacional. —Patrick se echó a reír—. ¡Y en Ullapool, nada menos! ¡Un pueblo perdido en el norte de Escocia!

Dan sonrió. Cada vez se encontraba más a gusto en compañía de Patrick.

—Pero tengo que admitir que los comienzos fueron difíciles, sobre todo para Kate. Habíamos invertido hasta el último céntimo en la compra de Seascape, así que nos pasamos un par de años con una mano delante y otra atrás, antes de que arrancara el negocio. Y para eso teníamos que expandir la empresa, lo cual significaba comprar en otros puertos. Fue entonces cuando dimos con varios tipejos a los que no les gustaba nada que metiéramos las narices en su mercado. —Patrick apoyó los codos en la mesa—. Recuerdo que una vez, cuando volvía de East Neuk, en Fife, con la nevera del camión llena de gambas, el motor se paró de pronto cuando llevaba recorridos unos treinta kilómetros. Ahora bien, piensa que si el camión se para, se apaga también la refrigeración, así que me puse a mirar desesperado el motor, pero no entendía cuál podía ser el puñetero problema. El caso es que después de mirarlo absolutamente todo, por fin se me ocurrió abrir el tapón de la gasolina, y al girarlo me di cuenta de que rechinaba. Había arena en la boca del depósito.

—¿Te habían echado arena en el depósito de gasolina? —preguntó Dan, incrédulo.

Patrick se encogió de hombros.

—Era una advertencia. Era como decirme: «No vuelvas por aquí, inglés».

—¿Y qué pasó con la carga de gambas?

—Pues que cuando por fin llegué a Fort William descargamos una masa apestosa.

—¿Perdiste todo el lote?

—Sí. Tenía un valor de trescientas libras, más o menos.

—¿Y volviste a comprar en Fife?

Patrick alzó las manos.

—¡Ni hablar! Esos tíos iban en serio y yo no tenía ganas de acabar flotando en el puerto.

Katie se acercó con una taza de té y se sentó en el banco junto a Dan.

—De hecho, una vez estuvieron a punto de matarte.

Patrick la miró sorprendido.

—¿Cuándo fue eso, Kate?

—En Italia.

—¡Ay, es verdad! Aquello fue serio.

—¿Qué pasó? —quiso saber Dan.

Patrick hizo una mueca.

—Yo tenía un cliente en Pisa. No sabía mucho de él, pero me había hecho un pedido muy grande y quería que fuera yo mismo a entregar la carga. Ahora estoy convencido de que era de la mafia. El caso es que cuando llegué a su almacén por la tarde, él echó un vistazo a las gambas y me dijo que estaba intentando timarlo, que todas eran de distintos tamaños. Así que dos de sus matones me metieron en la cámara frigorífica, me tiraron un anorak muy fino y me encerraron con dos cargamentos de gambas. «Las quiero clasificadas por la mañana», me dijo.

—¡No puedo creerlo! ¡No te dejarían allí toda la noche!

—Sí que me dejaron, los muy cerdos.

—¿Y cómo demonios sobreviviste?

—Pues no muy bien. Volví con una neumonía doble y un agujero de tres mil libras en la cuenta bancaria.

Dan se echó a reír.

—¡Es alucinante! Jamás se me habría ocurrido pensar que un negocio de gambas fuera un asunto tan peligroso.

Patrick le guiñó el ojo.

—Ah, pero justo por eso es tan divertido. Tú mismo lo has dicho antes —añadió—. Es como vivir en la jungla.

—Sí, pero lo mío era una tontería comparado con eso —replicó Dan, reclinándose contra la ventana y metiéndose las manos en los bolsillos—. En la City no pasan esas cosas.

—Pero seguro que a ti sí. Seguro que te dejabas la vida cada vez que hacías un trato.

—Bueno, no literalmente.

—No, pero sí en sentido figurado. ¿Cuántas veces has pensado: «Si no cierro este trato, me muero»?

Dan sonrió.

—Es verdad, muchas.

—Ya lo ves. —Patrick dio un puñetazo en la mesa—. Yo creo que tenemos muchos puntos en común, Dan. Ni a ti ni a mí nos han regalado nada. Los dos hemos tenido que luchar mucho para salir adelante en un negocio que no era lo nuestro. Y por eso el éxito ha sido mucho más dulce. —Patrick miró el reloj de la cocina—. Oye, me ha dicho Katie que querías coger el tren de la tarde. ¿A qué hora sale de Fort William?

—Un poco antes de las ocho.

—¡Estupendo! O sea, que tenemos casi cuatro horas. —Patrick agarró sus dos muletas y comenzó a prepararse para mover los pies—. ¿Te gustaría echarle un vistazo a la fábrica?

Katie lo interrumpió.

—Espera un momento, Patrick.

—¿Qué pasa? —preguntó él con el ceño arrugado.

—¿Tú crees que debes ir?

—¡Pues claro que sí! —Patrick se levantó con grandes esfuerzos—. ¡A mí no me pasa nada!

—¿Y cómo vas a llegar a Fort William? Yo no puedo llevarte, tengo que recoger a Max.

—No importa. Dan puede conducir el Mercedes, y luego le pido a Pete Jackson que me traiga.

Katie se encogió de hombros.

—Bueno, si estás tan seguro... Pero no te canses demasiado.

Patrick le dedicó una sonrisa inocente.

—Seré un modelo de calma y tranquilidad.

—¿Ah, sí? Pues sería la primera vez —replicó ella riéndose.

Aunque Dan acercó el coche hasta la puerta de la casa, Patrick tardó por lo menos diez minutos en entrar en él. A pesar de las resbaladizas losas del patio, se negó a recibir ninguna ayuda, y Katie y Dan tuvieron que quedarse de brazos cruzados, observando ansiosos los ímprobos esfuerzos que hacía para llegar al coche. Las muletas resbalaron en el suelo en más de una ocasión. Cuando por fin se sentó, con las muletas a sus pies, Katie se inclinó para darle un beso antes de cerrar la puerta.

Dan se acercó a ella.

—Gracias por la hospitalidad, Katie. Lo mejor es que nos olvidemos de la reunión de esta mañana.

—De acuerdo. De todas formas, ha sido un placer conocerte. Y, aunque suene egoísta, estoy encantada de que hayas hecho el viaje. Ha sido muy estimulante para Patrick. Aquí arriba no conoce a mucha gente con quien congenie tanto. No lo había visto tan animado desde hace muchísimo tiempo.

—Es un gran hombre... y un superviviente.

—Eso espero. —Dan se quedó sorprendido cuando Katie le dio un beso en la mejilla—. Tienes que darle tu teléfono de Londres. Seguro que le encantaría hablar contigo de vez en cuando.

—Claro que sí. A mí también me gustaría.

—¿Pero qué hacéis? —gritó Patrick desde dentro del coche.

Katie sonrió.

—Anda, vete. Y que tengas un buen viaje de vuelta.

—Seguiré tu consejo de darle una propina al revisor —contestó Dan, ya abriendo la puerta.

—No lo olvides.

—Y despídeme de Sooty.

—Claro. —Katie hizo un gesto con las manos—. Anda, vete, que Patrick se va a poner nervioso.

Katie había acertado en su predicción meteorológica, aunque se había equivocado en doce horas. Al salir a la carretera principal junto al lago, Dan advirtió que la niebla se había dispersado y el sol comenzaba a asomar entre las nubes mientras ellos se dirigían hacia la oscura y alta mole del Ben Nevis. Las aguas del lago Eil, antes de color marrón, empezaban a tornarse azules y, a lo lejos, las colinas se teñían de púrpura y gris con la nueva luz. Aunque el terreno se alzaba abruptamente a un lado de la carretera, Dan era consciente de la enormidad del paisaje que lo rodeaba. Había en él algo místico, algo poderoso en aquella quietud que parecía disminuir incluso la necesidad de la presencia humana. Pero por alguna razón no le resultaba incómodo. Era como si cada piedra, cada árbol, cada grieta de las colinas le dijera: «No te asustes. No te vayas. Si quieres formar parte de nuestro mundo, te damos la bienvenida».

—No has escuchado ni una palabra de lo que te he dicho, ¿verdad?

Dan se volvió hacia Patrick.

—¿Cómo dices?

—Te señalaba dónde está nuestra casa, allí, al otro lado del lago. —Patrick sonrió—. ¡Ah! Veo que estás poniendo la misma cara.

—¿Qué cara?

—Pues la que puse yo cuando vine por primera vez. Este paisaje tiene algo que atrae muchísimo, ¿a que sí?

Dan se echó a reír.

—Yo soy de Londres, Patrick, soy de ciudad de pies a cabeza.

—Yo también lo era.

—¿De verdad?

—Bueno, del sudoeste de Londres. De Wimbledon.

—Ah —exclamó Dan con una sonrisa—. La tierra de la clase alta. Seguro que fuiste a un colegio caro.

Patrick carraspeó.

—Pues sí. Pero no me guardarás rencor por eso, ¿no?

Dan movió la cabeza.

—No. De hecho, no guardo rencor a nadie. Opino que si uno está contento con su vida, aprende a juzgar las cosas por su valor.

Patrick se echó a reír y le dio una palmada en el brazo.

—Me caes bien, Dan. Creo que nos parecemos mucho.

La fábrica estaba al norte del pequeño polígono industrial que había recorrido esa mañana con Katie. Era más grande que los demás edificios, pero con el mismo aire de construcción prefabricada. A un lado, junto a la carretera principal, una valla de madera pretendía en vano ocultar una hilera de variopintos contenedores oxidados sobre soportes metálicos. La mayor parte del aparcamiento estaba ocupado por palés de madera y cajas de plástico azul. Dan dejó pasar a una carretilla elevadora que retrocedía a toda velocidad, y luego aparcó delante de una puerta con un cartel de OFICINA. Nada más salir del coche advirtió que el penetrante olor a pescado que imperaba en toda la zona provenía principalmente de la fábrica de Patrick.

Enseguida se acercó a abrirle la puerta del coche.

—¿Puedes salir solo?

—Pues claro —replicó él. Se ayudó con las manos para sacar las piernas—. Pero ¿sabes qué puedes hacer? ¿Ves aquel cobertizo? —preguntó, señalando un edificio de madera entre la valla y un contenedor—. Allí hay una silla de ruedas. No me gusta nada ese maldito trasto, pero en la fábrica el suelo está siempre empapado y para mí es fatal.

Dan fue a buscar la silla, pero Patrick rechazó su ayuda para sentarse en ella.

—Bien. Vamos a empezar la visita aquí mismo. Los camiones entran justo por aquí y las gambas se descargan en cajas de veinte kilos y suelen ir directamente a la fábrica. —Patrick señaló una hilera de contenedores—. Pero, si nos retrasamos en el procesado, utilizamos los contenedores como neveras. Suele pasar en temporada alta, es decir, de mayo a septiembre, pero sobre todo depende de lo que traigan los barcos. En la oficina hay un monitor que indica la temperatura de cada contenedor. Si te acuerdas de la anécdota que te he contado, cuando me echaron arena en la gasolina del camión, entenderás que es muy importante que los contenedores tengan la temperatura adecuada. —Patrick miró a Dan—. ¿Alguna pregunta?

—No. De momento ha sido una explicación perfecta.

Patrick se echó a reír y señaló un espacio abierto al final de la nave.

—Muy bien. Pues adelante.

Dan empujó la silla de ruedas hacia el edificio.

—¡Alto! —exclamó Patrick alzando la mano—. Ponte una bata blanca y un casco, que están ahí en las perchas, y unas botas de agua. Y trae para mí también. —Mientras Dan se acercaba a las perchas, Patrick añadió—: Bueno, yo no necesito botas de agua, claro.

Durante la siguiente hora, Dan se vio totalmente inmerso en otra próspera empresa de los Trenchard. Caminando junto a Patrick recorrió la zona de lavado de gambas, la sala de embalaje y la enorme cámara de acero en la que se congelaban las gambas, empaquetadas en cajas de poliestireno. Allí se quedaron apenas un minuto, porque la temperatura se mantenía a veinticinco grados bajo cero. El encargado, bien protegido con ropa de abrigo, organizaba las cajas con una carretilla elevadora.

Patrick hablaba con entusiasmo del negocio y Dan le iba haciendo preguntas, aunque esperaba no pasar por un auténtico ignorante.

—¿Cuántas personas trabajan aquí?

—Cincuenta y cinco es el máximo, pero en temporada baja son unas cuarenta.

—¿Y cuál es la producción?

—Bueno, eso también depende de la temporada y del clima. Si hay tormenta, por ejemplo, el fondo marino tarda tres días en asentarse, de manera que a veces hay abundancia y otras veces escasez. Pero, en general, en los meses de invierno procesamos unas seis toneladas al día y en temporada alta podemos producir sin problemas hasta diez toneladas.

—Así que estáis mucho más ocupados en verano, ¿no?

—¡Y que lo digas! Empezamos todos los días a las siete, pase lo que pase, y a veces no terminamos hasta las dos de la madrugada del día siguiente. Por eso casi todos los trabajadores son extranjeros: españoles o rusos, por ejemplo. La mayor parte del año tenemos un horario bastante demencial, y a la gente de aquí eso no le hace mucha gracia.

—Y vendes sobre todo a Francia, España e Italia.

—Así es. Empaquetamos las gambas de acuerdo con la normativa de cada país. En Francia, por ejemplo, tienen que ser cajas de un kilo para el mercado de congelados, y de tres kilos para el de pescado fresco. Las gambas frescas se envían a Glasgow y se venden al día siguiente en París. En Italia, las cajas congeladas son de ochocientos gramos, y en España de kilo y medio. La calidad difiere también de un país a otro. A los franceses e italianos les encantan las verdes, pero en España no las quieren ni ver.

—Ya, ¿y qué son las verdes?

—Las gambas con huevas. Las llevan en el cuello y son de un color verdoso. Pero solo se cogen en junio y julio.

—¿Y en qué puertos compras ahora?

—Campbeltown, Oban, Mull, Mallaig, Peterhead, Buckie, Fraserburgh. En todo el norte y el oeste de Escocia, en realidad. Pero el pescado fresco solo se compra en Campbeltown y Mull. Campbeltown es famoso por sus gambas. Son las mejores. Las llamamos *clonkers*.

—Pero no puedes ir a todos esos puertos tú mismo, ¿no?

—Qué va. Ahora tengo agentes. Llaman a la oficina por la mañana y nos dicen qué pescado hay. En Mallaig hay un par de barcos pequeños con los que comerciamos directamente, gracias a que con los años he establecido muy buena relación con ellos. Todavía se compra todo en libras, aunque luego se venda en kilos. A los pescadores no les gustan mucho los cambios.

La conversación prosiguió en un pub de Fort William, mientras bebían cerveza y comían enormes raciones de pastel de carne y patatas fritas. A las siete y cuarto apareció Pete Jackson, el jefe de producción, para llevar a Patrick a casa.

—Oye, te llevamos a la estación —ofreció Patrick.

—No hace falta —contestó Dan, levantándose de la mesa y cogiendo su bolsa—. Iré andando. Está aquí cerca y necesito un poco de aire fresco.

Patrick le tendió la mano.

—Me alegro de haberte conocido, Dan.

—Lo mismo digo. Y gracias por la visita a la fábrica. La verdad es que tienes un negocio magnífico.

—Sí, ya lo sé. —Patrick cogió las dos muletas con una mano—. Esperemos que pueda seguir adelante con él.

Dan sonrió.

—No me cabe duda de que lo harás. Dale recuerdos a Katie. ¡Ah, espera! —Dan sacó de la bolsa el cuaderno de Nina—. Le dije a Katie que te daría mi número de teléfono. Llámame cuanto te apetezca.

Patrick dobló el papel y se lo metió en el bolsillo.

—Te llamaré, seguro.

—Mucha suerte, Patrick.

Patrick asintió con la cabeza.

—Gracias. Me parece que la voy a necesitar.

14

En cuanto Jackie abrió la puerta de la casa, los perros entraron a la carrera, casi tirándola al suelo, y desaparecieron en la cocina. Jackie dejó las correas en la mesa del recibidor y miró el reloj. Al ver que eran casi las nueve y diez tuvo una sensación de pánico.

—¡Millie! ¡Nina! —chilló al pasar junto a la escalera—. ¡Despabilaos de una vez, por Dios! Ya vais diez minutos tarde para el colegio.

Millie apareció en la puerta de la cocina con media tostada en la mano.

—Estamos desayunando.

—Pues desayunad de camino al colegio —le espetó Jackie. Nina estaba inclinada sobre un cuenco de cereales con la vista fija en el televisor—. ¡Nina! ¿Qué demonios haces? —Jackie apagó el aparato con el mando a distancia—. ¿Queréis salir de una vez, que parecéis tortugas asmáticas?

Millie hizo una mueca a su hermana.

—Cálmate, mamá —murmuró.

Jackie se volvió iracunda hacia ella.

—¿Cómo que me calme? Tenía que estar en la oficina a las ocho en punto, y mira, son las nueve y diez y todavía no he salido porque tenía que sacar a pasear a los malditos perros y vosotras tenéis que iros al colegio.

—No es culpa nuestra —protestó Nina—. No nos has despertado a tiempo.

—Eso no es verdad, Nina. Os he llamado a las siete y media. Si os hubierais levantado entonces, podríais haber sacado a los perros y ahora no estaríamos así.

—Papá siempre nos llama dos veces —terció Millie.

—Sí —dijo Nina—. Primero llama a la puerta y luego, media hora más tarde, nos envía un mensaje al móvil.

Jackie desenchufó su móvil del cargador y se lo metió en el bolso.

—Ahora no me apetece hablar de vuestro padre. No sé dónde demonios andará, pero debería estar aquí. Sabe que en esta época es cuando estoy más ocupada. —Jackie se puso el abrigo en el brazo y respiró hondo—. Bueno, yo me voy. Cerrad bien la puerta de casa.

Miró sorprendida a Nina, que se había girado en la silla con una expresión de asco.

—¿A qué huele? —preguntó levantándose—. ¡Aaaj! Biggles se ha hecho caca.

—No lo dirás en serio... —Jackie se acercó a ver el desaguisado—. ¡Malditos perros! —gimió—. ¿Para qué me he molestado en sacaros? —Jackie abrió la cristalera—. ¡Fuera! ¡Fuera de aquí, chuchos asquerosos! —chilló. Biggles, que estaba acurrucado en el rincón más apartado de la habitación, salió disparado hacia el jardín como esperando recibir una patada. Cruise echó a trotar tranquilamente detrás de él.

Nina y Millie se apresuraron a buscar sus carteras y se marcharon corriendo.

—Nos vamos al cole, mamá —se despidió Millie con súbitas prisas.

—¡Ahora no os podéis ir! ¿Qué hago yo con esto?

—Déjaselo a Josh —sugirió Nina, empujando a su hermana hacia la puerta—. A él no le importa la peste —explicó entre risitas—. Él mismo va siempre apestando.

Jackie miró horrorizada la tarea que tenía por delante, mientras las niñas se marchaban riéndose por el pasillo. Con un sollozo tiró el bolso en la mesa y el abrigo en una silla y fue a coger los guantes de goma que la abuela de Battersea había utilizado para otras tareas mucho más agradables.

Cuando Dan entró en la cocina se la encontró con cara de horror, sosteniendo un trapo entre el pulgar y el índice sobre un cubo lleno de agua sucia.

—Hola —saludó animoso, dejando la bolsa en el suelo—. Qué sorpresa encontrarte en casa.

Dan fue a darle un beso, pero Jackie retrocedió.

—No te acerques —exclamó furiosa.

Dan se frenó en seco.

—¿Por qué? ¿Estás con gripe o algo? Ahora que lo dices, no tienes buena cara. Estás más blanca que la tiza.

Jackie no podía hablar de pura rabia.

—Oye, ¿por qué no te sientas un rato y te preparo un café? No deberías hacer la casa si no te encuentras bien.

—¿Dónde te habías metido? —preguntó Jackie por fin, rechinando los dientes.

—¿Yo? —dijo Dan alegremente, mientras llenaba la tetera—. He ido a Escocia un par de días.

—Ya lo sé.

—¿Ah, sí? —Dan se volvió hacia ella sorprendido—. Entonces, ¿por qué me lo preguntas?

—¡Porque quiero saber a qué demonios has ido! —chilló ella.

—Bueno, bueno. ¿A qué vienen esos gritos?

Jackie tiró el trapo al cubo y se quitó los guantes.

—¿Que a qué vienen los gritos? Pues te lo voy a explicar. Llego ayer de París, después de pasarme todo el fin de semana trabajando como una loca, y me encuentro a tu madre cuidando de la casa porque a ti te ha dado el capricho de largarte a Escocia.

—No era un capri…

Jackie alzó la mano.

—Déjame terminar, por favor. A pesar de que le supliqué a tu madre de rodillas que se quedara, ella se largó sin más, con su puñetero impermeable rosa, diciendo que yo podía encargarme de la casa, los niños y los perros. —Jackie se acercó a Dan blandiendo de un lado a otro los guantes de goma—. Pero hay un pequeño problema, ¿sabes?, y es que no puedo. ¿Y por qué? Pues porque tengo trabajo, un trabajo fundamental para mí y para la familia, y en este preciso instante, resulta que es cuando en mi empresa hay más ajetreo. Tú, por otra parte, no trabajas, o sea que tu contribución, en el mejor de los casos, es inútil. De manera que me parece bastante razonable querer saber qué coño hacías en Escocia.

Dan le ofreció un café, pero ella no dejaba de mirarlo con cara de rabia. Dan dejó la taza en la mesa y se sentó.

—Fui a Escocia a echar un vistazo a una empresa.

Jackie se quedó callada un momento, tamborileando con las uñas rojas en la mesa.

—¿Qué empresa? —preguntó, en un tono de voz más comedido.

—Es un negocio de venta de ropa por correo.

—¿Y por qué?

—Porque estaba a la venta.

Jackie frunció el entrecejo.

—¿Y tú pensabas comprarlo?

—Bueno, en principio quería echarle un vistazo, antes de decidirme.

—¿Y?

—Pues que lo vendieron hace dos semanas.

—¡Ja! —exclamó Jackie con desdén, poniéndose los puños en las caderas—. O sea, que te haces un viaje a Escocia para ver un negocio que llevaba dos semanas vendido.

—Bueno, es un error comprensible.

—Ya, seguro. Y dime, ¿de dónde pensabas sacar el dinero?

—Bueno, si la empresa tenía posibilidades, pensaba que a lo mejor tú y yo podríamos pedir una segunda hipoteca sobre la casa y...

—¿Cómo dices? —lo interrumpió Jackie—. ¿Cómo que «tú y yo»?

Dan suspiró.

—Bueno, primero quería hablar contigo, claro.

—Pues ya estamos hablando. ¿Qué es eso de «tú y yo»?

Dan deslizó la taza de café por la mesa.

—Vale. Pensaba que si la empresa prometía, con tu experiencia en el negocio de la moda y la mía en el mundo de las finanzas, podríamos convertirla en una compañía internacional en internet. —Dan se interrumpió un momento—. Pensaba que nos vendría bien hacer algo juntos, que mejoraría nuestra relación y además ganaríamos dinero.

Jackie puso los ojos en blanco.

—Y tú solito decidiste que yo dejaría mi puesto de directora para ayudarte a llevar un negocio de mierda perdido en Escocia.

—Pues la verdad es que no es un negocio de mierda, te lo aseguro. Además, yo no decidí nada de lo que tú dices. Pensaba que podrías ayudarme un poco, a media jornada o algo así.

—¡Media jornada! ¡Dan, yo no tengo tiempo para esas cosas! Trabajo veinticuatro horas al día. No creo que exista un trabajo más absorbente que el mío. —Jackie miró a su alrededor y, por hacer algo, bebió un largo trago de café, que estaba todavía demasiado caliente. A continuación corrió al fregadero a tirar lo que quedaba, llenó la taza de agua fría y la apuró de un trago.

—Por Dios, Jackie, no era más que una idea.

Jackie respiró hondo varias veces antes de contestar.

—¿Ah, sí? O sea, que si el negocio hubiera estado en venta, me habrías pedido que dejara mi trabajo, que vendiera mi casa... porque no te olvides, es *mi* casa, y me trasladara a vivir al fin del mundo, a un agujero perdido en Escocia.

—No, no era eso lo que pensaba. El negocio se podría llevar sin problemas desde aquí.

—¡Ay, Dan! ¡A ver si te despabilas de una puñetera vez!

—Mira, vete a la mierda. Tú te crees que eres perfecta.

En ese momento se abrió de golpe la puerta de la cocina y apareció Josh, como un pistolero entrando en un bar del Oeste. No llevaba puestos más que unos calzoncillos.

—¿Qué coño pasa aquí?

—Tú no te metas —le espetó Jackie.

—Ah, perdón, pero con los gritos que estabais dando pensaba que queríais meter a todo el barrio en la discusión. ¿Qué demonios os pasa? ¿Es que ya no sois capaces de hablar como gente civilizada?

Dan y Jackie contestaron a la vez:

—Tu padre...

—Tu madre...

Pero ambos se interrumpieron de pronto y se miraron avergonzados.

—Estábamos hablando del viaje de tu padre a Escocia —explicó por fin Jackie—. Parece ser que se fue a ver una pequeña compañía de venta por correo, con la intención de comprarla.

A Josh se le iluminó el semblante.

—¡Ah, sí! —exclamó mirando a Dan—. ¿Y cómo ha ido?

Dan lo miró furioso.

—Un momento —terció Jackie—. ¿Tú lo sabías?

—Sí. Me pareció una idea genial. Los Vagabundos son una marca increíble. Hacen una ropa genial. —Josh sonrió muy animado a su padre—. Dime, ¿cómo ha ido todo?

—Ya habían vendido el negocio.

—Qué putada.

—¡Desde luego! —exclamó Jackie, farfullando de rabia—. ¡No sé quién es peor! Sois los dos unos vagos, que os destrozáis la vida y destrozáis la de los demás.

Josh alzó la mano.

—Eh, un momento, no te pases. Yo no soy ningún vago y, además, no me meto en la vida de nadie.

El timbre del teléfono rompió la tensión. Jackie contestó y tendió el auricular a Dan.

—Es para ti —dijo cortante.

—¿Sí? ¿Quién? Ah, hola, Patrick, ¿cómo estás? —Dan alzó la mano para impedir que se marcharan Jackie o Josh—. Sí, gracias, el viaje no estuvo mal. Conseguí un departamento para mí solo, gracias a los consejos de Katie... Claro, dime. —Alzó la mano de nuevo, insistiendo en que los otros se quedaran en la cocina, y luego se volvió hacia el jardín.

—Dan, yo no puedo esperar más —dijo Jackie, en cuanto Dan colgó, cinco minutos después—. Tengo que ir a trabajar.

—Por favor, será solo un momento. —Dan apartó un par de sillas para Jackie y Josh—. Sentaos.

—Dan, no puedo...

—Por favor.

Jackie se sentó con un suspiro.

—Bueno, ¿qué pasa?

—Me acaban de ofrecer un trabajo... por cuatro meses.

Jackie enarcó las cejas.

—Supongo que es mejor que nada. Por lo menos ya tendrás un pie dentro y, si todo va bien, a lo mejor te quedas más tiempo.

—No. Son solo cuatro meses.

—Vale. ¿Y dónde es? ¿En la City?

Dan movió la cabeza y miró a Jackie, previendo su reacción.

—En Escocia.

Jackie apoyó los codos en la mesa y se llevó las manos a la cabeza.

—¿Y quién te ha ofrecido un trabajo en Escocia? ¿Los de la empresa esa de ropa?

—No, otra. Pero pertenece a la misma familia que acaba de vender Vagabundos. —Dan se quedó callado un momento—. Por favor, no digáis nada hasta que termine de explicároslo.

A continuación Dan les contó todo lo que sabía de los Trenchard. Josh no apartaba los ojos de él, cautivado por la historia, pero Jackie no llegó a levantar la cabeza de entre las manos.

—Qué tío más increíble —exclamó Josh cuando Dan terminó su relato.

—Desde luego.

Jackie se reclinó en la silla con un suspiro.

—O sea, que vas a aceptar el trabajo.

—No lo sé. Quería hablarlo con vosotros.

—¿Y por qué no te lo ofreció ayer? ¿Por qué ha esperado a que llegues a Londres?

—Porque ayer ya tenía a alguien que iba a ayudarlo a llevar el negocio. Pero esa persona le ha llamado esta mañana para informarle de que la empresa para la que trabaja ha cambiado de opinión y quiere que cumpla su contrato.

—Y solo van a ser cuatro meses.

—Exacto. Patrick está desesperado. Él solo ya no puede con todo, y menos desde la última recaída. Ha sido su mujer la que le ha dicho que me llamara.

—Yo creo que deberías aceptar —afirmó Josh.

—Un momento, un momento —exclamó Jackie alzando las manos—. Puede que ese tío no pueda apañárselas allí en Escocia, ¿pero cómo demonios me las voy a arreglar yo aquí? No tengo tiempo para cuidar de la casa, de las niñas y de ti, Josh. Tengo que volver a París dentro de quince días.

—A lo mejor a la abuela no le importa venir —sugirió Josh.

Jackie movió la cabeza.

—A ver, que estamos yendo muy deprisa —protestó desesperada—. La abuela de Battersea no va a poder quedarse tanto tiempo, ni mucho menos. Vaya, ya lo dejó claro este fin de semana. Salió de aquí disparada.

—Ya, pero porque tú estabas aquí. —Dan paseó la mirada por la cocina—. Y estarás de acuerdo en que todo indica que se las apañó perfectamente.

—Ya... ¿Y los perros? No pueden quedarse todo el día encerrados en casa. La abuela no va a estar aquí constantemente.

—¿Tú podrías prescindir del coche? —preguntó Dan.

—Sabes que no lo utilizo nunca —contestó Jackie.

—Entonces me puedo llevar a los perros.

Jackie se mordió el labio.

—Vas a aceptar el trabajo, ¿verdad?

Dan asintió.

—Si la abuela de Battersea nos puede echar una mano, sí. No tengo otra cosa que hacer, y Patrick está desesperado.

Jackie se levantó con un suspiro.

—Pues entonces no hay más que hablar. Fin de la conversación.

—No serán más que cuatro meses, Jackie.

—Sí —replicó ella, agarrando el abrigo y el bolso—. Por supuesto. Cuatro meses. A propósito, tu perro se ha hecho caca en la cocina. A ver si la puedes limpiar antes de irte.

Dan se puso en pie.

—Jackie, no te pongas así. No pensaba irme hoy.

—Pues yo en tu lugar me marcharía hoy mismo. Por el bien de todos. —Jackie salió al pasillo y un momento después se oyó un portazo.

—¡Ay, por Dios! —murmuró Dan.

—No te preocupes —le dijo Josh—. Es que últimamente está de muy mal humor —explicó, llevándose al fregadero el cuenco de Nina y la taza de Dan—. Bueno, ¿qué vas a hacer?

—Pues no lo sé.

Josh cogió el teléfono y marcó un número.

—Toma, habla con la abuela y explícale lo que pasa. Conociéndola, seguro que está más que dispuesta a echar una mano, sobre todo si le cuentas la situación de tu amigo.

—¿Y las niñas?

—No les va a pasar nada. Se tienen la una a la otra. Déjales una nota, que seguro que lo entienden.

Una hora más tarde la maleta estaba en el coche y los perros bastante sorprendidos en el asiento de atrás. Biggles debía de estar pensando que el desaguisado de esa mañana había sido la gota que había colmado el vaso y que se lo llevaban a la perrera. Dan volvió a la casa y cerró el sobre con la nota para las niñas. Lo dejó en la mesa del recibidor, junto con el que había preparado para Jackie, y se acercó a la escalera.

—Josh...

—Espera, que ahora mismo bajo —contestó el chico desde su habitación.

—Me voy ya.

—Un momento, un momento.

Dan se apoyó contra la barandilla. Al cabo de un instante apareció su hijo, con sus tejanos caídos, una parka azul y un gorro. Llevaba a la espalda una mochila llena a reventar de la que asomaba una camiseta blanca.

Dan se quedó mirándolo.

—¿Y tú adónde vas?

—A Escocia —contestó el chico con una radiante sonrisa.

Dan se echó a reír.

—Pero, hombre, no puedes venir.

—¿Por qué no?

—Porque… aquello es muy diferente y no te gustaría. No hay discotecas ni nada parecido. Ni siquiera sé si hay supermercados como Dios manda.

Josh resopló con desdén.

—¡Y qué! Mira, papá, yo aquí estoy estancado. Tú mismo lo has dicho. No voy a ninguna parte. Estoy hasta las narices de mi trabajo y de la vida de Londres. ¡Pero si los pijos han invadido hasta el Horace's Inferno! —Se acomodó mejor la mochila a la espalda y se ajustó las correas—. Llevo meses pensando qué otra cosa puedo hacer, y no se me ha ocurrido nada. Ya sé que esto es un poco impulsivo, pero, qué demonios, también lo es para ti. Así que me voy contigo. Si tú estás dispuesto a irte a la aventura, yo te acompaño.

A Dan casi se le llenaron los ojos de lágrimas.

—Muy bien, pues nos vamos juntos. —Echó el brazo sobre los hombros de su hijo—. Quien no se arriesga, no gana.

Josh sonrió.

—Pues vámonos.

15

La casa estaba muy cerca de los Trenchard, a poco más de un kilómetro. Dan se esforzaba por seguir al Golf rojo que avanzaba a toda prisa por el estrecho carril que bordeaba el lago Eil. Casi no le dio tiempo a reaccionar cuando Katie pisó de pronto el freno y giró bruscamente a la derecha para atravesar una puerta de hierro oxidada que colgaba medio rota de una verja. A continuación recorrió un corto camino marcado de surcos. La hierba que crecía en el centro arañaba el suelo del coche.

—Dios mío —masculló Josh—. Cuando vi la casa desde la carretera iba a decirte en broma que seguro que era la nuestra.

La casita era baja, con tejado de chapa ondulada. Se alzaba a treinta metros de la carretera en un pequeño altozano y sus tres ventanas frontales daban al lago. Era la única ventaja. El jardín estaba abandonado y el viento había tirado parte de la valla de madera que lo rodeaba. Un liquen negro cubría los trozos que quedaban en pie. Una planta trepadora, totalmente deshojada a pesar de que aún no había acabado septiembre, crecía enmarañada por la pared de piedra y colgaba descuidada sobre la puerta, de un color marrón apagado. En la parte trasera habían construido una extensión de tejado plano, con una ventanita metálica, cuyo estilo arquitectónico chocaba enormemente con el resto del edificio.

—¿No te arrepientes de haber venido? —bromeó Dan mientras abría la portezuela.

Josh salió de un brinco.

—No me lo habría perdido por nada del mundo.

Habían llegado tarde la noche anterior. Habían tenido que parar varias veces durante el viaje para dejar salir a los perros y dieron tres rodeos totalmente innecesarios gracias a la poca habilidad de Josh con los mapas. Debido a su apresurada salida de Londres después de la discusión con Jackie, Dan no se había acordado de llamar a Patrick y Katie para decirles que iba de camino, de manera que los Trenchard se quedaron pasmados por la rapidez con que había respondido a su grito de auxilio, y todavía más cuando vieron su extraordinario séquito. Mientras se reponían con un bocadillo y un par de vasos de whisky de malta Grendurnich, decidieron que Dan y Josh pasarían la noche en el dormitorio que había en el piso bajo de la casa. Pero Katie informó a Dan en un aparte que el dormitorio tenía que quedarse libre porque a veces Patrick no podía subir la escalera hasta su habitación. Fue entonces cuando se mencionó la casita de campo en la que antes vivían los Trenchard, aunque Katie ya les había advertido que era húmeda e incómoda a más no poder.

—En julio la alquilamos unos días —comentó Katie, agachándose bajo la enredadera para meter una llave enorme en la cerradura—, pero desde entonces no se ha usado, así que no esperéis gran cosa. —Abrió la puerta empujándola con el hombro, y Dan y Josh pasaron detrás de ella.

La casa olía a moho, y el sol que entraba por las ventanas sucias iluminaba el polvo depositado en todas las superficies. La puerta de entrada daba directamente a una sala con una cocina de color crema, con los fogones quemados y goterones de grasa seca en la puerta del horno. Al otro lado había un sillón apolillado de una bonita tonalidad estiércol. Por lo demás se veían pocos muebles, aparte de una neverita junto a la cocina y un aparador con vitrina, ambos pintados del mismo verde chillón para que pareciera que formaban una sola unidad, y cuatro sillas de plástico en torno a una mesita cubierta con un hule desvaído. Sobre la mesa había dos botellas cubiertas de cera de vela.

—¡Madre mía! Me parece que se me olvidó venir a limpiar cuando se quedó vacía la casa. —Katie suspiró—. Es que tengo demasiadas cosas en la cabeza.

Dan se encogió de hombros.

—No está tan mal. ¿A ti qué te parece? —le preguntó a Josh.

—¿Funciona la tele? —preguntó el chico, señalando un enorme aparato sobre una mesita de tres patas. A juzgar por su antigüedad, lo más probable, pensó Dan, es que no lo hubieran encendido desde que la Mula Francis campaba por las pantallas.

—Creo que sí —contestó Katie—. Aunque se ve como a través de una tormenta de nieve. —Entonces se acercó a una puerta—. No me atrevo ni a mirar —comentó, entrando en el cuarto de baño, construido en la parte de atrás de la casa—. Bueno, está helado, pero bastante limpio.

Dan y Josh echaron un vistazo. Había una bañera vieja de hierro con patas y unos curiosos grifos bulbosos, un lavabo con un armario con espejo encima y un retrete con asiento de madera.

—¿Cómo se calienta el agua? —quiso saber Dan.

Katie hizo una mueca.

—Ah, esa es otra. La cocina lo calienta todo: el agua, los radiadores, todo.

—Vaya, qué eficiencia —comentó Dan, impresionado.

—Sí —contestó Katie mordiéndose el labio—. El problema es que la cocina funciona con leña.

—Ah, sí —dijo Dan riendo—. Ya me acuerdo. Necesita un bosque entero.

—Bueno, tampoco es eso. Es un poco difícil encenderla; pero, una vez que el fuego está en marcha, se cierra bien y va quemando muy poco a poco.

—¿Y la leña?

—Debe de haber algunos troncos en la leñera, pero si no le diré a Patrick que os encargue una partida.

Katie pasó entre los sillones y abrió otra puerta.

—Esta es una habitación con cama doble. Y en esta otra hay una cama pequeña. —Entonces se volvió hacia ellos—. Y me temo que no hay más. No es el Ritz, pero no hay otra cosa. ¿Qué os parece?

Dan suspiró y el aire formó una nube.

—Bueno, no necesitamos más.

—Lo siento, ya sé que no está muy bien —se disculpó Katie—. Podríamos intentar buscaros otro alojamiento, pero con los perros...

—¡A mí me parece genial! —terció Josh—. Vamos, papá, seguro que estaremos bien.

—No, si yo no quería... —Dan se interrumpió un momento—. Sí, estaremos de maravilla. En un momento la tendremos limpia y caldeada. Es... perfecta.

Katie lo miró con expresión de alivio.

—¡Estupendo! —Se acercó al fregadero, delante de la ventana, y abrió el armario que había encima—. Aquí hay productos de limpieza y... —Se puso a gatas para meter la cabeza en el armario y de inmediato se oyó un ruido en el techo—. Acabo de dar el agua. —Luego abrió otro armario junto a la cocina—. Aquí tenéis escoba, cubo y aspiradora.

—Muy bien —dijo Dan—. Nos ponemos con ello ahora mismo.

—¿No os importa? —preguntó Katie—. Es que quiero ver si Patrick está bien antes de irme a trabajar.

—Pues claro. No te preocupes por nosotros.

—Bien. Pero os espero en casa para comer. ¿A la una y media? Creo que Patrick tiene muchas ganas de llevarte a Seascape esta tarde. Luego si queréis podéis ir al supermercado de Fort William a comprar provisiones. —Katie se volvió hacia Josh—. No sé qué planes tendrás, Josh, pero Patrick me ha dicho que te daría un trabajo en la fábrica.

—¡Genial! —exclamó el chico con entusiasmo—. Me encantaría.

—Muy bien. Pues que tengáis suerte. Nos vemos a la hora de comer.

Después de apartar el Saab para que Katie pudiera salir a la carretera, los dos se quedaron mirando mientras ella se alejaba. Cuando desapareció tras una curva, Dan soltó una carcajada.

—Menudo cambio de vida, ¿eh?

Josh se volvió para inspeccionar su nueva residencia.

—Deberían filmarnos para el próximo episodio de *Survivor* —replicó él con un suspiro de resignación—. Supongo que nos irá bien para curtirnos un poco.

Dan le bajó la visera de la gorra sobre los ojos.

—Me alegro de que hayas venido, Josh. Si no, estaría al borde del suicidio —añadió dándole una palmada en la espalda—. Anda, manos a la obra.

Dan abrió el Saab para que bajaran los perros. Cruise salió disparado como una bala y se quedó mirando alrededor, con las orejas tiesas, olfateando el aire como buscando el rastro de alguna hembra interesante. Pero el viento frío no llevaba ningún olor, de modo que al cabo de un momento perdió interés y se dedicó a alzar la pata contra una piedra al borde del camino. Biggles, por su parte, no tenía muchas ganas de salir. Después del largo viaje, todavía no muy convencido de que no iban a llevarlo a la perrera, el coche se había convertido en su refugio. Estaba tumbado en el asiento trasero, las patas en alto y enseñando los dientes.

—Muy bien, no pienso obligarte a salir —dijo Dan, dejándole la puerta abierta—. Pero no sabes lo que te pierdes.

Si esa mañana hubiera pasado por allí un desconocido, habría pensado que los nuevos inquilinos de la casita habían sobrevivido hasta entonces sin encender jamás un fuego. Dan y Josh se pasaron una hora arrodillados frente al fogón, intentando provocar algún tipo de reacción incendiaria en un ejemplar de hacía seis meses del *Press & Journal* que habían encontrado en un armario, un rollo de papel higiénico, cinco multas de tráfico sin pagar emitidas por el London Borough of Chelsea (cortesía de la guantera del Saab), un folleto que anunciaba la inminente visita al Horace's Inferno de un famoso discjockey llamado JamHam-

Fister (que encontraron, ya desesperados, en la parka de Josh) y una pila de ramitas húmedas. Lo que por fin encendió el fuego fueron los envoltorios plásticos de las multas, pero los gritos de alegría con que celebraron tan monumental logro se convirtieron de inmediato en toses de asfixia, puesto que la chimenea húmeda, en lugar de llevarse la humareda azul, volvió a lanzarla junto con una buena nube de hollín a los rostros de Dan y Josh.

—¡Me cago en la mar! —Dan se apartó de un brinco limpiándose las manos negras en su chaqueta de cuero antes de darse cuenta de lo que hacía—. ¡Mierda!

—No te preocupes, que ha prendido. ¡Mira!

La humareda volvía ahora hacia el hornillo, como alguien que exhalara el humo de un cigarro por la boca para absorberlo de nuevo por la nariz.

—¡Pues mete más leña! —exclamó Dan.

Josh echó al fuego las ramitas que les quedaban.

—¿No debería cerrar la puerta?

—No, déjala así un rato.

Se apartaron un poco y se quedaron mirando hipnotizados las llamas que comenzaban a subir por la chimenea. Treinta segundos después se oyó un rugido.

—Bien —comentó Dan—, esto ya está. Vamos a meter un par de troncos y recemos por que no se apague. —Luego se miró el reloj lleno de hollín—. Madre mía, son las once y no hemos empezado siquiera.

—¿Cómo nos vamos a lavar? —preguntó Josh, echando una ojeada a sus manos negras—. El agua debe de estar helada todavía.

—¿Y para qué quieres lavarte? —Dan señaló la sala cubierta de polvo—. Primero hay que limpiarlo todo. —Josh parecía debidamente abatido—. Pero no importa, para cuando terminemos el agua estará caliente. —Sacó del armario un cubo y una fregona y se los tendió a Josh—. Anda, vamos a empezar.

Hora y media más tarde tenían la casa limpia, desde la bañera hasta los suelos relucientes. Para ese entonces, el hornillo había logrado calentar el agua medianamente y pudieron quitarse la primera capa de mugre antes de sacar las cosas del coche y empezar a deshacer las maletas.

Dan estaba metiendo una pila de camisas en la pequeña cómoda cuando Josh entró en la habitación mirando extrañado su móvil.

—Está roto —comentó dándole una sacudida—. La batería está bien, pero lo único que hace es dar pitidos.

—Probablemente porque aquí no hay cobertura.

—¿Cómo que no hay cobertura? Casi todos los móviles funcionan en cualquier parte, ¿no?

—En el metro no, por ejemplo.

—Pero no estamos en el metro.

—Ya lo sé, pero es el mismo principio. Si no te llega la señal, es que no hay cobertura.

—¿Me estás diciendo que aquí no se puede usar el móvil?

—Probablemente no.

—Pero si no hemos salido del país. Yo pensaba que toda Gran Bretaña tenía cobertura.

—Se ve que no.

—¿Y cómo voy a enviar mensajes a mis amigos?

Dan se echó a reír mientras metía un puñado de calcetines en el cajón.

—No lo sé. Mira a ver en la colina, detrás de la casa. A lo mejor tienes suerte.

Josh se metió el teléfono en el bolsillo con un gruñido. Entonces vio la maleta abierta de Dan en la cama.

—¿Eso qué demonios es?

—¿El qué?

—Esa cosa beis.

—Mi ropa de esquiar.

—¿Y para qué la has traído?

—Porque aquí puede hacer más frío que en el polo Norte, y no tengo otra ropa apropiada.

Josh se echó a reír.

—Vale, pero no puedes ir por ahí con unos pantalones de esquí. Parecerías tonto. —Sacó la prenda de la maleta y la echó sobre la cama—. ¿Qué más hay aquí? —preguntó, hurgando entre la ropa de Dan—. ¡Papá, pero si te has traído por lo menos tres trajes de Armani! ¿Cuándo piensas ponértelos?

Dan apartó a su hijo de un palmetazo.

—Vale, listo. ¡Mira quién habla! ¡Tú, que vas siempre vestido como para limpiar una pocilga!

—¡Eeeh! —exclamó Josh—. No te pases.

Dan sonrió.

—Bueno, bueno. Mira, a ver si esta tarde voy a Fort William y me compro algunas espantosas prendas de campo, ¿qué te parece?

—Seguro que, te pongas lo que te pongas, no perderás tu habitual elegancia.

Dan le hizo una pedorreta.

—Vaya, hoy estás graciosillo, ¿eh?

A la una y veinte, después de un magnífico baño caliente cuya agua negruzca tuvieron que compartir, se marcharon a comer a casa de los Trenchard. El almuerzo resultó bastante apresurado, sobre todo porque Patrick engulló la comida, ansioso por marcharse a la fábrica y enseñarles cómo funcionaba todo. A las tres menos cuarto estaban ya en la sala de embalaje, padre e hijo ataviados con idénticos monos azules, gorras, botas de agua, largos delantales blancos y unos guantes de goma de color amarillo chillón. Los dos parecían muy sorprendidos por la velocidad de los acontecimientos y por la tarea que les había encargado Patrick.

—La mejor forma de aprender cómo funciona este negocio es empezar por abajo —les comentó, acercándose en su silla de ruedas a una de las largas mesas metálicas de embalaje—. ¡María José! ¿Puedes venir un momento?

Una chica española de tersa piel cetrina y ojos negros se acercó desde el extremo de la sala. Llevaba el pelo recogido en una coleta que salía por detrás de la gorra, y, aunque iba vestida de manera similar a Dan y Josh, el atuendo no ocultaba su belleza latina.

—María José, te presento a Dan y Josh. María José se encarga del embalaje y del control de calidad. Ella os enseñará todo lo que tenéis que saber sobre gambas: cómo clasificarlas, cómo empaquetarlas, cómo distinguir las que están malas. Al final de la semana los dos sabréis de forma instintiva de dónde viene una remesa a juzgar por su calidad, así como el destino de todas las cajas que hayáis embalado. —Patrick se echó a reír al ver la expresión horrorizada de Dan—. No te preocupes, hombre. Ya verás qué bien lo haces.

—Esto sí que es empezar desde abajo —gruñó él—. La verdad es que estas cosas no se me dan muy bien, ¿sabes?

—Ni a mí tampoco, cuando empecé. De hecho, tardé unos dos meses en dominar el asunto. —Patrick le dio una sacudida en el brazo—. Es importante que hagas esto, Dan, no solo para comprender el funcionamiento del negocio, sino también porque así los otros ven que puedes trabajar con ellos. No será más que una semana, y María José cuidará de vosotros y no os dejará meter la pata. Además, mira a Josh. —El chico ya estaba trasteando en una gran caja amarilla de gambas junto a la mesa, atento a lo que le decía la chica española con su marcado acento extranjero y su voz aterciopelada—. El chaval parece animadísimo.

—No estoy muy seguro de que su entusiasmo se deba a las gambas —murmuró Dan.

Patrick se echó a reír.

—En ese caso aprenderá deprisa. Kate me ha dicho que queréis comprar provisiones.

—Sí, y necesito también ropa más apropiada para este clima.

—No es mala idea. Bueno, esta tarde vamos a trabajar hasta las cuatro, así que luego podemos ir a Fort William. Mañana lo mejor sería que empezarais con todos los demás, a las siete. ¿Te parece bien?

—Será como en los viejos tiempos.

—Muy bien. —Patrick giró la silla hacia la oficina—. Ah, otra cosa. ¿Josh sabe conducir?

Dan resolló.

—Se sacó el carnet, pero desde entonces no ha llevado un coche. En Londres utiliza siempre el transporte público.

—Pues este es el mejor sitio para que recupere la práctica. Lo digo porque en su momento tú y yo vamos a pasar mucho tiempo fuera de la fábrica, y él tendrá que ir y venir solo.

—En ese caso podemos poner nuestra vida en sus manos esta misma tarde.

—Muy bien. Y quizá en un par de días, cuando ya le tenga cogido el tranquillo, podéis pasaros por mi casa para traerme hasta aquí con el Mercedes.

Dan lo miró vacilante.

—Bueno, primero a ver qué tal se le da.

—¿Qué pasa? ¿Crees que no voy a poder?

—Estoy seguro de que sí, pero puede que Katie no piense lo mismo.

—No te preocupes. Conozco mis limitaciones... Y eso es lo que importa, ¿no?

Más que un comentario sin importancia, aquello era una orden directa. Dan se sorprendió.

—Si tú lo dices —replicó, dispuesto a no comprometerse de momento. Se quedó mirando cómo Patrick subía por la rampa que le habían construido en la puerta y luego se volvió hacia Josh, que ya tenía dos cajas de gambas preparadas en la mesa. Dan imaginó que su expresión de deleite no se debía a que hubiera terminado la tarea, sino más bien a que María José, a su lado, lo cubría de felicitaciones.

16

—Aquí tienes tu fritura, Ronnie —dijo Eck, propietario del Cormorant Café, deslizando por la mesa un plato de huevos fritos, beicon, salchichas, morcilla y tomates.

Ronnie Macaskill tendió la mano para que el plato no saltara de la mesa a su regazo, enrolló su *Daily Record* y lo dejó junto a un ajado cuaderno y un móvil.

—Gracias, Eck —contestó, mientras el propietario volvía tras el mostrador limpiándose las manos en su sucio delantal blanco.

Nada más dar el primer bocado sonó el teléfono. Ronnie se limpió las manos con una servilleta y miró la pantalla para ver quién llamaba antes de contestar.

—Hola, Betty —saludó, tragando la comida—. ¿Cómo va todo por Fort William?

—Estupendamente —replicó la directora gerente de Seascape con su voz melodiosa—. El tiempo ha aclarado un poco por fin, así que puede que al final tengamos veranillo de San Martín y todo.

Ronnie bebió un sorbo de té dulce y caliente.

—La verdad es que nos vendría de miedo, ¿eh?

—¿Y qué tal por Oban? —preguntó Betty.

—Igual. —Por la ventana se veía una paloma que se posaba torpemente en el cabrestante de uno de los pesqueros—. En el puerto hace bastante viento, pero el cielo está despejado.

—¿Has empezado a comprar hoy?

—Sí. —Ronnie abrió el cuaderno—. Os he llamado antes, pero estaba comunicando.

—Ya, no me extraña. Llevamos una mañanita de locos. Ha llamado Jimmy desde Buckie y luego Patrick desde Mallaig, así que no hemos parado con el teléfono.

—¿Patrick está en Mallaig? ¿Y cómo lo ha conseguido?

—Se ha ido con su nuevo amigo de Londres. ¿No sabías que ha entrado a trabajar con nosotros?

—No, no había oído nada. ¿Cuánto tiempo lleva en Seascape?

—Más de una semana. Dan Porter, se llama. Ha venido con su hijo Josh y los dos han estado trabajando en empaquetado, como primera toma de contacto. Hoy es el primer día que ha ido a comprar con Patrick.

—¿Y qué tal es ese Dan Porter?

—Bueno, no está mal. De momento ha conseguido animar a Patrick bastante.

—¿Sabe algo de gambas?

—Ahora más que hace una semana. Ha trabajado siempre en banca, o sea, no es que sea pescador ni nada parecido.

—Conque en la banca, ¿eh? ¿Y qué ha pasado con el tipo que iba a venir de Ocean Produce en Aberdeen? —Ronnie mojó un trozo de pan en la yema y se lo metió en la boca.

—No puede dejar su empresa hasta dentro de cuatro meses. Dan Porter ha venido solo por un tiempo, para echar una mano a Patrick.

—Por cierto, ¿qué tal está Patrick?

—Pues no muy bien, Ronnie —contestó Betty en un susurro—. ¿Cuándo lo viste por última vez?

—Hace un par de meses.

—Pues ha empeorado bastante. Todavía anda con muletas, pero a mí me parece que es peligroso para él. Ya se ha caído en la oficina bastantes veces.

—Vaya, es una tragedia, sobre todo para una persona tan activa.

—Quizá le iría mejor no ser tan activo. Desde que Dan Porter empezó a trabajar, Patrick ha estado viniendo a la fábrica a las siete de la mañana todos los días.

—No cambiará nunca.

—Pues como siga así, Ronnie, no creo que le quede mucho. —Betty agitó unos papeles—. Oye, que llevamos ya un rato al teléfono. Dime lo que tienes para nosotros.

Ronnie fue pasando el dedo por la página mientras informaba a Betty de los nombres de los barcos, el número de cajas que contenía cada uno y el precio que se había pagado. El hombre leía despacio, sabiendo que Betty iba introduciendo los datos en el ordenador. *Bonnie Maud*, cuatro cajas, a dos libras veinte el kilo; *Misty Blue*, cinco cajas, a dos libras cincuenta el kilo; *Minch Hunter*, seis cajas, a dos libras ochenta el kilo. No eran las mejores, puesto que provenían de los barcos de altura que faenaban en las turbias profundidades del Minch. Él prefería con mucho comprar a los pesqueros pequeños que echaban las nasas cerca de la rocosa orilla de la Mull of Kintyre. Allí era donde se cogían las *clonkers*.

—Y eso es todo por hoy —concluyó Ronnie mientras ponía una goma elástica en torno al cuaderno, sosteniendo el móvil entre la mejilla y el hombro.

—Gracias. ¿Mañana también comprarás en Oban?

—Tengo que averiguar si esperan algún barco. Si no, iré a Campbeltown, a ver si puedo conseguiros unas *clonkers*.

—Desde luego nos vendrían bien. Esta mañana ha llamado Mercamadrid, de España, para hacernos un pedido de las más grandes.

—Haré lo que pueda, Betty. Hasta mañana.

Ronnie dejó el móvil sobre el cuaderno y se dispuso a disfrutar de su desayuno.

—¿Te importa si me siento?

Era Billy Inglis, el comprador de una de las compañías rivales de Seascape. Ronnie miró la mesa en la que antes estaba sentado y se preguntó por qué se habría acercado. Además de representar a la competencia, Ronnie no tenía muchas cosas en común con aquel hombre larguirucho de la costa este.

—Si quieres —contestó, señalando una silla con el tenedor cargado de beicon y morcilla.

Nada más sentarse, Billy se inclinó apoyado sobre los codos y se llevó las manos a la cara a modo de anteojeras.

—¿Pasa algo, Billy?

—¿Has visto el coche que acaba de parar ahí fuera?

—No.

—Pues echa un vistazo.

Ronnie dejó los cubiertos con un suspiro y se acercó a la ventana. Tuvo que girarse para ver más sección del muelle hasta divisar el viejo BMW, pulido como siempre, tanto que la pintura roja relucía al sol.

—Ah, maldita sea, es el puñetero político —mascullló antes de volver a la mesa—. Ya te entiendo. ¿Qué demonios está haciendo aquí?

—Probablemente dar la tabarra a alguien.

—¿Te ha visto?

—Pues no lo sé. Pero no pienso correr riesgos.

En ese momento entró en el bar un grandullón de treinta y pocos años, con cuello de toro y sonrisa altanera. Su enorme cabeza mostraba una prematura calvicie y los pocos pelos que le quedaban se extendían por el cuero cabelludo como rizomas en el desierto. El hombretón se quitó dedo a dedo un par de guantes de conducir y luego se desabrochó el abrigo de sarga para dejar al descubierto un barrigón que colgaba sobre los pantalones de su traje gris oscuro.

—Madre mía —murmuró Ronny, encogiéndose en su silla para ocultarse detrás de Billy—. Imagina si se te engancha eso en la red.

—¿Es él? —preguntó el otro, intentando ver de reojo lo que tenía detrás.

—¿Quién si no? Pero todavía no nos ha visto.

Eck, el dueño del Cormorant Café, había hecho todo lo posible por no cruzar la mirada con el recién llegado, pero al final tuvo que alzar la cabeza de la grasienta cocina para poner en el mostrador otro pedido. El hombre lo saludó en voz alta y dio unos saltitos mientras tiraba con los pulgares de la cintura de su pantalón. Luego miró alrededor con sus ojos porcinos para ver si alguien se había dado cuenta de que había llamado a Eck por su nombre. Pero nadie le prestó la más mínima atención. Era evidente que todo el mundo pensaba lo mismo que Ronnie y Billy: que conocer a aquel personaje no era precisamente motivo de alegría.

Por desgracia, Ronnie lo conocía. No era que Maxwell Borthwick le hubiera hecho daño o hubiera cometido con él alguna injusticia, pero se trataba de uno de esos individuos insensibles y presuntuosos que siempre andaban maquinando algo, un tipo de persona que él había tratado siempre de evitar. Venía de Inverness y hablaba con acento lastimero. Ronnie se imaginaba que había sido uno de esos niños a los que sus compañeros maltrataban en el colegio, o a los que, si tenían la suerte de participar en algún juego con los demás, siempre les tocaba hacer de «enemigo». Por eso probablemente se había metido en política, para devolver un poco de lo que había recibido, para obtener el poder del que tanto había carecido en su infancia.

Claro que no es que tuviera el éxito profesional que hubiera deseado. Cuando se formó el nuevo Parlamento escocés, se presentó a candidato por las Highlands y las islas. Quería una Escocia democrática: el poder para el pueblo y la ruptura con la filiación a la corona. Pretendía que Escocia fuera para los escoceses y deseaba liberar al país de la presencia parasitaria de los dueños de las tierras, ya fueran ingleses, holandeses, daneses o suecos, personas que llevaban una existencia privilegiada, en muchos casos sin estar siquiera presentes, gracias al esfuerzo de los desdichados que trabajaban para ellas o vivían arrendados en sus enormes fincas. La única manera de progresar era la partición absoluta.

Era un manifiesto simple pero emotivo, y durante la campaña electoral las palabras de Maxwell aparecían continuamente en la prensa local y su voz chillona no dejaba de oírse en la radio

Moray Firth, donde exponía sus puntos de vista con tal vehemencia nacionalista que parecía que no iba a quedar satisfecho hasta que pasara por la guillotina el último pisaverde que viviera en Escocia. Quería una nueva jerarquía en su país, con él a la cabeza.

Convencido de que nada podía impedirle conseguir su escaño en el salón de sesiones de Edimburgo, Maxwell asumió una imagen con la que creía representar la importancia de su nueva posición. Compraba la ropa en Austin Reed y se apuntó a un nuevo club de golf a las afueras de Glasgow frecuentado por algunos altos cargos de la política escocesa, aunque el lugar le quedaba a cuatro horas de coche de su casa en Inverness y apenas sabía diferenciar un *driver* de un *putter*. Se aseguró asimismo de ser visto en todos los eventos que cubría la revista *Caledonia*, y para ir de Inverness a su oficina en Edimburgo compró un BMW 525i de segunda mano.

Pero todo fue en vano. Cinco semanas antes de las elecciones tuvieron que operarlo de una delicada parte del cuerpo, y, aunque siempre había buscado la publicidad y la notoriedad, sufrió un buen golpe cuando la información salió en los periódicos, sin duda filtrada por algún médico conservador o un portero ambicioso. La mayor parte de la prensa amarilla se hizo eco de la noticia, pero lo más humillante fue el *Daily Star*, que sacó un corto párrafo de cuatro líneas justo al lado del pezón derecho de la chica de la página tres, con el titular: «Borthwick pierde una bola». A buen seguro lo iba a leer todo el mundo.

A partir de entonces Maxwell desapareció, o, para ser más exactos, se escondió durante una semana bajo las blancas sábanas de su cama de hospital antes de alejarse del escenario de su desgracia con unas gafas de sol y un sombrero de ala ancha para volver con el rabo entre las piernas a la modesta casita de su madre en Inverness. Allí pudo dar rienda suelta a todo el poder de su autoridad política prohibiendo a la mujer leer los periódicos o ver la televisión. Claro que ya no quedaba un solo periodista remotamente interesado en Maxwell Borthwick.

Pero logró recuperarse, todavía alentado por sus convicciones, y encontró trabajo como joven consejero en el Highland Regional Council. No era sino un paso intermedio, hasta que el Parlamento escocés le abriera de nuevo los brazos como figura clave en el desarrollo de una nueva Escocia. Hasta entonces se aseguró de ser visto en todos los lugares donde pudiera existir apoyo popular para su política. Lugares como el Cormorant Café de Oban.

Maxwell alzó la taza de café que Eck le había dejado en el mostrador y, después de verter de nuevo en ella el líquido que había caído en el plato, lo movió con una cucharilla doblada mientras paseaba la mirada por el bar.

—Vaya por Dios, nos ha visto —dijo Ronnie, frotándose la frente con los dedos.

—Buenos días, caballeros —saludó Maxwell muy animado. Su voz sonaba como una sierra mecánica pasada de revoluciones—. ¿Les importa que me siente a su mesa?

—Tenga mi silla, yo ya me iba —replicó Billy, poniéndose en pie.

—Seguro que el señor Borthwick puede traerse una silla de otra mesa —apuntó Ronnie, fulminando a Billy con la mirada.

—Pues claro que sí. No hace falta que se mueva, Billy. —Maxwell dejó el café en la mesa y, mientras se daba la vuelta para agarrar una silla, Billy hizo una mueca a Ronnie y se sentó de nuevo.

—Bueno, ¿cómo van los negocios? —preguntó Maxwell. Su corpachón se salía de los límites de la silla de plástico rojo.

—Bien, más o menos —contestó Ronnie, sabiendo que el hombre apenas conocía el negocio de la pesca y que daba lo mismo lo que le contestara.

Billy, sin embargo, había decidido no ser tan indulgente.

—Esta mañana las gambas eran como elefantes. Es bueno que los barcos vayan a pescar a las Azores.

Maxwell asintió con la cabeza.

—Sí, eso me han dicho.

Los dos se miraron sobre la mesa. Ronnie bebió un sorbo de

té para contener la risa y Billy se puso a rebuscar frenético un pañuelo en el bolsillo y se sonó la nariz.

—¿Para quién ha estado comprando, Ronnie?

—Para Seascape.

—Ah. He oído que el inglés no está muy bien.

Ronnie lo miró furioso.

—¿Acaso está usted hablando de Patrick, MacSwell? —Le gustaba pronunciar mal su nombre.

—Pues claro. Es el único inglés de Seascape.

Ronnie ladeó la cabeza.

—En eso se equivoca, MacSwel. Por lo visto Patrick acaba de contratar a alguien para que le eche una mano. Un tipo de Londres, tengo entendido. Un banquero, nada menos.

Maxwell se quedó mirándolo, sin darse cuenta del goterón de café que le caía por la comisura de la boca. De pronto dejó la taza en el plato con estrépito.

—Vaya, típico, ¿eh?

Billy tamborileó con los dedos en la mesa.

—¿Cómo que «típico»?

Maxwell cerró los dedos rechonchos y se puso la mano en el estómago.

—A mí me parece que aquí hay muchos hombres buscando trabajo, tan buenos como cualquiera. ¿Por qué dar prioridad a alguien que viene del sur?

Ronnie lanzó un callado suspiro. Él era escocés hasta la médula, pero no le gustaba aquel separatismo de Maxwell, su manera de hablar de «nosotros» y «ellos». Su padre había sido guarda forestal toda su vida. Trabajaba en una finca cerca de Lochcarron, en Wester Ross. Diez años atrás la había comprado un industrial danés que luego había invertido en el lugar para mejorar la infraestructura. Empleó treinta trabajadores donde antes solo había diez y costeó el edificio del nuevo centro social que, a partir de entonces, se convirtió en el punto neurálgico de la zona. Era el lugar donde se celebraban numerosas reuniones y las fiestas de los sábados. Su padre siempre había mantenido que el danés había recibido muy pocos beneficios por el dinero que había invertido.

—Dígame, ¿qué lo trae por aquí, MacSwell? Está usted muy lejos de su jurisdicción, ¿no?

—Siempre es bueno salir a encontrarse con la gente —replicó el otro con una sonrisa petulante.

—¿Sabe su jefe que está aquí? —preguntó Billy con los ojos entornados.

Maxwell se irguió.

—Yo soy mi propio jefe, Billy. Y desde hace bastante tiempo. Soy uno de los dos coordinadores de desarrollo empresarial del Highland Regional Council.

Billy se rascó la cabeza con ademán teatral, dando la impresión de que estaba perplejo.

—Ah, puede ser. Pero esto pertenece a Argyll, no a Highland, ¿no?

—Bueno, sí, pero...

—Tal vez solo quería darle un paseíto al coche —comentó Ronnie, mirando a Billy con una sonrisa irónica—. Va bien, supongo.

—Como la seda —contestó Maxwell, contento de cambiar de tema—. El otro día lo llevé a que lo pusieran a punto a Frangalini Motors, en Inverness.

—A punto, ¿eh? —repitió Ronnie, apurando el té de su taza—. Vaya, vaya.

Maxwell miró sobre su hombro y luego se inclinó sobre la mesa.

—Esta mañana lo he puesto a ciento ochenta en la autopista.

Billy se había sacado una lata de tabaco del bolsillo y estaba liando un cigarrillo minúsculo.

—Pues más vale que tenga cuidado, ¿sabe? —terminó de pegar el papel y se metió el cigarrillo en la boca—, porque se va a quedar usted sin coche.

Maxwell se arrellanó en el asiento.

—Eso no me preocupa. Tengo un detector de radar.

—Sí, ya me imagino —terció Ronnie, recogiendo su cuaderno y su móvil—. Bueno, caballeros, no puedo pasarme de charla todo el día. Con permiso.

Billy se apresuró a levantarse también.

—Sí, y yo tengo un asunto que atender.

Los dos pasaron a toda prisa por delante del mostrador empujándose el uno al otro para llegar antes a la puerta. Maxwell terminó su café y chasqueó los labios. De manera que el viaje no había sido en balde. Había descubierto lo del nuevo inglés que trabajaba para Seascape. Eran buenas noticias. Ese maldito Trenchard le reventaba. Tal vez era el momento de tener unas palabras con Allan Duguid, de Buckie. Su negocio de gambas se había resentido desde el día en que Trenchard se había hecho cargo de Seascape. Si ahora se ganaba sus simpatías, tal vez recibiera una buena recompensa.

Maxwell se levantó y, mientras se cerraba las solapas del abrigo sobre el vientre, le sonó el teléfono.

—¿Diga...? Ah, buenos días, Cyril... ¿Que dónde estoy? Bueno, en este momento estoy en... en Dingwall... Sí, en cuanto pueda... No, no puedo ir enseguida porque tengo el coche en el taller... No, no puedo coger el autobús porque el taller está aquí en Dingwall y luego no... Muy bien, Cyril, voy para allá lo antes posible. Gracias... Adiós.

Su rostro rojizo se había tornado púrpura. Maxwell se acercó a toda prisa al mostrador para pagar y se marchó como una exhalación. Maldito Cyril Bentwood, pensó mientras abría el BMW. Siempre había considerado el colmo del insulto tener por jefe a un inglés.

17

Tal como esperaba Betty, directora de Seascape, el tiempo mejoró para dar paso a un prolongado veranillo de San Martín que se extendió desde septiembre hasta las primeras semanas de octubre. El jardín de la casa, una jungla desvaída cuando Dan y Josh habían llegado, cobró nueva vida y se llenó de malvarrosas, espuelas de caballero y dedaleras que salpicaban de rosa, azul y púrpura los límites de la propiedad. Hasta la madreselva que colgaba desaliñadamente del muro echó una fina capa de hojas verde oscuro y alguna que otra flor, pequeña, pero aromática.

Aunque Josh trabajaba casi todos los días en la fábrica, tuvo tiempo de inspeccionar el cobertizo de Patrick en busca de las herramientas necesarias para restaurar el orden en el jardín. Arrancó los trozos rotos de la valla de entre los hierbajos y volvió a clavarla en su sitio con gran profusión de martillazos fallidos e improperios que se llevaba el viento. Luego, haciendo gala de su ingenio de adolescente, logró atraer a una oveja itinerante a la empalizada para que se comiera la hierba, pero el animal demostró tener un gusto de gourmet más tendente a los dulces tallos de las flores que a los toscos e insípidos matojos. De manera que Josh tuvo que prescindir apresuradamente de sus servicios y sacarla con grandes esfuerzos del jardín, para lo que contó con muy poca asistencia por parte de los perros. Biggles, que en todas sus excursiones por el parque de Clapham jamás se había encontrado con nada tan extraño como aquella violenta criatura, se quedó acobardado junto a la puerta de la casa. Cruise, por su parte, que desde su llegada a Escocia no había olfateado a una sola hembra dispuesta, olisqueó esperanzado el trasero de la oveja. El lamentable resultado de este experimento fallido fueron tres horas de arduo trabajo que Josh tuvo que pasar arrodillado en el suelo húmedo con unas tijeras oxidadas para rebajar la altura de la hierba antes de poder pasar el cortacésped. Después de limpiar con el rastrillo y tirar los desechos a la oveja, que ahora se contentaba con cualquier cosa, Josh terminó de cortar el césped y una hora después contempló con orgullo su nuevo jardín, perfectamente recortado en líneas rectas y totalmente amarillo.

También habían restaurado el interior de la casa. Dan logró dominar a tal punto el irregular funcionamiento del aparato de cocina que, incluso con todos los tiros cerrados y el fuego al mínimo, tenía que abrir las ventanas para dejar salir el calor generado por el fogón y el tanque de agua caliente, que borboteaba como un géiser a punto de explotar. Habían dado una mano de pintura blanca en toda la casa, gracias a Patrick y un trabajador de Seascape; la mesa de la cocina tenía un hule nuevo, y el tresillo, cubierto por varias telas de vivos colores, estaba situado de manera que desde cualquiera de los sillones se veía el nuevo televisor con vídeo que Dan había alquilado en Fort William.

Claro que tampoco es que tuvieran mucho tiempo para ver la televisión. Se iban todas las mañanas a las seis y cuarto, y recorrían la estrecha carretera hasta Auchnacerie, alumbrando con los faros la fría negrura del paisaje. Al principio aquella desolación le ponía a Dan los pelos de punta. Nunca había ido por una carretera sin ver detrás el resplandor de otros faros y delante las luces rojas del coche que lo precedía. Pero ahora la encontraba estimulante, como si todos los días saliera con Josh a una nueva aventura, «por lugares no hollados por el hombre». Josh lo dejaba al final de la carretera que daba a la casa de los Trenchard. Dan se quedaba mirando los faros que se alejaban por las curvas de la carretera hasta que desaparecían al otro lado de la montaña que descendía a pico hasta el lago Eil.

Al cabo de unas semanas, Dan había hecho lo posible por modificar esta rutina. Al principio Patrick estaba siempre en la cocina, esperándolo impaciente, y comenzaba a ponerse en pie en cuanto Dan entraba. Pero al cabo de poco fue Dan el que tuvo que esperar mientras oía las palabrotas de desesperación procedentes del dormitorio del piso de arriba. Más adelante, Katie y él se sentaban en la cocina buscando argumentos para convencer a Patrick de que no trabajara tanto, mientras él seguía durmiendo a pesar de la alarma del despertador. Esos días, era siempre Katie la que soportaba el azote de su furia, porque Patrick le reprochaba que no lo hubiera despertado a tiempo.

Pero no había manera de convencerlo. Dan se ofreció a encargarse él solo de las compras en Mallaig, pero Patrick reaccionó con una férrea mirada de determinación.

—Yo estoy bien, Dan. Tal vez un poco cansado, pero mi mente sigue activa. Además, tienes mucho que aprender.

De manera que siguieron saliendo juntos todos los días. Patrick solía quedarse dormido en el asiento en cuanto Dan arrancaba el viejo Mercedes. Dan entonces lo miraba y advertía los cambios que se producían en él de un día para otro. Su cara había perdido brillo, y las mejillas hundidas habían adquirido el color y la textura de la masilla. Además, el esfuerzo de concentrarse en los movimientos de sus miembros le había provocado profundas arrugas en la frente. Viendo su deterioro, Dan no estaba tan seguro de haber hecho bien en acudir a Escocia. Patrick habría seguido utilizando un comprador en Mallaig y no habría podido ir a la oficina tan a menudo. Tendría que haberse quedado en casa, trabajando en la mesa de la cocina, sin necesidad de hacer tantos esfuerzos, aunque sin duda estaría cada día más furioso con el mundo. De manera que era una situación sin salida. Aunque lo que más molestaba a Dan era haber conocido a alguien con quien había establecido una relación tan inmediata y tan profunda, y no poder hacer nada más que observar su deterioro. Y, si él se sentía así después de tan poco tiempo, no podía ni concebir el trastorno emocional que debía de sufrir Katie.

Sin embargo, todo aquello tenía su lado positivo. Dan no se había emocionado tanto con un trabajo desde que era corredor de bolsa. Le encantaba el ambiente de las subastas, las sonrisas irónicas y las bromas que se intercambiaban cuando Patrick y él se adelantaban a un competidor. Le encantaban los encuentros después del trabajo en el bar del puerto, cuando se sentaban con los otros compradores a charlar ante un desayuno pantagruélico y muy poco sano. Le encantaba tratar directamente con los pescadores de los barcos más pequeños y, aunque no entendía nada, le gustaba contemplar cómo los representantes de otras empresas colocaban las nasas de langostas en un círculo en el muelle y se sentaban entre nubes de humo de tabaco discutiendo en gaélico las distintas ofertas para sus gambas. Al final alguno se apartaba del grupo, chasqueaba los dedos y de pronto señalaba al comprador y lo llamaba por su nombre, con un acento de lo más exótico a oídos de Dan.

—Señor Trrrenchard, se lo puede llevarrr a Seascape.

Por supuesto, llevarse a Josh era lo mejor que podía haber hecho. Cada día que pasaba, Dan se daba cuenta de lo poco que conocía antes a su hijo. Desde luego Josh no era tan vago como Dan pensaba, ni mucho menos. Las semanas que llevaba en la fábrica, había demostrado ser muy trabajador y estaba decidido no solo a hacer bien su trabajo, sino a ser el mejor de la planta. Y eso no lo decía Dan, sino Patrick.

También le encantaba tenerlo de compañero en la casa. Josh había resultado ser muy limpio y meticuloso, cosa que a Dan le extrañaba sobremanera teniendo en cuenta el caos absoluto que imperaba en su habitación de Londres. El caso es que su entusiasmo por la casa eliminó cualquier sensación de incomodidad que Dan pudiera haber albergado en secreto. Los días que Dan llegaba temprano y Josh seguía trabajando en la fábrica, lo echaba de menos. Le encantaba su nueva relación «de hombre a hombre». Le gustaba ver con él la televisión, con los pies en la mesa y una cerveza en la mano, disfrutando de un partido o alguna película que Dan hubiera alquilado en el videoclub al salir del trabajo. Por todo esto, sintió una punzada de resentimiento cuando

Josh le confió que la razón de que a veces llegara más tarde era María José, la joven española de la fábrica, con la que en ocasiones se iba al cine o a tomar una copa al Nevisview Inn.

Además de esta inesperada noticia, Josh manifestó algunos rasgos ocultos de su personalidad que supusieron una auténtica sorpresa para Dan. Después de lograr dominar el césped del jardín de su casa, que había adquirido un saludable tono de verde después de que el chico lo inundó varias veces por las noches a base de cubos de agua, Josh se había entregado a la jardinería con tal pasión que cuando todo estaba en orden, y el trabajo y María José lo permitían, se dedicaba al enorme desafío de restaurar el jardín de los Trenchard para devolverle un aspecto decente. Por otra parte, Dan y Katie habían logrado negociar con Patrick, y habían acordado que seguiría yendo por las mañanas a Mallaig siempre y cuando despachara en su casa el trabajo de oficina. De manera que, entre una cosa y otra, Dan y Josh pasaban la mayoría de los fines de semana en Auchnacerie y en poco tiempo llegaron casi a formar parte de la familia. Josh asumió el papel de héroe y hermano mayor de Max. Los dos salían juntos con sus bicicletas de montaña y los perros y realizaban largos y peligrosos viajes de exploración. Dan, mientras tanto, relevaba a Katie en la cocina, ahora que se había acostumbrado a la azarosa técnica de cocinar con fogón de leña, y contemplaba encantado y sorprendido cómo todo el mundo, incluidos los niños, devoraban sus inventos culinarios. A partir de entonces, no solo le concedieron el título de chef del Hotel Auchnacerie, sino que se lo conocía como Dan sin pan, gracias a un corto y erudito poema escrito por Sooty.

> Había un hombre llamado Dan
> que cocinaba en un desván
> y tenía muy poco pan.
> Pobre Dan.

Katie le contó a Dan que Sooty había encontrado grandes dificultades con los últimos versos, y que estuvo suspirando y mordiendo el lápiz un buen rato, hasta que de pronto le llegó la inspiración:

> Y tenía muy poco pan.
> Pobre Dan.

Sin embargo, en su casa de Londres, la popularidad de Dan no había mejorado. La comunicación con Jackie era nula, aunque Josh había encontrado un lugar detrás de la casa, junto a un abedul solitario y azotado por el viento a unos cien metros colina arriba, donde había una mínima cobertura para el móvil. Todas las noches Dan iba hasta el árbol con los perros y llamaba a Clapham. En ocasiones hablaba con la abuela de Battersea, con quien mantenía largas conversaciones; otras veces era con Millie o Nina, que mostraban muy poco interés. Pero jamás llegó a hablar con Jackie. La había llamado al trabajo, pero tampoco allí la encontraba. La primera semana estaba siempre en reuniones, y la segunda, en París. Le dejaba mensajes en el móvil que ella no contestaba, hasta que por fin respondió con un mensaje de texto que decía: «Has sido muy listo al llevarte a Josh».

Aquel mensaje le molestó muchísimo. Hasta entonces no se había dado cuenta de que hubiera tanto rencor en su relación. Es cierto que tenían sus desacuerdos y sus discusiones, pero aquella frase era más propia de una pareja que se estuviera divorciando y peleando por la custodia de los niños. Dan envió otro mensaje explicando que había sido Josh el que había decidido irse con él, que ahora tenía un buen trabajo y que ganaba un sueldo, y que Jackie debería estar orgullosa de su hijo, porque él desde luego lo estaba. Decidió dejarlo así, esperando haberla convencido de que llevarse a Josh no había obedecido a ninguna estrategia.

A partir de entonces siguió llamándola cada dos días, pero solo conseguía hablar con la abuela, Millie o Nina. Hasta que una tarde, mientras bajaba en la oscuridad por la sinuosa vereda entre brezos, pensó que en todos sus años de matrimonio nunca había pasado tanto tiempo sin hablar con su mujer.

18

Dan no tenía ni idea de que la furgoneta refrigerada de Seascape estaba aparcada detrás de la casa de los Trenchard. Se había acostumbrado a medir sus pasos en la oscuridad de la madrugada, por la carretera hasta el patio y luego hasta la puerta, pero esta vez evitó darse de cabeza con la puerta del vehículo gracias a un sexto sentido. Cuando por fin entró en la casa, encontró a Katie junto a la cocina con la boca abierta en un bostezo.

—¿Va todo bien? —preguntó Dan, advirtiendo algo raro.

Katie se frotó los ojos con las manos.

—Pues la verdad es que no. Patrick ha pasado una noche de espanto. Se quedó a dormir aquí abajo, se levantó un momento para ir al baño y se cayó. No podía levantarse, y yo tampoco podía moverlo, de manera que tuve que llevar un colchón al baño para que se acostara.

—¿Y sigue allí?

—No. Hace media hora llegó Pete con la furgoneta y lo llevó a su cama. Luego se marchó a la fábrica con el coche de Patrick.

Dan no se extrañó de que Pete Jackson fuera capaz de tan hercúlea tarea. El director de la fábrica tenía la complexión de un buey y una increíble reputación en los deportes de fuerza de los Highland Games en toda Escocia.

—¿A qué hora pasó?

—A eso de las tres.

—Deberías haberme llamado. Habría venido de inmediato.

Katie levantó la tapa de la cocina y puso la tetera.

—Lo intenté. Te dejé un mensaje en el móvil.

—Vaya, lo siento. El maldito cacharro no funciona en la casa. Tenemos que subir a la colina para conseguir cobertura.

—Ya me lo imaginé.

—Claro que también podrías haberlo dejado solo un momento e ir a buscarme con el coche.

Katie movió la cabeza.

—No. Por mucho que se haga el valiente, Patrick está aterrorizado con lo que le está pasando. Cuando fui a taparlo con la manta, me agarró la mano y ya no me la soltó.

—¿Quieres decir que te has pasado toda la noche con él en el baño?

—No he tenido más remedio. Hacía un frío de espanto, y era incomodísimo. Tengo que acordarme de poner una alfombra por si esto vuelve a pasar.

—¡Madre mía! ¡Debes de estar agotada!

Katie preparó dos cafés instantáneos y le tendió uno.

—Al final uno se acostumbra. Casi todas las noches pasa algo, aunque no tan grave.

—¿Y ahora qué?

—Bueno, aunque él no quería, lo he convencido para que se quede en la cama y he llamado al médico, que estaba en Fort William. Dice que viene para aquí.

Dan se sentó en el banco de la ventana.

—Entonces deja que hoy me encargue yo de los niños. Los puedo llevar al colegio y recogerlos luego. Así tendrás tiempo de dormir un poco.

Katie movió la cabeza para disipar un poco la bruma de su cerebro.

—No, no te preocupes. Además, me temo que hoy tienes trabajo.

—¿Ah, sí?

Katie se sentó frente a él.

—Patrick quiere que te lleves la furgoneta a Oban. Tenía que ir un camión esta mañana a recoger la carga, pero lo han enviado a la costa este. —Katie sacó un papel del bolsillo de sus Vagabundos—. Aquí tienes el número de móvil de Ronnie Macaskill, nuestro comprador de Oban. Llámalo cuando llegues y se reunirá contigo en el puerto.

Dan se rascó la cara y se echó a reír.

—Muy bien. Pero hay un pequeño problema. No tengo ni idea de cómo llegar a Oban.

Katie sonrió.

—No te preocupes. Pete te ha dejado las indicaciones escritas. Están en el asiento de la furgoneta. Dice que no tardarás más de dos horas. Queda a unos noventa kilómetros.

—¿Y luego? ¿Me voy directo a la fábrica?

—Sí, lo antes que puedas. Esta noche sale un cargamento para Mercabarna y el pedido no está completo, de forma que Pete te quiere allí cuanto antes.

Dan apuró el café.

—Bueno, pues entonces me voy ya —declaró, enjuagando la taza en el grifo—. Oye, si quieres algo, llámame al móvil. Voy a traer el coche de Patrick de la fábrica, así que podría recoger a Max y a Sooty cuando termine.

Katie asintió.

—Muchas gracias. Ya te diré algo. La verdad es que depende de lo que diga el médico.

—Muy bien. —Dan la apuntó con el dedo—. Pero tómatelo con calma, ¿de acuerdo? Ahora tienes refuerzos.

Dan llegó a Oban en dos horas justas, pero imaginaba que el viaje de vuelta le llevaría menos tiempo, puesto que había tardado más de media hora en acostumbrarse al duro cambio de la camioneta y más de una hora en saber calcular la anchura del vehículo en las cerradas curvas de la carretera que bajaba por el lado este del lago Linnhe. Cuando ya estaba a cinco kilómetros de Oban se detuvo en la entrada del puerto deportivo Dunstaffnage para llamar a Ronnie Macaskill.

No le fue difícil encontrar el puerto. Al bajar hacia Oban se veían los barcos más allá de los edificios del paseo marítimo, y por encima se distinguía la típica chimenea roja y negra de un ferry de Caledonian MacBrayne. Dan siguió a la mayoría de los coches y se encontró de pronto en el muelle.

El Cormorant Café era una precaria casa de madera de color azul claro que se alzaba sobre una pila de traviesas de vía y se apoyaba contra la pared para protegerse del viento. La puerta estaba a medio metro del suelo, de manera que habían colocado una caja de pescado volcada a modo de escalón, lo que se había convertido en un rasgo característico del establecimiento. En cuanto Dan entró mirando alrededor, un hombre menudo, con pantalones de pana marrón, chaquetón de trabajo azul oscuro y expresión inteligente, se puso en pie al otro lado del bar. Recogió un cuaderno y un teléfono móvil de la mesa y se acercó.

—¿El señor Porter? —preguntó despacio, tendiendo la mano.

—Dan. Usted debe de ser Ronnie Macaskill.

—Así es. ¿Le apetece tomar un café?

—No, tengo que llevar la carga de vuelta a la fábrica cuanto antes.

—Sí, eso me ha dicho Pete. De todas formas, ha surgido una pequeña complicación.

Dan frunció el entrecejo.

—¿Ah, sí? ¿Qué ha pasado?

—Pues que tengo cuatro cajas de *clonkers* de camino a Campbeltown, y Pete Jackson quiere que se las lleve también. El camión va hacia Glasgow, de manera que he quedado con él en Lochgilphead dentro de tres cuartos de hora.

—Me va a pillar muy justo de tiempo.

—Sí, ya lo sé. Creo que lo mejor sería que nos viéramos otra vez fuera de la ciudad, para que pueda salir a la carretera lo antes posible. ¿Conoce usted algún sitio donde podamos quedar?

Dan se rascó la cabeza.

—Pues no, la verdad. ¡Hombre, sí! El puerto deportivo que queda a unos cinco kilómetros al norte.

—Dunstaffnage. Estupendo. Vaya usted para allá dentro de una hora y cuarto. Yo me daré toda la prisa posible.

—Muy bien. ¿Y aquí dónde recojo la carga?

Ronnie abrió la puerta del bar.

—Venga, se lo indicaré.

Ronnie pisó la caja de pescado, pero en cuanto Dan quiso seguirlo, el hombre dio media vuelta, lo empujó de nuevo hacia el interior y cerró la puerta.

—¡Maldita sea! —masculló, acercándose a la ventana para mirar—. ¿Qué demonios hace aquí otra vez?

—¿Qué pasa? —preguntó Dan.

Ronnie le hizo señas de que se acercara.

—Venga a echar un vistazo. ¿Ve aquel BMW rojo?

Dan advirtió la chapa distintiva en la parrilla del coche, que asomaba junto a la furgoneta de Seascape. Al cabo de un instante apareció un hombre muy obeso, con la cabeza en forma de nabo y vestido con un enorme abrigo de sarga azul. El recién llegado pasó muy despacio junto a la furgoneta, mirando de reojo en la cabina.

—¿Es el dueño del coche? —quiso saber Dan.

—Sí. Es Maxwell Borthwick, que se cree que es nuestro Robin Hood de las Highlands.

—¿Qué quiere decir?

—Que le encanta eso de robar a los ricos para dárselo a los pobres, solo que se le han cruzado los cables y ya no sabe quién es quién, ni lo que intenta conseguir.

—¿Y qué intenta conseguir?

Ronnie esbozó una sonrisa irónica.

—Para decirlo con pocas palabras, le encantaría poder echar de esta tierra a todo el que no hablara con acento escocés.

Dan hizo una mueca.

—Ya, pues en ese caso no le hará mucha gracia conocerme, ¿verdad?

—Qué va. Le encantaría conocerlo. Lo sabe todo de usted, pero creo que no vamos a darle ese gusto. Es un hombre peligroso. Como todos los aspirantes a políticos, tiene amigos en los sitios menos apropiados, y su enemigo número uno resulta que es Patrick Trenchard.

—¿Y eso por qué?

—Patrick tuvo un enfrentamiento con él durante una discusión política en la radio local, y le dio tal vapuleo que el otro no sabía ya ni qué decir. Por desgracia para Maxwell, un periodista oyó el programa y escribió un artículo de lo más cáustico, afirmando que el hombre no tenía habilidad ninguna para el debate. Al día siguiente apareció en casi todos los periódicos nacionales. Y desde luego a Maxwell no le gusta ni un pelo quedar en ridículo. Desde entonces está loco por vengarse de Patrick. —Ronnie se apartó de la ventana—. En fin, ahí está. No sé adónde va, pero espero que le dé tiempo a cargar el camión y salir de aquí antes de que se entere de que es usted quien ha venido en la furgoneta. —Ronnie abrió la puerta y saltó al suelo sin utilizar el escalón—. Bueno, el político ese ya me ha retrasado bastante. Me voy corriendo a Lochgilphead. —Entonces señaló un enorme cobertizo a unos doscientos metros, al final del muelle—. Lleve la furgoneta detrás de aquella nave y pregunte por Tommy, que le dará la carga. Y tenga cuidado al atravesar el portón, es muy estrecho.

—Muy bien. Nos vemos en Dun... Bueno, en el puerto deportivo, dentro de una hora y cuarto.

—Perfecto. —Ronnie se acercó a una pequeña furgoneta blanca Peugeot que estaba aparcada junto al Cormorant Café. Apenas arrancó, el vehículo salió disparado.

Cuando Dan llegó a la nave, había otros dos camiones esperando la carga. Atravesó la estrecha puerta con cuidado, paró la furgoneta en la cola y fue a buscar a Tommy. Uno de los camioneros le informó de que era el propio Tommy el que manejaba la carretilla elevadora a toda velocidad en el estrecho espacio. Al ver a Dan y el logotipo de Seascape en la furgoneta, alzó las manos con los dedos abiertos, indicando que no tardaría más de diez minutos. Como era típico en la costa oeste, en realidad fueron tres cuartos de hora. Cuando el segundo camión terminó de cargar,

Dan pegó la furgoneta a la pared de la zona de carga para dejarle sitio y entró rápidamente en la nave.

—Lo siento —se disculpó Tommy, bajando de la carretilla. De inmediato comenzó a meter cajas de gambas en la furgoneta—. Usted debe de ser Dan Porter.

—Así es. —Dan sacó unos guantes de piel que había encontrado en la cabina. Fue a levantar tres cajas del palé, pero al darse cuenta de que no podía con ellas dejó una.

—¿Cómo está Patrick?

—No muy bien. Ha pasado muy mala noche.

Tommy apoyó las manos sobre las cajas.

—Menuda faena, pasarle una cosa así a un hombre tan activo como Patrick. Aquí todo el mundo lo quiere, ¿sabe? —añadió, llevando otra carga a la furgoneta.

—No me extraña. Es un gran hombre.

Tommy volvió a pararse junto al palé.

—Totalmente de acuerdo. Nunca se me olvidará aquella vez que…

La historia duró unos diez minutos, y Dan comenzó a mirar su reloj. Tenía que estar en el puerto deportivo en un cuarto de hora. Ahora entendía por qué habían tardado tanto en cargar los otros camiones: Tommy era un narrador nato. Dan hubiera querido seguir cargando cajas, pero sabía que sería considerado un gesto poco amistoso, de manera que se resignó a escuchar la historia de principio a fin.

—Sí, un gran tipo —concluyó por fin Tommy, levantando las cajas y permitiendo así a Dan hacer lo propio—. Vamos, después de este solo queda otro palé.

Dan lanzó un gruñido.

Justo a la hora de su cita con Ronnie, Dan cerraba las puertas de la furgoneta. Luego se quitó los guantes y miró las estrechas puertas para calcular de nuevo su amplitud antes de salir marcha atrás.

—¡Me cago en la mar! —exclamó, tirando furioso los guantes al suelo—. ¿Qué demonios hace ese ahí aparcado?

El BMW rojo que antes había visto en el puerto estaba bloqueando la entrada, dejando apenas quince centímetros entre los parachoques y los pilares de la puerta. Dan echó a correr, salió como pudo por el estrecho hueco y miró a un lado y otro de la calle. Un hombre gordo se alejaba con andares de pato.

—¡Eh, oiga! —gritó Dan.

El hombre se dio la vuelta.

—¿Habla usted conmigo, por casualidad?

—Desde luego. ¿Cómo coño se le ocurre aparcar aquí? Es una entrada, ¿o es que no lo ve?

—Puede ser, pero no hay señal de vado. Tengo todo el derecho a aparcar ahí.

—No diga tonterías. Toda la calle está libre, podría aparcar en cualquier otro sitio.

—Pero prefiero aparcar justo ahí.

Dan se dio cuenta de que con malos modos no iba a llegar a ninguna parte.

—Muy bien. Entonces, ¿le importaría apartar el coche? Resulta que llevo una carga de gambas en la furgoneta y tengo que llevarlas a Fort William lo antes posible.

Una sonrisa obsequiosa apareció en los fofos rasgos del desconocido.

—¿Tengo el placer de hablar con el señor Dan Porter?

Dan suspiró de alivio, pensando que su diplomacia estaba funcionando.

—Sí. Y usted debe de ser el señor Maxwell Borthwick.

El hombre se detuvo.

—Así es. —Entonces se subió la manga para mirarse el reloj—. Bueno, señor Porter, llego tarde a una reunión muy importante —anunció, moviendo la mano en el aire—, pero no tardaré más de una hora. —Y con estas palabras se alejó pesadamente, como una morsa yendo hacia el agua.

Dan pensó un instante en salir corriendo tras él para darle una paliza, pero sabía que no conseguiría nada. Al acercarse de nuevo al coche le dieron ganas de lanzarle una buena patada, pero solo lograría buscarse problemas. Cuando iba hacia la furgoneta para llamar a Ronnie vio una pila de palés en la zona de carga. Estaban ordenados en tres hileras y alcanzaban una altura de dos metros y medio. Se quedó mirándolos un momento y luego les dio un empujón. Eran más sólidos que una roca. Dan se volvió hacia el coche, calculando los huecos que dejaba a los lados de la puerta, y luego se fue a buscar a Tommy, el conductor de la carretilla elevadora.

Tommy era un artista con su vehículo. Después de colocar unas extensiones en las horquillas, las metió con cuidado debajo del BMW y puso unos sacos viejos y un par de mantas bajo la carrocería, para no dañar la pintura. A continuación levantó el coche y comenzó a retroceder despacio, mirando alternativamente los dos extremos mientras atravesaba la puerta. Una vez dentro aceleró un poco y giró la máquina para poner la carga justo enfrente de los palés.

—¿Seguro que aguantarán el peso? —preguntó Dan, dudando de pronto de la genialidad de su idea.

—Seguro. Podrían aguantar un camión.

Tommy adelantó la carretilla hasta tener el coche a unos centímetros de los palés y luego lo elevó hasta que las ruedas estuvieron al mismo nivel. Siguió maniobrando, manejando las palancas con la rapidez y la precisión de un mecanógrafo, hasta tener el coche en el lugar exacto. Entonces lo dejó sobre los palés sin haberle hecho ni un arañazo.

Mientras retrocedía, se volvió hacia Dan y le guiñó el ojo.

—Sí, y aquí tampoco hay señal de vado. Puede aparcar en mis palés todo el tiempo que quiera. A mí me da igual, porque yo me voy ya hasta mañana.

Justo cuando volvía a entrar en la nave se oyó un chirrido de ruedas y apareció a toda velocidad un Peugeot. Ronnie salió del coche con la vista fija en el BMW posado en los palés y boqueando como un pez sorprendido.

—¿Pero se puede saber qué pasa aquí? —preguntó aguantando la risa.

—Siento no haber llegado a la cita, Ronnie, pero es que he tenido un pequeño encontronazo con nuestro amigo, el señor Borthwick, que había aparcado justo delante de la puerta y no me dejaba salir.

Ronnie se echó a reír en silencio.

—Madre mía —exclamó por fin, sin dejar de mirar el coche—, ya veréis cuando se entere Patrick. La dará tal ataque de risa que se recuperará de golpe. —Ronnie chasqueó los dedos y echó a correr hacia su coche—. Creo que deberías largarte antes de que la policía se entere de tu pequeña travesura.

Un minuto después, la carga estaba en la furgoneta refrigerada. Dan cerró la puerta trasera y tendió la mano a Ronnie, que todavía se reía.

—Me alegro de haberte conocido, Ronnie.

—Sí, ha sido todo un placer, Dan Porter. Patrick estará encantado contigo, y yo diría que vas a hacer muchos amigos aquí en Escocia.

Dan rechinó los dientes.

—Y probablemente alguno que otro enemigo.

Ronnie echó un vistazo al BMW.

—Y eso es quedarse corto. —Luego le dio una palmada amistosa en el hombro—. Pero seguro que te las sabrás arreglar.

—Me he enfrentado a cosas mucho peores en mis tiempos —replicó Dan mientras abría el coche.

Ronnie le hizo un guiño.

—Seguro que sí, Dan. Seguro que sí.

19

La nueva recepcionista de Rebecca Talworth Design Limited revisó el correo de la mañana con experta rapidez. Aunque todavía no había cumplido los veinte años, ya había trabajado para un importante bufete de abogados en los Docklands, donde la precisión en los archivos se consideraba una parte esencial del éxito de la compañía. La chica miraba primero cada sobre por si tenía una marca de confidencialidad, luego lo abría con un abrecartas, tiraba el sobre a la papelera y dejaba la carta en la bandeja correspondiente. Cuando terminó, reunió los contenidos de cada bandeja para meterlos en archivadores de cartón individuales, los cerró con gomillas elásticas y con ellos en los brazos se encaminó a entregarlos a los respectivos destinatarios.

La primera parada era la oficina de Stephen Turnbull, el joven director financiero de la compañía, a sus ojos un hombre guapísimo. Cuando iba a llamar a la puerta de cristal, él alzó la cabeza y esbozó una ancha sonrisa con una mirada tan chispeante que a ella le temblaron las rodillas y se sonrojó. Stephen le hizo una seña con el dedo para que se acercara.

—Buenos días, Carrie —saludó, arrellanándose en su silla y poniéndose las manos detrás de la cabeza—. ¿Cómo estás?

—Muy bien, muchas gracias, señor Turnbull —contestó ella, mirando primero sus archivadores y luego la ventana que estaba detrás de él, todo para evitar sus ojos. Una paloma se había posado en el tejado del edificio de enfrente, de tal manera que parecía estar sentada sobre la cabeza de Stephen. Carrie se mordió el labio para no echarse a reír—. ¿Y usted cómo está?

—Estupendamente. —Stephen se apoyó sobre la mesa—. Oye, y deja de tratarme de usted. Puedes llamarme Stephen.

—Bueno. —Carrie se sonrojó todavía más—. Stephen.

—Bien —concluyó él, tendiendo la mano para recibir el archivador—. ¿Algo interesante para mí?

—No mucho, me temo. Ah, hay unos recortes de prensa de París, pero no los he leído. Pensé que querrías verlos tú primero.

Stephen quitó la gomilla de la carpeta y hojeó a toda prisa el correo antes de sacar los recortes. Les echó un rápido vistazo, los dejó caer en la mesa y apretó los puños.

—¿Son buenos? —preguntó Carrie.

—Son maravillosos. Verdaderamente maravillosos.

Carrie alzó los hombros con una risita muy femenina.

—Qué bien. Jackie estará encantada.

—Seguro. —Stephen se volvió hacia la oficina de enfrente, donde estaba Jackie sentada a su mesa. La expresión dura que ella le devolvió borró la sonrisa de su rostro—. Bueno —dijo él, de pronto muy brusco—, creo que eso es todo. Gracias, Carrie, no quiero entretenerte, seguro que tienes muchas cosas que hacer.

La joven recepcionista se puso muy nerviosa ante el súbito cambio de actitud.

—Sí, claro, por supuesto. Siento haberte distraído. —La chica se marchó apresuradamente, evitando mirarlo a los ojos mientras se alejaba por el pasillo.

Stephen alzó los recortes de prensa mirando a Jackie y se frotó el borde de los papeles contra la boca. Ella lo miró con gesto inquisitivo, hasta que de pronto comprendió lo que estaba viendo. Stephen le guiñó el ojo tres veces y ella se levantó de un brinco y corrió a su oficina.

—¿Qué tal son? —preguntó sin aliento.

Stephen le tendió los papeles.

—Míralo tú misma.

Jackie hojeó las páginas con expresión cada vez más animada.
—Son geniales, Stephen. ¡Son unas críticas buenísimas!
Stephen se echó a reír.
—Ya lo sé. Y eso que Gaultier estaba en la pasarela al mismo tiempo.
—¿Los ha visto Rebecca?
—Supongo que no. Todavía está en su casa. Vamos a enviárselas por fax, a ver qué le parecen.
—Estará encantada.
—Eso espero. Pero depende del humor que tenga. —Stephen se levantó y se colocó a su espalda—. De todas formas, nosotros sí que deberíamos estar encantados —prosiguió, poniéndole las manos en los hombros—, porque todo esto es fruto de nuestro trabajo. —Entonces le sopló suavemente en la oreja.
Jackie se dio cuenta de pronto de lo que pasaba. Se apartó de él y miró de reojo en torno. Nadie parecía prestarles atención.
—¡Stephen! —susurró riéndose—. ¡No hagas eso, por Dios! Te tengo dicho que no me gusta mezclar el trabajo con el placer. —Se apoyó sobre la mesa, guardando entre ellos una distancia prudencial, y siguió leyendo las críticas.
—Qué lástima —replicó Stephen, metiéndose las manos en los bolsillos—, porque no me importaría nada poseerte ahora mismo ahí encima de la mesa.
—¿Ah, sí? —dijo Jackie, sin apartar los ojos de los recortes—. Y supongo que te gustaría hacer lo mismo con Carrie.
—No es mi tipo. No me van las...
—¿Las mujeres más jóvenes? —lo interrumpió ella, alzando la cabeza de pronto para observar su reacción.
—No iba a decir eso. —Stephen quiso rodearla con los brazos, pero se dominó a tiempo. Esta vez fue él quien echó un vistazo a las otras oficinas—. Ya sabes lo que siento por ti, Jackie. No quiero tontear.
Jackie suspiró.
—Pues me parece que los dos hemos tonteado bastante.
Stephen le arrebató los recortes y los agitó delante de su cara.

—Oye, hoy no deberíamos hablar de eso. Tenemos grandes noticias. Rebecca Talworth ha triunfado, y todo gracias a nosotros. Deberíamos celebrarlo.

Jackie sonrió.

—Es verdad. Hay que celebrarlo.

—Uf, menos mal. Me estabas empezando a asustar.

—Sí, yo también me doy miedo a veces.

—Pues no te des miedo. —Stephen le dio un apretón en el brazo—. Oye, tengo una idea.

—A ver…

—Dentro de dos semanas tengo que ir a Milán, a ver si consigo cerrar el contrato de alquiler de los nuevos locales. ¿Por qué no te vienes conmigo?

—Porque no puedo.

—¿Y eso?

—Porque tengo cosas que hacer.

—¿Qué cosas?

Jackie se echó a reír.

—Pues no lo sé exactamente. Tendré que consultar la agenda.

—Muy bien —Stephen la agarró del brazo y la llevó a su propia oficina—, pues vamos a consultarla.

Viendo que Stephen la apremiaba, Jackie se tomó su tiempo para hojear la agenda. Cuando encontró la página que buscaba, pasó el dedo por el lomo para abrirla bien.

—No, no puedo. Millie y Nina tienen vacaciones.

Stephen captó el tono de desilusión en su voz y pensó que no todo estaba perdido.

—¿Y no puede cuidar de ellas su magnífica abuela de Battersea?

—¡Mira, no me hables! Últimamente es una pesadilla. Cada vez que llego a casa me suelta un sermón. —Jackie dobló hacia abajo las comisuras de la boca para imitar la voz lastimera y el acento londinense de la abuela—: «¿Por qué no puedes hacer un esfuerzo por ir a uno de los conciertos de Nina? ¿No podrías hacer tú la compra, para variar? Estaría bien que pasaras aquí por lo menos los fines de semana, para que yo pudiera ir un poco a mi casa. ¿Y por qué nunca llamas a Dan?».

A Stephen se le encendió una chispa en los ojos.

—Sí, ¿por qué no lo llamas?

—No empieces tú también —replicó ella con acritud.

—No me refería a eso. Digo que por qué no lo llamas para ver si las chicas pueden pasar las vacaciones con él y con tu hijo. Para ellas sería una gran aventura. ¿Conocen Escocia?

—No.

—Pues ya lo tienes. Ahí está la solución. Y además, ganarías puntos con la abuela de Battersea, que podría irse a su casa una semana.

Jackie se sentó y comenzó a masajearse la frente con los dedos.

—¿Qué pasa? —preguntó Stephen.

Jackie dejó caer las manos sobre la mesa.

—Me parece que no te das cuenta de lo difícil que es todo esto para mí.

Stephen se puso tras ella y apoyó una mano en el respaldo de la silla y otra en la mesa. Cualquiera que viera esta escena desde el pasillo pensaría que estaba leyendo algo sobre el hombro de Jackie. Pero Stephen le sopló suavemente en el cuello. Vio que se le ponía la piel de gallina y olió el aroma almizcleño de su perfume.

—Sí que lo entiendo, Jackie, créeme. Lo entiendo, pero es que quiero estar contigo. Necesito estar contigo. Y sé que tú sientes lo mismo. No quiero que nada se interponga entre nosotros; porque, si eso sucediera, yo ya no podría seguir trabajando aquí. Formamos un gran equipo, amor mío, y no solo en los negocios. ¿Por qué íbamos a poner eso en peligro? —Stephen le tendió el auricular del teléfono—. Anda, llama a Dan. El que no se arriesga, no gana.

Jackie agarró el auricular con las dos manos, pero no hizo ademán de marcar.

—¿Lo dices de verdad, Stephen? ¿Es cierto que me quieres? —preguntó sin mirarlo.

—Creo que ya me conoces bastante, ¿no te parece? Cuando quiero algo de verdad, nada me detiene. Y, cuando lo consigo, no lo dejo escapar por nada del mundo.

Jackie cerró los ojos, notando su aliento en la oreja.

—Muy bien. ¿Te importaría dejarme sola mientras hago la llamada?

Stephen echó un vistazo al pasillo, a los otros despachos y a la mesa de recepción. Una vez comprobado que todo el mundo estaba concentrado en su trabajo, se inclinó un poco más y le dio un beso en la nuca.

—Claro que sí. Buena suerte.

Jackie esperó a que Stephen estuviera sentado en su propia mesa antes de marcar el número del móvil de Dan. Luego respiró hondo para prepararse.

—¿Diga?

Al oír de nuevo su voz después de tanto tiempo sintió una punzada de culpa, pero quedó neutralizada por el resentimiento que provocó el tono tan alegre en que Dan había respondido.

—¿Dan?

—Jackie, ¿eres tú?

—Sí.

—Espera un momento, ¿quieres?, voy a parar el coche. —De fondo se oía el apagado ruido de un motor—. Lo siento, no había visto quién llamaba. ¿Cómo estás?

—Bien.

—No sabes cómo me alegro de oírte. Hace muchísimo tiempo que no hablamos.

—Ya lo sé. He estado muy ocupada.

—¿Qué tal fue lo de París?

Jackie deseó que Dan no se interesara tanto en todo lo que hacía.

—Pues muy bien. Las críticas han sido excelentes.

—Genial. Me alegro mucho. Es un gran triunfo para ti.

—Oye, Dan…

—¿Cómo va todo por casa? ¿Qué tal se las arregla la abuela?

—De maravilla. Oye...

Pero Dan la interrumpió de nuevo.

—¿Y cómo están Millie y Nina? ¿Todavía se dedican a ver culebrones en lugar de hacer los deberes? —preguntó con una carcajada.

Jackie aprovechó la oportunidad.

—Por eso justamente te llamaba.

Aquello pareció calmarlo un poco.

—¿Es que ha pasado algo? —inquirió, preocupado.

—No, nada. Es que... —Al ver que Stephen la miraba intensamente desde su despacho, Jackie se dio la vuelta—. Es que a las niñas les dan las vacaciones dentro de dos semanas, y yo tengo que irme a Milán.

—Ya. ¿Y no puede cuidar de ellas la abuela?

De pronto Jackie comprendió lo que tenía que decir.

—Bueno, me parece que a tu madre le vendría bien un descanso. Quiere irse unos días a su casa, y la verdad es que hasta ahora no ha podido ser.

—¿Y qué sugieres?

—Bueno, a lo mejor podrían pasar una semana ahí con vosotros. —Jackie se quedó callada, esperando la respuesta de Dan, pero él no dijo nada—. Sería una pequeña aventura para ellas.

Dan se echó a reír.

—¡No lo dirás en serio! Esto les iba a parecer un espanto. Aquí no hay nada que hacer, excepto pasear y perderse por el campo. Además, la casa es tan pequeña que Josh y yo estamos como sardinas en lata, no te digo ya si vienen las niñas.

Jackie hizo una mueca de irritación.

—¿Así que no quieres verla?

—Yo no he dicho eso. Me encantaría que vinieran, pero me parece que no es posible. Josh y yo salimos de casa todos los días a las seis y cuarto y no volvemos hasta la tarde. ¿Qué iban a hacer ellas dos?

—Podrían cuidar de los perros. —Jackie se arrepintió no bien lo dijo. Sabía tan bien como Dan que la última vez que las chicas habían mostrado el más mínimo interés por los perros fue cuando la familia Porter en pleno acudió a la perrera de Battersea para recogerlos. Fue entonces cuando Nina bautizó a Cruise—. Además, las dos tienen muchos deberes, sobre todo Millie. Sería mucho mejor para ellas estar en Escocia, donde parece ser que no hay muchas distracciones. Así podrían estudiar.

—No lo sé, Jackie.

—Además, os echan mucho de menos, a Josh y a ti. —Jackie estimó que una broma amistosa no estaría de más en ese momento—. Aunque lo que no echan de menos son tus comidas, eso no.

—Jackie, tienes que entender que estamos a muchos kilómetros del MacDonald's más cercano.

—Pero Escocia es famosa por sus *fish-and-chip*, ¿no? —Jackie se mordió la uña al oírlo reírse.

—Eso es verdad. Tal vez podría acostumbrarlas poco a poco a mis comidas.

—Sería el entorno ideal para ellas, Dan, a ver si se ponen un poco al día en los estudios.

—Sí, eso es verdad.

—¿Te las mando, entonces?

—Ya te digo que vamos a estar como sardinas en lata.

—A ellas eso no les va a importar.

—Tendrán que traer sacos de dormir.

—Están acostumbradas a dormir en el suelo. Ya sabes la de veces que pasan la noche en casa de alguna amiga.

Dan se quedó en silencio, intentando tomar una decisión.

—Bueno, está bien, pero primero pregúntales. No quiero que vengan para tenerlas de morros todo el día.

—¡Claro! —exclamó Jackie, conteniendo las ganas de levantarse de un brinco y lanzar un grito de alegría—. Les hablaré de Escocia como si fuera el no va más.

—Yo no lo haría —replicó él con una risita—. La verdad es que aquí nunca pasa nada.

—Tú déjame a mí, que ya sé lo que tengo que decirles. Ahora dime, ¿cómo las mando hasta allí?

—Yo creo que lo mejor es que las metas en el tren nocturno de Euston a Fort William. ¿Cuándo vendrían?

Jackie echó un vistazo a su agenda y de pronto se dio cuenta de que no sabía cuándo pensaba ir Stephen a Milán.

—Espera un momento. —Captó la mirada de Stephen y le hizo señas frenéticas. Él salió corriendo hacia su despacho.

—¿Cómo ha ido? —preguntó al entrar. Su voz resonó en toda la sala.

Jackie lo hizo callar con una mueca, señalando hacia el auricular del teléfono antes de taparlo con la mano.

—¿Quién era ese? —preguntó Dan.

Jackie apartó la mano.

—Nada, uno que acaba de entrar preguntando qué tal fue lo de París.

—Ya. Bueno, dime, ¿cuándo vendrían las niñas?

—Espera, que estoy buscando la agenda. —Jackie tapó de nuevo el micrófono y miró furiosa a Stephen—. Casi metes la pata hasta el fondo —susurró—. ¿Cuándo quieres ir a Milán?

—He reservado dos billetes para el martes por la mañana. Salimos de Heathrow.

—¿Ah, sí? ¿Y los has reservado antes o después de hablar conmigo?

—Jackie —dijo Dan—, ¿sigues ahí?

—Sí, lo siento. Ya la tengo. ¿Te parece bien que vayan en el tren del lunes? Llegarían el martes por la mañana.

—Vale. ¿Y cuándo tienen que estar de vuelta en Londres?

Jackie volvió una página de la agenda.

—El lunes siguiente. Es el día que empiezan las clases, pero no creo que pase nada si llegan un poco tarde.

—¿Irás a buscarlas a la estación?

—Sí. Si no, siempre pueden ir en metro.

—No, quiero que las recojas. Si voy a encargarme de ellas una semana, lo menos que puedes hacer tú es buscar tiempo para ir a recogerlas.

—Es verdad, tienes razón. Oye, Dan, tengo que colgar, que va a empezar una reunión. Ya te mandaré un mensaje con el horario del tren.

—También podrías llamarme.

—Ya veremos. ¿Todo bien por ahí?

—Sí, estupendo. Ahora volvía a casa desde Buckie. ¡No te imaginas! Si hubieras estado te habrías reído a gusto. He tenido un encontronazo con un tipo en Oban…

—Dan, tengo que irme, me están llamando. Ya me lo contarás en otro momento.

—Bueno. —Jackie captó el tono de decepción en su voz—. Me alegro mucho de hablar contigo, Jackie. ¿Sabes? El otro día pensaba que, en todo el tiempo que llevamos casados, nunca…

—Esto se está cortando, Dan. Te oigo fatal. —Jackie colgó con el dedo y dejó el auricular en su sitio.

Stephen se había quedado en la puerta.

—Lo siento, no sabía que todavía estaba al teléfono.

—Ya.

—¿Entonces qué? ¿Nos vamos a Milán?

Jackie asintió con una sonrisa y Stephen le hizo un gesto con el pulgar hacia arriba.

—Genial. Ya verás, lo vas a pasar como nunca en tu vida.

20

La historia de la aventura de Dan en Oban llegó hasta Patrick con toda la exageración propia del juego de los disparates y mucho antes de que el propio protagonista llegara a Auchnacerie esa tarde. Y es cierto que Patrick se rió a gusto; pero, en contra de las predicciones de Ronnie Macaskill, no consiguió levantarse de la cama en toda una semana. La reputación de Dan, sin embargo, se alzó por las nubes, y cada vez que iba a una tienda, un pub o una gasolinera, tenía constancia de la antipatía general que Maxwell Borthwick despertaba en la zona. Todo el mundo había oído la historia, pero cada uno, una versión diferente.

Por otra parte, había mejorado sobremanera su relación con Ronnie Macaskill, un hombre conocido por su discreción y su poca paciencia con los idiotas. A partir de entonces, Ronnie llamaba al móvil de Dan todas las mañanas a las diez, estuviera donde estuviera, para averiguar qué precios estaba pagando y con qué barcos trataba, y además le contaba todo lo que pudiera saber sobre la compra de gambas.

Sin embargo, la opinión que Dan tenía de Ronnie quedó ligeramente dañada el fin de semana siguiente, cuando Ronnie los engatusó, a Josh y a él, para representar a Seascape en un partido de *camanachd* contra una compañía competidora de Elgin.

—Tú has hecho deporte en tus tiempos, ¿verdad, Dan? —le había preguntado en una de sus llamadas.

—Jugaba un poco al fútbol, sí.

—Entonces te irá de miedo.

—¿Me irá de miedo para qué?

—Me faltan jugadores para el equipo de la compañía, para el partido de *camanachd* del sábado, y esperaba que Josh y tú quisierais participar.

—¿De cama qué? Ronnie, ni siquiera puedo pronunciarlo, así que no digamos ya jugar.

—Es parecido al hockey sobre hierba.

—Ya. O sea, un juego violento donde los haya, ¿no?

—Qué va, qué va. Es más bien como una mezcla de hockey y *lacrosse*, parecido a los juegos que se practican en los colegios de niñas. Para ti será pan comido, ya verás.

El tono sarcástico de Ronnie no convenció a Dan de que estuviera siendo del todo sincero.

—¿Y cuánto dura el partido?

—Son dos tiempos de cuarenta y cinco minutos.

—¿Noventa minutos en total? ¡Ronnie, me daría un infarto! Hace más de año y medio que no hago ejercicio.

—No pasa nada. Mira, nos falta el portero, así que tampoco tendrás que correr mucho.

—No sé, Ronnie. Me parece que os iba a dejar en ridículo.

—Qué va. Si somos un equipo de aficionados. Es por hacer un poco de deporte.

Dan terminó accediendo, y más tarde, cuando fue a tomar una copa al pub de Nevisview, se enteró por medio de un aficionado a ese deporte, un hombre muy enterado pero obviamente borracho, de que incluso los jugadores de la liga nacional del Marine Harvest eran aficionados. Supo también que Ronnie Macaskill, aquel individuo sencillo y afable que lo había convencido para jugar, había sido cinco años atrás el delantero centro del Kingussie, y que durante la época en que llevaba sus colores el equipo había ganado la prestigiosa copa Glemorangie Camanachd tres veces nada menos. Y, lo que era más, el equipo había representado en dos ocasiones a Escocia en el campeonato internacional de *camanachd* que se celebraba todos los años contra Irlanda.

Por lo tanto, no era de extrañar que el sábado siguiente Dan tuviera los nervios tan de punta que se vio obligado a parar varias veces a un lado de la carretera en el trayecto de su casa al campo de juego, en Fort William. Mientras admiraba tranquilamente la belleza del paisaje, a pesar de que todo el que pasaba se quedaba mirándolo, Dan deseó sentir una décima parte del entusiasmo que mostraba su hijo por la inminente batalla. Josh iba sentado a su lado con un pañuelo en la cabeza, mordiéndose las uñas de impaciencia por entrar en conflicto y dar una buena paliza a los contrarios.

Después de una pequeña charla que comenzó con un hermético mensaje sobre tácticas y que fue subiendo de tono hasta terminar con un grito de guerra, Ronnie se apartó del grupo de jugadores para acercarse a Dan, que estaba junto a la línea de banda apoyado en un *caman*, el arma que le habían asignado para el partido. Dan miraba boquiabierto hacia un extremo del campo.

—¿Qué demonios es eso? —preguntó, señalando con su *caman* la gigantesca portería.

—Pues el *tadhal*, la portería.

—¡Pero si es más grande que las puertas del palacio de Buckingham!

—No, hombre. Mide unos tres metros por tres y medio.

—¡Ronnie! ¡Eso son más de diez metros cuadrados! ¿Cómo demonios voy a parar la bola?

—Pues la verdad es que hay tres maneras. La puedes bloquear con el *caman*, la puedes golpear o la puedes atrapar con la mano.

Dan movió la cabeza desesperado. Era evidente que Ronnie no quería entenderle.

—Gracias, hombre.

—Ah, también se puede parar la pelota con el pie, si quieres, pero no está permitido darle una patada. —Ronnie se echó a reír—. Bueno, ni a la pelota ni a los contrarios.

Dan suspiró resignado.

—Bueno, pues más me vale estar preparado.

Ronnie le dio una palmada en la espalda.

—Sí, buena idea. Da un par de vueltas al campo para calentar.

Dan lo miró con los ojos entornados.

—No me refería a eso. Digo que debería ponerme las protecciones.

Ronnie chasqueó los dedos.

—Es verdad, se me había olvidado. —Echó a correr hacia la garita a un lado del campo y volvió a toda prisa con el equipo de protección de Dan.

Dan se pasó la lengua por los dientes, pensando en que tal vez se iba a quedar sin ellos.

—¿Eso qué es? —preguntó con voz queda, mirando las finas espinilleras y los guantes de piel que traía Ronnie.

—Pues tu equipo —contestó el otro, dejando caer los artículos en el suelo.

—¡No hablarás en serio!

Ronnie le guiñó un ojo.

—No te preocupes, que no vamos a dejar ni que se acerquen a la portería.

El partido terminó a los noventa minutos de juego, más diez minutos de descuento, con una rotunda victoria de cinco a uno para el Seascape Camanachd Club. Dan, sin embargo, apenas duró veinte minutos del primer tiempo. Estaba tranquilamente en la portería, sin meterse con nadie, a unos setenta metros de donde se desarrollaba la acción, cuando de pronto la pelota salió disparada hacia él. El delantero centro del equipo contrario, un demonio traicionero que parecía entrenarse con cuatro pintas de cerveza antes de cada partido pero que, en realidad, tenía los pies más ligeros que Pegaso, corrió cincuenta metros a tal velocidad que llegó por lo menos con dos segundos de antelación al punto donde la pelota tenía que caer a tierra. Aquel instante le dio la oportunidad de colocar los pies y blandir el *caman* sobre su cabeza como un lanzador de martillo, antes de dar un buen golpe a la pelota justo en la dirección de Dan.

Dan se quedó paralizado, como si fuera a caerle un meteorito en la cabeza, con la vista fija en el misil de corcho y cuero que volaba hacia él. En los pocos segundos antes del fin —y, según se enteró luego, para escándalo de sus compañeros—, Dan emprendió una cobarde acción evasiva, agachándose sin ceremonias y tapándose la cabeza con las manos. Notó una ráfaga de aire cuando la pelota pasó silbando sobre sus hombros, inmediatamente seguida del ruido que hizo al estrellarse contra la red. Dan se quedó mirando la pelota, ya en el suelo, y podría haber jurado que le salía humo. La sangre, que se le había bajado toda a los pies, comenzó a subirle a la cabeza. Dan se volvió con los ojos desorbitados de furia hacia el que había perpetrado una hazaña tan poco deportiva.

—¡Hijo de puta! —gritó, echando a correr por el campo con el *caman* en ristre, como Rob Roy al frente de la última carga contra los casacas rojas en la batalla de Killiecrankie—. ¡Hay lo menos diez metros cuadrados de portería y tenías que tirarme la puta pelota a la cara, cabrón!

Ahora le tocó a Pegaso quedarse paralizado. De no haber sido por Josh, que un instante antes del contacto le dio un grito a su padre para que se dominara, Dan le habría partido la crisma a golpes.

A partir de entonces la reputación de Dan creció todavía más por ser el primer jugador expulsado del campo en toda la historia del Seascape Camanachd Club. Claro que a él no le importó gran cosa. Josh hizo de portero el resto del partido y, sin duda debido en parte a la presencia de María José en la línea de banda, jugó con la agilidad y la presteza mostradas por el gato de la señora Watt, su aburrida vecina de Clapham, cuando fue interrumpido, en el momento de hacer sus necesidades en el jardín de los Porter, por la inesperada y violenta llegada de Biggles y Cruise.

21

La mañana que llegaba el tren de las niñas a la estación de Fort William, a Dan se le cayó el alma a los pies nada más despertarse. Se había acostumbrado a quedarse en la cama aquellos preciosos segundos antes de que sonara el despertador, escuchando el viento al comienzo de otro día soleado. Sin embargo en esta ocasión el viento silbaba en la rendija de la ventana y la lluvia caía sobre el tejado de cinc como un incesante redoble de tambor, presagiando así el final del veranillo de San Martín.

Nada más entrar en el salón se dio cuenta de que la temperatura de la casa había descendido por lo menos diez grados. Tantos días de buen tiempo lo habían acostumbrado mal, a tal punto que la noche anterior había olvidado meter leña para el fogón. Antes de salir de la casa se calzó unas botas de agua nuevas, se puso sobre la camiseta una chaqueta de la que todavía colgaba la etiqueta y llamó a los perros con un silbido. Tardó menos de treinta segundos en volver. Dejó la brazada de leña en la caja de madera junto a la cocina y se puso a dar saltos y palmadas con los brazos en torno al pecho para calentarse. Hacía un frío parecido al del día en que había llegado a Fort William, hacía cinco semanas, si no más.

Cuando el tren entró en la estación, Dan ya estaba en el andén con un gorro de lana con el lema Ski Aonach Mor bordado, la chaqueta abrochada hasta arriba y las manos en los bolsillos. Mientras las puertas se abrían y se cerraban a destiempo, Dan miró a todo lo largo del tren. Los pasajeros iban bajando, casi todos montañeros con ropas de colores apagados, polainas y mochilas cubiertas de mosquetones. Y entre esta muchedumbre aparecieron Millie y Nina, con expresiones tan perplejas y ropa tan fuera de lugar que parecía que se hubieran equivocado de tren.

Para cuando llegó hasta ellas, las perneras de los enormes vaqueros de Millie estaban ya empapadas gracias al charco de agua sucia que se extendía por todo el andén. La niña se estremeció mientras se cerraba la minúscula cazadora en un vano intento de obtener alguna protección de los elementos. Nina, mientras tanto, se había quedado parada, con los cables de los auriculares saliéndole de las orejas. Movía la cabeza de un lado a otro como un robot con un cortocircuito. Sus pantalones acampanados, de un amarillo chillón, seguían el mismo proceso osmótico de los de su hermana, mientras que el cuello de lana de su chaleco afgano de color púrpura comenzaba a asumir la apariencia, y sin duda el olor, de una cabra mojada.

—¡Hola! —exclamó Dan con entusiasmo, abriendo los brazos para recibir a Millie. La chica retrocedió de un brinco, como si la atacara un psicópata. Con la brusquedad del movimiento, casi tira al suelo las gafas de sol mojadas que le sujetaban el pelo hacia atrás.

—¿Eres tú, papá? —preguntó, arrugando la nariz de asco mientras repasaba su atuendo de la cabeza a los pies.

—Pues claro. Tampoco llevo tanto tiempo fuera de Londres, ¿no?

—¿Y por qué vas vestido de cateto?

Dan se echó a reír. Ahora se daba cuenta de que su primer encuentro con Katie, en aquel mismo andén, debía de haber parecido la reunión de ET con su joven amigo terrícola.

—No te preocupes, pronto lo entenderás.

Dan se inclinó para darle dos besos en las mejillas heladas, que no obtuvieron ninguna respuesta y luego se volvió hacia Nina. La verdad es que la niña podría haber sufrido el ataque de un psicópata sin que apareciera ninguna expresión de sorpresa en su rostro salpicado de aguanieve.

—Nina, ¿es que no vas a decir ni hola? —preguntó su padre, esperando algún tipo de reacción.

Nina comenzó a mover la cabeza de un lado a otro.

—Esto es el culo del mundo —aseveró, con la misma voz que si acabara de verse condenada a las profundidades del imperio de Satanás.

—No es para tanto, mujer —replicó Dan alegremente—, aunque es una pena que hoy precisamente se haya puesto a llover. Hemos tenido un mes entero de sol.

—Típico —mascullό Nina recogiendo su mochila, de la que caían chorros de lluvia helada.

Dan se la quitó de las manos y agarró también la maleta de Millie.

—Bueno, vamos a casa, veréis lo bien que se está allí. Entraréis en calor enseguida. —No había dado más de diez pasos hacia la salida cuando dejó de nuevo los equipajes en el suelo y se puso a flexionar los dedos doloridos.

—¿Pero qué demonios traéis aquí? ¿Sacos de cemento?

—Ojalá —replicó Millie taciturna, metiéndose las manos bajo las axilas para mantenerlas en calor—. Mamá nos ha obligado a traer los libros de texto. Menudas vacaciones.

Se dirigieron hacia la casa bordeando las turbias aguas del lago Eil, y una vez más Dan deseó que el buen tiempo hubiera aguantado una semana más. El ambiente de desaliento era tal dentro del Mercedes de Patrick que se podía palpar, y cuando Dan iba señalando rasgos del paisaje, su voz tenía un tono de falsa alegría que se acercaba mucho a la risa de un maníaco. De hecho, hasta el momento el coche había sido lo único que había arrancado un comentario de Nina.

—Antes teníamos un coche como este, pero con asientos de cuero y mucho más nuevo.

La cosa empeoró. Cuando ya llegaban a la casa, Nina, que iba sentada detrás y se había pasado el trayecto intentando evitar la babosa atención de los perros, de pronto se echó a llorar. Dan la miró por el retrovisor.

—Pero, Nina, ¿qué pasa? —preguntó preocupado.

—Quiero irme a casa —sollozó ella—. Esto es lo peor que he visto en toda mi vida.

—Pues no puedes irte a casa —replicó Millie con vehemencia—. Nos han echado, ¿te acuerdas?

—Ya está bien, Millie —la reprendió Dan.

—Pero tenía dos fiestas, y Barnie iba a ir a una de ellas.

Dan paró el coche en el camino de la casa y fue detrás a sentarse con su hija para darle un abrazo.

—No es más que una semana, Nina. Y al final lo vais a pasar muy bien, ya verás.

—¡Pero si aquí no hay nada que hacer! —gritó ella.

—Bueno —comenzó Dan, desesperado por animar un poco a su hija—, en realidad se pueden hacer muchas cosas.

Millie, mientras tanto, había decidido que quería entrar en calor lo antes posible. Salió del coche y fue dando saltos hasta la cerca intentando evitar mancharse de barro sus nuevas deportivas Reebok plateadas. Mientras trataba de abrir el complicado cerrojo que había instalado Josh, a prueba de perros, alzó de pronto la cabeza y salió disparada hacia el coche con la velocidad de un campeón olímpico, olvidada por completo la preocupación por el calzado. Abrió la puerta, se metió dentro y cerró de golpe.

—¡Dios mío, menudo monstruo! —gritó melodramática, con la vista fija en el extremo opuesto de la casa—. ¿Qué demonios es eso, papá?

Su voz expresaba tal terror que hasta Dan se preguntó por un instante si no habría estado viviendo sin saberlo en las profundidades del Parque Jurásico. Hasta que de pronto aparecieron junto a la valla de madera los cuernos de Dolly, la oveja, con una brizna de hierba en la boca y una expresión profundamente ofendida porque hubieran rechazado de manera tan poco educada su bienvenida.

—No te preocupes —dijo Dan saliendo del coche—. Es Dolly. No le haría daño ni a una... —Pero no se molestó en terminar. No se le ocurría ninguna metáfora divertida, nada que pudiera hacer mella en el desencanto de sus hijas—. Vamos, fuera del coche. Es hora de inspeccionar el Taj Mahal.

Las niñas rechazaron los huevos con beicon que Josh les había dejado en la cocina y desayunaron en silencio cereales y yogur, mirándose la una a la otra y observando la sala con aprensión, desesperadas por lo que iban a tener que sufrir durante las vacaciones. Dan se puso a realizar sus tareas domésticas silbando una cancioncilla, esperando que la falsa alegría que mostraba ante su espartana morada fuera un poco contagiosa. Desde luego, era mucho pedir.

—Ahora tengo que irme a trabajar —anunció mientras guardaba la escoba en el armario junto al fregadero—. Os sugiero que os instaléis. La tele funciona bastante bien, y ahí, en aquel estante, hay varios vídeos. Lo único que os pido es que cuidéis de que no se apague el fogón, porque desde ahí funciona todo, la cocina, la calefacción y el agua caliente. —A continuación hizo una demostración del arte de echar leña al fuego como si estuviera dando clase en una guardería—. La leña está aquí —explicó, sacando un tronco de la caja y alzándolo para que vieran cómo era—, se lleva hasta el fogón y se abre esta puerta... así... luego se pone dentro el tronco y se cierra la puerta. Facilísimo.

—Huy, no sé, ¿tú crees que vamos a saber, Nina? —preguntó Millie, con la voz chillona de una niña pequeña—. Parece dificilísimo.

Dan se echó a reír.

—Vale, vale. Pero que no se os olvide, ¿eh?

—¿Cuándo vas a volver?

—No más tarde de las seis.

—¿Las seis? ¿Nos vas a dejar aquí solas hasta las seis?

—Lo siento, Nina, tengo que trabajar. Pero no os preocupéis, os quedáis con los perros.

Nina miró con desdén a los animales tirados en la alfombra, frente al fogón.

—Muchas gracias.

—Y el fin de semana estoy libre —prosiguió Dan, sintiéndose de pronto culpable—. Podemos hacer alguna excursión.

—¿Cuándo vuelve Josh? —quiso saber Millie.

—Depende.

—¿De qué depende?

—Pues de la hora que salga hoy de la fábrica, y de si va a salir con María José. Lo normal es que venga a las…

—¿María qué? —lo interrumpió Millie.

Dan se mordió la lengua, arrepentido de haberlo mencionado.

—María José.

Las niñas se miraron con ojos chispeantes.

—¿Estás diciendo que Josh tiene novia?

—Pues sí, la verdad es que sí.

—Jolines, debe de estar ciega o algo así —se burló Millie.

—O es tan fea que nadie más quiere salir con ella —añadió Nina con una risita.

—O una inmigrante ilegal que necesita casarse para que le den los papeles…

—Estáis las dos muy equivocadas —terció Dan—. Para que lo sepáis, María José es una chica muy guapa y muy inteligente, y vuestro hermano le gusta mucho, porque si no, no saldría con él.

—¿Y qué hace?

—Trabaja en la fábrica de gambas con Josh.

Millie lanzó una carcajada.

—Venga ya, papá, si fuera tan inteligente no trabajaría en una fábrica.

—Y además debe de oler fatal —comentó Nina, fingiendo náuseas—. ¡Imagínate esos dedos pasando por el pelo de Josh!

Dan movió la cabeza.

—Bueno, ya está bien. Me voy. ¿Habéis traído los móviles?

—Pues claro. No íbamos a perder el contacto con el resto del mundo.

—Pues entonces, si queréis algo me llamáis. Hay que ir a la colina de ahí detrás para tener cobertura. Subid hasta un arbolito que hay allí.

Nina se quedó mirándolo un momento y luego se volvió hacia su hermana mayor moviendo la cabeza.

—Lo que yo decía, esto es el culo del mundo.

Durante los tres días siguientes el clima no hizo nada para mejorar la opinión de Nina. Las niñas no se aventuraron más allá de los confines de su prisión e incluso sufrieron la tortura, impuesta por ellas mismas, de quedar fuera del alcance de los mensajes de texto de sus amigos de Londres. La primera tarde, mientras veían la tele, Millie había paseado por toda la habitación, subiéndose a varios muebles para alcanzar algún rincón lleno de telarañas desde el que, en precario equilibrio, miraba fijamente la pantalla de su móvil con la esperanza de que apareciera la más mínima señal de cobertura. Al final, el precioso teléfono quedó abandonado sin ceremonias en la maleta, y Millie acabó por desplomarse en el sofá entre Nina y Josh para ver el mismo programa por quinta vez.

Sin embargo hubo momentos de diversión. El martes por la tarde Josh tuvo el valor de llevarse a las chicas a Fort William, donde se encontraron con María José para ir a tomar una copa al Nevisview Inn. Ninguna de las dos contribuyó mucho a la conversación. Tanto Millie como Nina guardaron silencio toqueteándose las uñas y mirando a la joven española en busca de algo que pudieran criticar. Cuando Dan les preguntó luego qué tal lo habían pasado y si les caía bien María José, las niñas, que no habían podido encontrar ninguna falta en su carácter o en su rostro, se limitaron a gruñir y a los cinco minutos se habían replegado en silencio a las profundidades de sus sacos de dormir. Dan miró a su hijo y le hizo un guiño.

La tarde siguiente estaban invitados a cenar a Auchnacerie. Dan había pensado en ofrecerse para cocinar, pero luego recordó que sus hijas no tenían la misma opinión que la familia Trenchard sobre sus dotes culinarias. De manera que dejó que Katie se ocupara de preparar lo que habían pedido: hamburguesas, judías y patatas fritas. Y, por primera vez desde que habían llegado a Escocia, Dan contempló aliviado cómo el sencillo solaz de la comida rápida hacía acudir sonrisas a sus rostros. Patrick consiguió llegar hasta la mesa con ayuda de Josh. Estaba demacrado y tenía unas ojeras tremendas, pero su espíritu indomable seguía ardiendo como una hoguera. Se estuvo burlando sin piedad del gusto de Millie en lo referente a la ropa, y luego sugirió que Nina debería emparejarse en su momento con Max, porque, aunque tenía cinco años menos que ella, iba a ser todo un guaperas. Dan observó, sorprendido y encantado, la reacción de sus hijas. Millie incluso se debatió lo mejor que pudo y llegó a decirle a Patrick que su estilo de peinado era la última moda... para espantapájaros. Dan, sentado a la cabecera de la mesa junto a Katie, se volvía hacia ella de vez en cuando, y la expresión de ambos sugería que las cosas estaban cambiando para mejor. Al final de la velada, Patrick había recobrado un poco de color en las mejillas y Millie y Nina parecían comenzar a aceptar que su temporada en los salvajes páramos del norte de Escocia no iba a ser tan espantosa como habían supuesto.

El viernes por la mañana el viento amainó y los nubarrones se alejaron hacia el este sobre la mole del Ben Nevis. Las aguas de los lagos Eil y Linnhe quedaron bañadas por un sol de otoño. Antes de salir sin hacer ruido de la casa, Dan dejó en la mesa de la cocina una nota para las chicas en la que les decía que en su opinión ya habían estudiado bastante durante la semana y que deberían tomarse el día libre. Añadió que, aprovechando el buen tiempo, podían acercarse al árbol de la colina y llamar a su madre. De todas formas, Dan sabía que las chicas pasarían el día igual que los anteriores y que al volver a casa se las encontraría tumbadas en los sillones, metidas en los sacos de dormir y con la vista clavada en el televisor.

Por lo tanto, se llevó una buena sorpresa cuando esa tarde se encontró una nota escrita con la florida caligrafía de Millie.

> Papá:
>
> Hace tan buen día que vamos a llamar a mamá y a dar un paseo con los perros. Probablemente volveremos antes de que leas esta nota, pero te la dejamos aquí por si acaso.
>
> Besos,
>
> MILLIE

Dan dejó el papel y miró por la ventana. La oscuridad comenzaba a envolver las colinas, y ya se distinguían unos faros entre los árboles en la carretera al otro lado del lago. Volvió a ponerse la chaqueta y en cuanto salió al jardín notó un velo invisible de frío y humedad. Subió corriendo al árbol de la colina, donde encontró un envoltorio de chicle. Sí, las niñas habían estado allí.

—¡Maldita sea! ¿Dónde os habéis metido? —murmuró, mientras seguía subiendo la pendiente. Con el esfuerzo de andar levantando bien los pies sobre los altos brezos se le perló la frente de sudor, que se enfriaba al chorrearle por la cara. Justo cuando llegaba a la cima, resbaló en una piedra cubierta de liquen y se cayó de bruces. Volvió a levantarse y miró alrededor.

—Dios mío...

Jamás había ido tan lejos. Vio en la penumbra que más allá de la cima no había absolutamente nada. Podía seguir andando una eternidad sin llegar a ningún sitio. Dan rezó para que las niñas no hubieran decidido hacer precisamente eso. Las llamó a gritos, pero su voz se perdió en el viento. Intentó silbar en un vano intento de llamar la atención de los perros, pero tenía la boca seca y no consiguió emitir más que un bufido. Por fin empezó a bajar, buscándose el móvil en los bolsillos. Se detuvo un momento para dar con el número de Josh y luego siguió caminando sobre los brezos, con el teléfono pegado a la oreja.

—¿Josh?

—Hola, papá. ¿Qué tal?

—¿Dónde estás?

—Saliendo del trabajo. Me voy derecho para casa.

—Josh, las niñas se han ido.

—¿Ah, sí? ¿Dónde?

—¡Y yo qué sé! Me han dejado una nota en la cocina diciendo que se iban a dar un paseo. Pero no han vuelto.

—No te preocupes, papá. Las chicas nunca han andado más trecho que el del mercado de Portobello.

—Pero he encontrado un envoltorio de chicle junto al árbol.

—Ah, ya veo. ¿Tú dónde estás ahora mismo?

—De vuelta a casa. Josh, si han subido la colina no van a saber encontrar el camino de vuelta. Seguro que se han perdido.

—¿Y qué hacemos?

—Ni idea. —Dan se detuvo un momento para recuperar el aliento—. Espera. Ve a la comisaría y di que tus hermanas salieron de casa a eso de las tres con dos perros y que no han vuelto. Dales su descripción y cuéntales todo lo que quieran saber. Ah, y que salgan a buscarlas lo antes posible.

—¿No te parece que exageras un poco? ¿Tú crees que es tan grave?

—Desde luego que sí. Creo que tus hermanas se han metido en un buen lío.

—¿Y tú qué vas a hacer?

—Me voy a Auchnacerie, a ver si las han visto. Si no, te vuelvo a llamar desde allí.

—Muy bien. Oye, papá...

—¿Qué?

—Ya verás como no les ha pasado nada. Cuando pasa algo grave, yo lo noto.

Dan bendijo en silencio la capacidad de su hijo para encontrar las palabras adecuadas en el momento preciso. Ya había hecho gala de ello cuando habían visto juntos por la televisión la caída de las Torres Gemelas.

—Espero que tengas razón, Josh. Espero que tengas razón.

Dan irrumpió en la cocina de los Trenchard sin llamar siquiera y se encontró allí a toda la familia. Max jugaba con la Play Station en el sofá, con la vista fija en las rápidas figuras y los rayos láser que llenaban la pantalla; Sooty estaba en la mesa, absorta en otra de sus obras de arte, y Patrick y Katie, sentados en el otro extremo con una desordenada pila de facturas y recibos, introducían datos en un ordenador portátil. Todos lo miraron sorprendidos y preocupados.

—¿Pasa algo, Dan? —preguntó Patrick, quitándose las gafas de lectura.

—¿No habréis visto por aquí a Nina y Millie?

Patrick miró a su esposa, que se encogió de hombros.

—No, ¿por qué? ¿No están en casa?

Dan suspiró desesperado.

—Salieron a dar un paseo con los perros a eso de las tres y todavía no han vuelto.

—¡Vaya por Dios! —exclamó Katie, levantándose de un brinco—. ¿Tienes idea de dónde han ido?

—No, pero tengo miedo de que se les ocurriera subir a la colina que hay detrás de casa.

Patrick comenzó a levantarse también.

—Katie, llama a la comisaría de Fort William.

—No te molestes en levantarte, Patrick —dijo Dan—. Acabo de llamar a Josh para que vaya él mismo a la policía.

—No creo que hayan ido muy lejos —terció Max, lanzando un rayo láser. Una grotesca criatura explotó con una rociada de sangre generada por ordenador—. No son de esas.

—Ya está bien, Max —le espetó Patrick—. Esto es muy serio.

—No pasa nada —aseguró Dan—. Josh ha dicho exactamente lo mismo. ¿Os importa que lo llame para decirle que no están aquí?

Patrick señaló el teléfono.

—Claro que no, llama.

Katie le puso la mano en el brazo.

—Ya verás como están bien, Dan. No han podido ir muy lejos.

—¡Pero aquí el campo es muy traicionero, Katie! —exclamó él, desesperado al verla tan tranquila—. Todos los días sale en el periódico que han encontrado a alguien muerto en las Highlands, joder. ¡Pero si ni siquiera van preparadas para este clima! Con la ropa que llevan no entraría en calor ni una hormiga.

Sooty alzó el lápiz, como para pedir permiso para hablar.

—Dan...

—¿Dices que iban con los perros? —preguntó Patrick.

—Sí.

—Eso es bueno, porque los perros llevan aquí bastante tiempo para saber orientarse. Y, además, si la policía tiene que sacar a sus perros para buscarlas... —Patrick miró a Katie y se dio cuenta de que tenía que moderar un poco el discurso—. Vaya, que es buena cosa.

Sooty se agarró con una mano el brazo levantado y de nuevo intentó hablar.

—Oye, Dan...

—Josh, soy papá —dijo Dan al teléfono.

Katie se volvió hacia su hija.

—¿Qué pasa, Sooty? ¿No ves que Dan está al teléfono? Estamos todos un poco preocupados porque Millie y Nina se han perdido.

—Ya lo sé.

—Pues anda, tú sigue dibujando, que nosotros tenemos que pensar a ver cómo podemos encontrarlas.

—Pero es que no creo que haya que encontrarlas —dijo Sooty, atrayendo de inmediato todas las miradas. La niña no sabía qué había hecho mal—. Bueno, por lo menos en la colina —añadió con voz queda, volviendo a su dibujo.

Dan colgó el teléfono a media frase. Sooty se encontró de pronto rodeada por él y por Katie.

—¿Por qué dices eso, Sooty? —preguntó su madre.

—Porque hoy he visto a Millie y a Nina por la ventana —contestó la niña, señalando hacia el exterior—. Iban por la carretera. Yo las saludé con la mano y ellas me saludaron a mí.

—¿Y te acuerdas de cuándo fue eso? —quiso saber Dan.

—Cuando mamá fue a buscar a Max al colegio. Papá había ido al baño y yo estaba aquí sola.

Dan miró a Katie.

—¿Qué hora sería?

—Las cuatro y cuarto más o menos.

Con los codos en la mesa, Dan se llevó las manos a la frente con un largo suspiro de alivio.

—¡Gracias a Dios! Por lo menos no están en el monte. —Luego se inclinó para dar a Sooty un beso en la frente—. Gracias, Sooty, eres estupenda. —Se levantó de un brinco y corrió al teléfono para llamar de nuevo a Josh.

—Josh...

—¿Las has encontrado?

—No, todavía no.

—Vaya —replicó Josh decepcionado—, cuando me has colgado antes pensaba que ya estaban contigo.

—Sooty las ha visto esta tarde y sabemos que no están en el monte.

Josh suspiró.

—Gracias a Dios. ¿Hacia dónde iban entonces?

Dan miró hacia Sooty, que seguía dibujando.

—Sooty, ¿tú te acuerdas de hacia dónde iban las niñas?

—Hacia allí —contestó ella, señalando con el lápiz hacia el oeste—. Iban hacia el puente al final del lago.

—Se dirigían a la carretera principal, Josh.

—Bien, voy a contárselo a la policía.

—¿Estás allí ahora mismo?

—Sí. Tienen listo el equipo de rescate de montaña.

—Pues diles que no creo que nos vaya a hacer falta. Pero podrías pedirles que miren en la carretera principal entre Kinlocheil y Fort William. Yo voy también para allá a ver si las encuentro. Tú quédate en la comisaría, por si averiguan algo.

—Muy bien.

—Muchas gracias, Josh.

—No te preocupes. ¿Ves cómo tenía yo razón? Las niñas estarán bien.

—Eso espero. Pero todavía hay que encontrarlas.

Justo cuando Dan había puesto en marcha el coche sonó el teléfono en la casa. Katie echó a correr para detenerlo.

—Las han encontrado, Dan.

Dan salió de un brinco.

—¡Gracias a Dios! ¿Dónde? —preguntó, encaminándose a toda prisa hacia la casa.

—En Glenfinnan.

—¿En Glenfinnan? ¿Y qué demonios estaban haciendo allí? —Dan entró en la cocina y agarró el auricular—. ¿Sí?

—¿Hablo con el señor Dan Porter? —preguntó una voz masculina con un acento relajado que no ponía de manifiesto la importancia de la situación.

—Sí, soy yo.

—Soy el agente Lamond, de la policía del norte.

—Me dicen que ha encontrado usted a mis hijas, agente.

—Así es. En estos momentos llevo a las dos niñas y a sus perros en la furgoneta.

Dan exhaló aliviado una bocanada de aire.

—Gracias, agente Lamond. Le agradezco mucho sus esfuerzos. ¿Las niñas están bien?

—Pues... depende de cómo se mire.

—¿Qué quiere usted decir?

—Bueno, en la comisaría se recibió una llamada de Jimmy Maclean, el dueño del pub Jacobite Inn, de Glenfinnan, diciendo que dos niñas acababan de marcharse de su establecimiento en un estado que podía considerarse un poco preocupante.

Dan se quedó con la boca abierta.

—O sea ¿están borrachas?

—Sí, señor, las dos parecen bastante ebrias. Jimmy Maclean está muy avergonzado y también bastante enfadado por haber servido alcohol a menores, pero el caso es que, con tanto maquillaje, pensaba que las dos eran mayores de edad.

—¡Pero bueno! ¿Dónde las ha encontrado?

—En la carretera, a unos tres kilómetros de Glenfinnan. Se dirigían hacia su casa con ciertas dificultades. Desde luego los perros se las apañaban bastante mejor que ellas.

—¿Qué han bebido?

—Bueno, las pruebas estaban a la vista de todo el mundo.

—¿Eso qué quiere decir?

—Pues que las dos llevaban varias botellas de esas de Alco pop no sé qué. Una cosa muy peligrosa. Desde luego no deberían permitir que se venda alcohol como limonada.

Dan se frotó la frente.

—¡Pero serán idiotas! —mascculló.

—Estoy de acuerdo. Yo ya les he echado un buen sermón, pero creo que no estará de más que usted les diga algo también.

—Por eso no se preocupe, agente. Siento muchísimo que haya tenido que encargarse de esto. Si quedamos en algún sitio me acerco ahora mismo a recogerlas.

—No hace falta. Yo voy para Fort William de todas formas, de manera que las dejo en su casa de camino.

—¿Sabe usted mi dirección?

—Es la antigua casa de Patrick Trenchard, ¿no?

—Exacto.

—Bueno, tardaré un cuarto de hora.

—Lo estaré esperando.

El teléfono volvió a sonar antes de que Dan tuviera tiempo de darse la vuelta. Descolgó el auricular sin pensarlo.

—¿Diga?

Era Josh.

—¿Papá? ¿Te has enterado ya?

—Que si me he enterado...

—Vaya par de idiotas. Pero ¿qué se habrán creído?

—Lo averiguaré dentro de quince minutos.

—Oye, no seas blando con ellas solo porque se hayan perdido. No tienen ni idea del revuelo que han provocado.

—Desde luego blando no pienso ser.

—Échales una buena bronca.

—Ya me encargo yo, Josh.

—Sí, ya. Oye, ahora no me apetece volver a casa. Voy a salir a tomar algo con María José.

—Buena idea. Escucha, siento todo esto. La verdad es que ahora no tengo ni idea de lo que voy a hacer con ellas.

—Yo en tu lugar las mandaba de vuelta a Londres. Si quieren comportarse así, más les vale quedarse en casa. Desde luego aquí no han hecho gran cosa por la reputación de la familia, ¿sabes?

Dan sonrió al oír las formales advertencias de su hijo, un ex *grunge*.

—Ya lo sé, Josh. Y te prometo que ellas lo van a saber también.

—¡Qué idiotas! —repitió Josh con cierta animadversión antes de despedirse.

Dan se marchó de inmediato de casa de los Trenchard, después de contarles brevemente las últimas noticias. Josh tenía razón. Aquello era una vergüenza, y Dan se alegró de contar con una excusa para irse, alegando que tenía que llegar a su casa antes de que apareciera el policía con las niñas.

En el momento en que sus hijas entraron en la casa, aferradas al brazo del agente como si bajaran con los ojos vendados por un precipicio, Dan se dio cuenta de que por el momento no podría dirigirles ni una palabra de reproche. Hasta los perros fueron a esconderse a sus camas delante del fogón sin hacerle a Dan sus habituales fiestas.

—Yo en su lugar las pondría a dormir y hablaría con ellas por la mañana —declaró el policía, un hombre alto de expresión severa.

Nina intentó enfocar la mirada hacia su padre, pero su rostro, ya lívido, adquirió una tonalidad olivácea y la niña se puso a vomitar. Dan la agarró y se la llevó fuera, donde pudo librar parte de los contenidos de su estómago.

Cuando volvieron a entrar en la casa, Lamond alzó las cejas.

—Sí, en el camino hemos tenido que parar varias veces para eso mismo.

El policía se quedó un rato para ayudar a Dan a meter a las niñas en sus sacos de dormir. Una vez que lo despidió, dándole de nuevo las gracias y disculpándose por centésima vez, Dan cubrió el suelo en torno a los cuerpos exánimes de sus hijas con periódicos y varios recipientes que pudieran utilizar en el caso de nuevas náuseas. Luego se quedó sentado en el sillón tres horas mirando a las niñas e inclinándose de vez en cuando para ponerles la mano en la frente y comprobar que seguían en el reino de los vivos. Y mientras las miraba y se fijaba en sus rasgos (el hoyuelo en la barbilla de Millie, que era como el suyo; su fino pelo rubio, que era de Jackie; las cejas de Nina, como las suyas, su boca de labios gruesos, como la de su madre), se le encogió el corazón al pensar que sus travesuras de esa tarde podrían haber tenido un resultado mucho peor.

Las niñas no se despertaron hasta las once de la mañana siguiente. Josh se había ido a trabajar como cualquier día, de lo que Dan se alegró. Sabía que su hijo les habría dicho cosas mucho más duras de las que él tenía pensadas. En cuanto alzaron la cabeza, Dan les dio un vaso de agua y un par de aspirinas y, para cuando lograron salir de sus sacos y sentarse a la mesa, parecía que se les había pasado un poco el dolor de cabeza. No cruzaron ni una sola palabra cuando Dan les puso delante unas tostadas y una taza de té dulce y humeante. Las niñas se miraron y se echaron a llorar.

Aunque Dan se moría de ganas de consolarlas, siguió guardando silencio. Dobló sus sacos de dormir y los dejó en el sofá. Luego quitó los cubos y las sartenes del suelo y tiró los periódicos a la basura. Y mientras tanto las chicas seguían llorando y comiéndose las tostadas con diminutos bocados.

Por fin fue Millie la que rompió el silencio.

—Lo sentimos mucho, papá, de verdad.

—Ya —replicó Dan, que estaba fregando su taza del desayuno.

—Fue todo sin querer —añadió Nina, dedicándole su expresión mansa de corderillo.

Dan se volvió hacia ella con cara enfadada.

—Ya. —Se echó el trapo al hombro y se puso a meter tazas y platos en el armario.

Millie comenzó a sollozar con renovados bríos.

—Es que estamos muy deprimidas, papá. Tú no lo entiendes. Es que estamos fatal.

Dan tiró con fuerza el trapo sobre la mesa entre las dos.

—No era más que una semana, ¿sabes? Una semana, nada más. Y lo menos que podíais hacer, aunque solo fuera por mí, era pasarlo lo mejor posible. De hecho, pensaba que empezabais a estar bien. Las dos estabais contentísimas la otra noche en casa de los Trenchard. Yo me sentía muy orgulloso de vosotras. ¡Y ahora teníais que hacer una cosa así!

Millie lo miró como si acabara de recibir una bofetada.

—Pero...

—No hay pero que valga, Millie. No intentes siquiera darme excusas. Lo que habéis hecho no tiene perdón. ¿Sabéis la de gente que tuvo que movilizarse anoche? Y todos preocupadísimos por vosotras. La verdad, me importa un comino que os emborracharais. Seguro que el castigo lo estáis notando ya. Pero lo que no puedo perdonar es que fuerais tan egoístas y tan desconsideradas con todo el mundo.

Millie bajó la cabeza.

—Ya lo sé. Y lo siento.

—Lo sentimos de verdad, papá —añadió Nina con voz queda.

Dan movió la cabeza.

—¿Sabéis una cosa? Después de la cena con los Trenchard se me había ocurrido llamar a vuestra madre para decirle que podíais venir también por Navidad. Me imaginaba que lo pasaríamos en grande, porque pensaba que os empezaba a gustar esto. ¡Menuda idiotez! —Dan se volvió para mirar por la ventana—. Muy bien, habéis ganado. Podéis marcharos en el tren del sábado y no tendréis que volver a Escocia nunca más.

—Pero si esto nos encanta —saltó Nina, con una expresión de pena de la que solo ella era capaz.

—Pues a mí me parece que no, Nina.

—Si es verdad —terció Millie—. Nos encanta ser como una familia otra vez. La otra noche, con los Trenchard, lo pasamos muy bien. Patrick y Katie nos cayeron estupendamente. Y los niños. Lo pasamos de miedo.

Dan se apoyó contra el fregadero y se cruzó de brazos.

—Vamos a ver, ¿vosotras creéis que soy tonto? Hace un momento me estabais diciendo que os sentís fatal aquí.

Millie se limpió la nariz con la manga de la camiseta.

—Sí, pero no aquí. En el colegio. En el cole estamos fatal, papá. No queríamos volver, y por eso... —La niña se echó a llorar, seguida de cerca por su hermana.

Dan se alegró de la inesperada interrupción. De pronto se

daba cuenta de que aquello era un malentendido. Se sentó a la mesa y se apretó la frente con los dedos.

—¿Por qué no me lo habíais dicho? —preguntó.

Millie dejó de llorar y lo miró furiosa.

—¡Pero de qué hablas! Te lo decíamos constantemente, papá, y tú no escuchabas jamás. Solo decías que había que intentar pasarlo lo mejor posible y que iban a ser unos pocos años y todo eso. Pero lo que tú no entiendes es que en aquel colegio cada día es como un año.

Dan se tapó la boca con la mano. El malentendido venía de mucho más atrás. Y la culpa no la tenían las niñas, sino él. Había sido un idiota, tan ciego y tan testarudo que había pensado que podía jugar con la vida de sus hijas. Si se hubiera buscado un trabajo, como Jackie le decía, aquello jamás habría ocurrido. Pero él tenía que mantener sus principios, ¿no? Tenía que hacer las cosas a su manera. Todo aquello de «estar ahí para una familia que lo necesitaba». Menuda estupidez. Su familia no lo necesitaba en casa, lo necesitaba trabajando.

Ahora se arrellanó en la silla y juntó los pulgares sin querer mirar a sus hijas.

—¿Tan mal estáis allí?

—Sí, papá —contestó Millie—. Yo voy cada vez peor en los estudios y sé que a Nina no le han dado ni una oportunidad de adaptarse. Y no tenemos ni un amigo, por mucho que lo hayamos intentado.

Dan suspiró y se rascó la cabeza.

—Esto es una tontería.

Millie dejó caer los hombros.

—Sabía que ibas a decir eso.

—No, no. Lo que quiero decir es que voy a mandaros a las dos de vuelta a Alleyn's.

Millie alzó la cabeza y miró a su hermana.

—Pero no puedes. Eso sería...

Dan movió la cabeza.

—No. No hay otra alternativa. Vais a volver a Alleyn's. No

tengo derecho a haceros tan infelices. Si yo quería dejar de trabajar, era una decisión mía. Pero si vosotras queríais quedaros en Alleyn's, era decisión vuestra, y yo no tenía ningún derecho a arrebataros ese privilegio. —Dan apoyó las manos en la mesa—. Cuando vuestra madre vuelva de Italia, o de donde esté, hablaré con ella, ¿de acuerdo?

—Pero, papá —terció Nina, con una expresión de alegría que Dan no le había visto en mucho tiempo—, ¿cómo lo vamos a pagar?

—Ese no es vuestro problema y jamás volverá a serlo, Nina. En cuanto termine aquí con Seascape volveré a Londres y me pondré a trabajar. Puede que no en la City, pero buscaré un empleo con el que pueda manteneros a las dos en Alleyn's todo el tiempo que haga falta. Lo único que os pido es que no se os vuelva a ocurrir hacer una tontería como la de ayer, ¿de acuerdo?

Las dos asintieron solemnemente y luego se acercaron a abrazarlo.

—Gracias, papá —dijo Millie, apretando su mejilla húmeda contra el cuello de Dan—. Eres el mejor.

Dan lanzó un bufido.

—No, Millie, yo desde luego no diría eso.

—Papá...

—Dime, Nina.

—Creo que voy a vomitar otra vez.

22

Josh se enfadó bastante cuando se enteró del resultado de la regañina de Dan. Siempre había pensado que Millie y Nina hacían lo que querían con sus padres, y ahora tenía la prueba. Si él hubiera hecho lo mismo, si hubiera salido a emborracharse para demostrar que aborrecía su colegio, la reacción de su padre habría sido muy distinta. Él habría tenido suerte de acabar en un correccional y no en el centro de su preferencia, desde luego. Su padre era un blando y se había rendido a ellas por completo.

Sin embargo y a pesar de la opinión de Josh, la charla al parecer obró un efecto inmediato sobre Millie. Esa tarde entró en la habitación de Josh, por su propia voluntad, y se pasó más de una hora hablando con él. Cuando salieron por fin, estaban pálidos pero unidos. Habían forjado entre ellos una nueva relación, después de confesarse mutuamente sus emociones y pensamientos más íntimos. Y cuando las dos chicas se marcharon en el tren de Londres al día siguiente, después de una magnífica y ruidosa excursión a Mallaig en la que todos se dedicaron a ondear los brazos como tentáculos por el techo abierto del Saab, la despedida más emotiva de todo el andén la protagonizaron los dos hermanos.

Más tarde Dan intentó llamar al móvil de Jackie para comentarle sus planes de enviar a sus hijas de nuevo a Alleyn's, pero se encontró de nuevo con el buzón de voz. Lo que quería hablar con su mujer era demasiado complicado para enviar un mensaje, de manera que, mientras Josh se iba a buscar a María José, Dan fue directamente a la oficina de Seascape para enviar un correo electrónico a Jackie y pidió a su hijo que lo recogiera al cabo de una hora.

Tardó bastante en escribir aquel correo. Siempre le había costado admitir sus equivocaciones, sobre todo ante su propia familia, y además nunca había sido muy elocuente con la palabra escrita. No quedó contento del todo con el borrador final, pero lo envió de todas maneras a la dirección de Jackie, esperando que lo leyera antes de ir a buscar a las niñas a la mañana siguiente.

Todavía le quedaban veinte minutos hasta que llegara Josh, de manera que se dedicó a revisar su correo. Tenía dos e-mails. El primero de Nick Jessop, que le informaba de las últimas noticias sobre su trabajo en Broughton's.

> Las cosas han cambiado mucho, Dan. Todo es diferente desde el 11 de septiembre. La City se ha vuelto muy seria. A veces me pregunto si no hubiera sido mejor dedicarme a sacar adelante mi idea del cochecito para niños, ya sabes, la que estuvimos discutiendo en el pub. Así por lo menos podría pasar más tiempo con Tarquin.

El resto del e-mail consistía en comentarios sobre el éxito del Chelsea Football Club esa temporada. Dan respondió con unas breves palabras:

> Tú sigue con lo que estás haciendo, que al final será también lo mejor para Tarquin. De todas formas, si sacaras adelante ese maldito cochecito para niños, pasarías más tiempo con él, es verdad, ¡pero en el hospital! Yo aquí me he convertido en todo un escocés. Cuando vuelva, tendré tal acento que no me entenderás ni una palabra.
>
> DAN

El otro correo era de Debbie Leishman, de Nueva York.

> Querido Dan, no sé cómo darte las gracias por la gran amistad que has demostrado. Sin tu apoyo no habría podido mantenerme tanto tiempo con el niño y sin trabajo. El niño está bien. Pronto te mandaré detalles de cómo progresa y una foto para que veas lo mucho que se parece a su padre. Todavía tengo recuerdos maravillosos del fin de semana que pasamos en Maine. Ojalá pudiéramos retroceder en el tiempo para volver a vivirlo. Con todo mi cariño, como siempre,
>
> DEBBIE

Dan contestó:

> Querida Debbie, gracias por el mensaje. No tienes que darme las gracias por el dinero. Me alegro mucho de saber que el niño está bien y estoy deseando recibir más detalles. Recuerda que puedes ponerte en contacto conmigo cuando quieras. Un beso,
>
> DAN

Al día siguiente, cuando llegó a casa de los Trenchard para recoger el Mercedes, encontró una nota en el limpiaparabrisas. Era de Katie, le pedía que pasara por la cocina antes de marcharse.

Katie se levantó y se estiró en cuanto lo vio entrar.

—Buenos días, Dan. Has visto mi nota, ¿no?

La recaída de Patrick de las últimas semanas comenzaba a pasar factura a su esposa. Su rostro ya no tenía su habitual aspecto lozano, sino que estaba pálido, con una expresión de fatiga y preocupación. Sin embargo, esto parecía acentuar su atractivo, y la vulnerabilidad que ahora mostraba Katie, que por lo general era tan capaz, le confería una especie de belleza etérea.

—¿Qué tal va todo? —preguntó Dan.

—Bien. ¿Llegaron las niñas a tiempo al tren?

—Sí. La verdad es que se las veía mucho más contentas que cuando llegaron.

—Puede que las cosas tengan que empeorar antes de empezar a mejorar.

—Es verdad. Oye, ¿cómo está Patrick?

Katie lanzó una risa desesperada y movió la cabeza.

—Hoy quiere irse contigo.

—¿Sí? ¿Tiene fuerzas?

—Eso cree, y a ver quién lo convence de lo contrario.

—¿Quieres que hable con él?

Katie se puso seria.

—No, no serviría de nada —contestó cerrando los ojos—. Si quiere seguir así, yo no se lo puedo impedir... —Katie tragó saliva intentando dominar sus emociones, pero dos lágrimas le cayeron por las mejillas.

—Anda, mujer, no te preocupes. —Dan la rodeó con el brazo y ella apoyó la cara contra su pecho y se aferró a él—. No le pasará nada, Katie. Ya me encargo yo de que no se agote.

—Es que no sé lo que haría si le pasara algo.

—Ya cuidaré yo de él.

Katie se apartó.

—¿Qué puedes hacer tú que no haya hecho yo ya? —le espetó.

—Mujer, lo que quería decir es que...

Katie se sentó junto a la ventana y se tapó la cara con las manos.

—Ya lo sé. Perdóname, Dan. Pero es que no puedo controlarlo. Lo he intentado, pero es más terco que una mula.

—En ese caso... —Dan intentó buscar palabras de consuelo, pero no se le ocurrió decir otra cosa que la verdad— ... tendrás que dejarle que haga lo que quiera.

Katie sonrió con valentía.

—Ya lo sé. Solo pienso en mí misma.

—Eso no es cierto. Lo estás haciendo de maravilla. Yo no sé cómo te las apañas.

—¡Kate! —la voz de Patrick resonó en el pasillo desde el pequeño dormitorio—. ¿Ha llegado Dan?

—Sí, aquí está. —Katie se sonó la nariz con un trozo de papel de cocina—. Acaba de llegar.

—Pues dile que espabile o vamos a llegar tarde.

Katie se encogió de hombros.

—Sí, como tú dices, más vale que lo deje hacer.

Dan le dio un apretón en el brazo antes de dirigirse hacia la habitación de Patrick.

—¿Te he contado aquella vez que compré gambas en Terranova? —comenzó Patrick mientras pasaban de largo la oscura silueta de la estatua del príncipe Carlos Eduardo de Estuardo en Glenfinnan.

—Me parece que no.

—Menuda risa. El experimento más caro que he hecho en mi vida, pero te aseguro que valió la pena solo por lo que me reí.

—¿Qué pasó?

—Pues que compré gambas vivas y las metí en un avión para enviarlas a Londres. Quería ver si podían llegar a Billingsgate al día siguiente vivitas y coleando.

—¿Y lo conseguiste?

Patrick lo miró con desafío.

—Pues claro que sí.

—Pero el gasto no valió la pena.

—Eso desde luego. Yo pensaba viajar con ellas en el compartimiento de carga, pero no me dejaron. Decían que para cuando llegaran a Gatwick estaría muerto.

Dan movió la cabeza.

—Tú estás loco, Patrick.

—Eso fue lo que me dijeron.

—¿Y entonces qué hiciste?

—Bueno, yo quería llegar a Inglaterra antes que la carga, así que hice lo único que se podía hacer. Me fui en avión a Nueva York, y allí tomé el Concorde.

Dan se echó a reír.

—Y ahí es donde se fueron los beneficios.

Patrick sonrió.

—Más o menos.

Dan puso el intermitente para adelantar a un camión.

—No, si ya lo decía yo. Estás como una cabra.

—Pues ahora daría cualquier cosa por repetir aquello.

—¿Cómo? ¿Viajar de Terranova a Inglaterra?

—Bueno, eso puede que no —contestó Patrick, dándole un golpecito en el brazo—. Pero lo estoy pensando. Si me sale una oportunidad, me largo.

Dan se volvió hacia él. Bajo la fantasmagórica luz verde del salpicadero del Mercedes, Patrick parecía todavía más demacrado.

—¿Cómo te encuentras?

—Como una mierda.

—Eso pensaba. Tienes que tomarte las cosas con calma. Si no lo haces por ti, hazlo por Katie.

Patrick lanzó una carcajada.

—¿Es que habéis estado conspirando en mi contra?

—No. Pero sé que si te pasara algo se vendría abajo.

Patrick le guiñó un ojo.

—A mí no me va a pasar nada. Por lo menos si yo puedo evitarlo.

No volvieron a decir palabra hasta que Dan aminoró la velocidad para atravesar el pueblo de Arisaig.

—¿Y tú qué planes tienes, Dan?

—¿Cuando vuelva a Londres?

—Pues sí.

—Bueno, ahora que las niñas van a volver a un colegio de pago, no creo que me quede más remedio que buscarme un trabajo.

—Ya.

—¿Por qué lo dices?

—No, por nada.

—¿Ah, no?

Patrick se echó a reír.

—La verdad es que iba a pedirte que te hicieras cargo de Seascape.

De pronto había desaparecido el tono jocoso de la conversación. Dan fingió que se concentraba en la conducción y aceleró el Mercedes mientras sorteaba las cerradas curvas de la carretera. La verdad es que estaba pensando en lo que había dicho Katie. Toda la bravuconería de Patrick no era más que pura fachada. Patrick sabía tan bien como cualquiera que llegaría un momento en el que ya no podría hacer mucho más que levantar su muleta.

—¿Y el tipo de Ocean Produce, en Aberdeen?

—Ya me encargaría yo de darle largas. Maldita sea, ya lo he esperado bastante.

—Pero él sabe de esto, y yo no.

—Tú sigue tal como vas y en seis meses sabrás más que yo. —Patrick se interrumpió, arañando un nudo de la madera de su bastón—. No te puedo pagar tanto como ganarías en Londres, pero sería un sueldo decente. Seguro que suficiente para mantener a las niñas en su colegio de pago.

Dan advirtió en la voz de Patrick un tono que no había oído antes. Era como si le estuviera suplicando que se quedase.

—Escucha, Patrick, estas últimas semanas he disfrutado como nunca y considero una suerte haber tenido la oportunidad de trabajar contigo y de conocer a toda tu familia. Pero no puedo quedarme aquí para siempre. Mi mujer está en Londres y por nada del mundo se plantearía venirse a Escocia. ¡Y ya has visto a las niñas! Están enganchadas a Londres como si su vida dependiera de ello. Y no puedo dividir a la familia, Patrick. Tengo que volver.

Patrick miró por la ventana el pálido amanecer que teñía de rojo la lejana pendiente de la isla de Eigg. Por fin se echó a reír.

—Piensa que te marchas de las tierras salvajes. ¿Te ves capaz?

Dan suspiró.

—Siempre llega el momento de alejarse hacia el atardecer.

23

Aunque las luces de Navidad de Fort William eran como una linterna de juguete en comparación con la profusa iluminación de Oxford Street, llevaban ya un mes titilando alegremente por las calles nevadas del pueblo antes de que Dan y Josh decidieran que había llegado el momento de adornar también la casa de acuerdo con las festividades. Con su entusiasmo típico, Josh llegó a casa la tarde en cuestión con un árbol de Navidad que sobresalía del coche más de un metro. Era imposible, por supuesto, meterlo en la casa sin someterlo a una drástica operación de poda, de manera que tuvieron que volver a meterlo en el coche para llevárselo a los Trenchard, que lo recibieron con gran entusiasmo. En consecuencia, tanto Josh como Dan fueron reclutados para ayudar con la decoración de Auchnacerie bajo la estricta supervisión de Patrick, quien, sentado a la mesa de la cocina, iba señalando con la muleta los adornos a su entender mal colocados. Hubo un momento de gran consternación al ver que no aparecía el ángel que iba en la copa del árbol, de manera que Patrick sugirió que, puesto que Katie no tendría mucho trabajo durante unas semanas, podía hacer de ángel suplente. Con gritos de alegría Max y Sooty se pusieron de inmediato a cubrir a su madre de espumillón y Dan fue el encargado de echársela al hombro como si fuera un bombero al rescate y encaramarse precariamente a la escalera para ponerla en su sitio. Con un crujido de protesta, la escalera cedió bajo el peso de los dos, y terminaron muertos de risa en el suelo entre las ramas rotas del árbol caído. De manera que hubo que empezar otra vez desde el principio con los adornos.

El caso es que Dan y Josh no llegaron a su casa hasta pasadas las dos de la madrugada, y con una buena cantidad de whisky de malta en el cuerpo, así que ninguno de los dos oyó el estruendo de los despertadores que dieron la alarma tres horas y media más tarde. Lo único que logró despertar a Dan de su sopor etílico fue el ruido de la puerta al abrirse de golpe.

Se incorporó en la cama y se frotó los ojos antes de ver a Katie en el umbral de su habitación. Entonces miró el reloj.

—¡Vaya por Dios! —gruñó apartando las mantas—. Lo siento, Katie. ¿Me estaba esperando Patrick?

—He tenido que llamar a una ambulancia. Hay que llevarlo a Inverness.

—¿Por qué? ¿Qué ha pasado? —preguntó Dan preocupado mientras se ponía los zapatos.

—Anoche volvió a caerse en el cuarto de baño, pero yo no me enteré. Cuando me lo he encontrado esta mañana, no podía respirar. Quiera Dios que no tenga neumonía.

—¡Virgen santa! —exclamó Dan, levantándose de un brinco.

—Hace unos dos años tuvo una infección del tracto urinario y se quedó muy débil. La enfermedad está ahora tan avanzada que esto podría ser muy grave.

—¿Has conseguido moverlo?

—No. Max se ha quedado con él —contestó ella con voz temblorosa—. No puede ni hablar, Dan.

Mientras se ponía una camisa y unos tejanos encima de la camiseta y los calzoncillos, Dan se dio cuenta de que tenía que asumir el control de la situación. Abrazó a Katie un instante y fue a llamar a la puerta de Josh.

—¡Josh, levanta! Tenemos problemas.

Josh salió de su cuarto cuando Dan ya se había puesto la chaqueta. Siguiendo la costumbre de cualquier adolescente recién levantado, se rascó lentamente la entrepierna, todavía en calzoncillos, pero se detuvo de inmediato al advertir la presencia de Katie.

—¿Qué pasa? —preguntó sorprendido.

—Tenemos que llevar a Patrick a Inverness. Ha vuelto a caerse.

Josh se despabiló de inmediato. Se metió en su habitación y se puso lo primero que le vino a las manos.

—¿Qué queréis que haga?

—Cuida de Max y Sooty hasta que volvamos —contestó Dan, abrochándose la chaqueta—. Si quieren ir al colegio, llévalos; si no, quédate con ellos en casa. Y llama a la fábrica para contarle a Pete lo que ha pasado. Dile que hoy no iremos a trabajar.

Justo cuando llegaban a Auchnacerie, con Katie conduciendo a toda velocidad, vieron la ambulancia. Para cuando aparcaron el Golf en el patio, los enfermeros ya habían sacado la camilla y se disponían a entrar. Katie salió disparada, dejando que Dan apagara el motor y cerrara el coche.

Tuvieron que torcer la camilla a un lado y otro para sacar a Patrick por la estrecha puerta. A pesar de la mascarilla de oxígeno, su pecho subía y bajaba violentamente por el esfuerzo que le costaba respirar. Patrick miró a Dan mientras lo metían en la ambulancia y sus rasgos apenas se movieron, pero Dan advirtió un ligero guiño. Era la única manera que tenía Patrick de sonreír.

—¿Nos puedes seguir en mi coche, Dan? —pidió Katie, mientras salía de la casa metiendo unas cuantas cosas en una bolsa—. Yo voy con Patrick.

—Claro. —Dan ayudó a cerrar las puertas de la ambulancia mientras el conductor la ponía ya en marcha.

Justo cuando empezaba a salir marcha atrás, irrumpió el Saab en el patio. Josh se apartó de inmediato para dejar paso al otro vehículo y luego se acercó a su padre, que seguía mirando la ambulancia.

—¿Qué tal estaba?

—Pues no muy bien. Le cuesta mucho respirar.

—Mierda. —Josh le dio una palmada en la espalda—. ¿Y los niños?

—No lo sé. Probablemente, en la cocina.

—Bien, voy a ver cómo están. Supongo que no sabrás cuándo van a volver de Inverness.

—No. Depende de lo que digan en el hospital.

—Bueno, pues ve llamándome. ¿Te has traído el móvil?

—Sí —contestó Dan con aire ausente. Seguía mirando el camino, aunque la ambulancia había desaparecido ya detrás de una curva—. ¿Tú qué piensas, Josh? ¿Crees que se pondrá bien?

Josh tardó un momento en responder.

—No lo sé. Lo único que puedo decirte es que ahora no estoy tan seguro como la otra vez de que todo vaya a ir bien. Aunque, por otra parte, ya sabes cómo es Patrick.

Dan lanzó una carcajada.

—Sí, eso también es verdad.

El hospital quedaba a las afueras de Inverness, un edificio alto de aspecto moderno, con todas las ventanas protegidas con persianas. La ambulancia se dirigió a la puerta de urgencias y Dan llevó el coche al aparcamiento.

Estuvo esperando una hora en el vestíbulo pero, como nunca le había entusiasmado mucho el olor de los hospitales, terminó volviendo al coche. Con el sol en la cara y los restos de la resaca, se quedó dormido oyendo la radio.

Lo despertó el ruido de la puerta. Katie se metió en el coche con un largo suspiro de agotamiento.

—¿Cómo está?

—Dice el médico que se encuentra «estable». Vete a saber qué significa eso.

Dan le dio unas palmaditas en la rodilla.

—Desde luego es mucho mejor que «en estado crítico». ¿Cuánto tiempo crees que lo tendrán aquí?

—Ni idea. Pero seguro que, en cuanto remita un poco la infección, Patrick exigirá salir lo antes posible.

Dan se echó a reír.

—No te quepa duda. Pero yo no le daría el alta muy pronto.

—No, ni yo.

Katie se volvió hacia él.

—¿Y tú? Querrás volver a Fort William.

—Solo tenemos un coche.

—Es verdad. ¿Qué hacemos?

—A ver, tú te quedas aquí con Patrick y yo me voy para Inverness. Tengo que hacer unas compras y pasarme por la estación para sacar los billetes de las niñas para Navidad.

—No sabía que venían.

—Me lo pidieron antes de marcharse, aunque te cueste creerlo.

—¿Jackie viene también?

Dan negó con la cabeza.

—Es una pena, pero no. Se ve que Rebecca Talworth ha decidido celebrar una subasta de beneficencia el día de Nochebuena precisamente. A quién se le ocurre. El caso es que Jackie tiene que estar allí y es imposible que la convenza para que venga.

—Lástima.

—Sí. Mira, voy a llamar a Josh para que se quede con Max y Sooty esta noche, y luego a ver si encuentro un par de habitaciones de hotel para nosotros dos por aquí cerca.

—Lo siento, Dan. Ya sé que todo esto es un rollo para ti. Tendría que haber venido sola, pero es que…

—Oye, para mí no es ningún problema. Lo único que importa ahora es que Patrick se ponga bien. Seascape sobrevivirá sin nosotros un par de días, y lo mismo te digo de nuestros hijos.

Katie lo sorprendió dándole un beso en la mejilla.

—Has sido un cielo todo este tiempo, Dan, y creo que nunca te he dado las gracias por todo lo que has hecho por mi familia.

—Ha sido un placer, Katie, de verdad. Tú también me echaste a mí una mano, ¿se te ha olvidado?

Katie le puso la mano en el brazo y lo miró con expresión inquisitiva.

—Dime, ¿qué habrías preferido, dirigir la Vagabundos o trabajar con Patrick?

Dan se echó a reír.

—Me parece que no tienes que preguntarlo.

—Es verdad. —Katie abrió la puerta del coche—. ¿A qué hora volverás?

—¿Quedamos a las seis esta tarde?

—Muy bien. Te esperaré en el vestíbulo.

Dan se quedó mirándola por el retrovisor mientras ella atravesaba a la carrera el aparcamiento, una mujer pequeña y valiente con unos pantalones de cuadros de colores.

24

Las oficinas del departamento de Desarrollo Empresarial del Highland Regional Council consistían en dos pequeñas habitaciones iluminadas con fluorescentes en el tercer piso de un feo edificio victoriano de Bridge Street. En cada sala había dos mesas, y para sentarse a ellas había que pasar por el estrecho hueco que dejaban los archivadores que cubrían las paredes color crema. Aquello era un problema casi insuperable para la obesidad de Maxwell Borthwick cada vez que tenía que sentarse a su mesa.

Allí encerrado entre aquellos recordatorios permanentes de lo aburrido que era su trabajo, Maxwell se puso a leer un grueso plan empresarial con cubiertas de acetato que había dejado en su mesa el director de desarrollo empresarial, un tipo con cara de comadreja llamado Cyril Bentwood.

—¿Puedes echarle un vistazo esta tarde, Maxwell? —le había pedido, mientras recogía su abrigo de piel de borrego y el espantoso sombrero de ala ancha que había dejado en el perchero cromado—. Y te agradecería que me comentaras algo mañana a primera hora.

—Desde luego, Cyril —contestó Maxwell. Cuando su jefe se dio la vuelta para marcharse, justo a las cinco en punto, le hizo un gesto grosero con el dedo.

Maxwell aborrecía a Cyril Bentwood desde un principio, pero su odio hacia él se había acentuado desde que el pequeño inglés había recibido la oportunidad de reforzar su control sobre los movimientos de Maxwell. Y todo debido al incidente en Oban, cuando ese hijo de perra de Seascape había encaramado su precioso BMW encima de aquellos palés.

Le había costado seis horas y una propina de cincuenta libras convencer al obtuso operario de la carretilla elevadora para que le bajara el coche y, aunque volvió a Inverness a toda velocidad, había perdido media jornada de trabajo. Cyril, por supuesto, disfrutó como un loco.

—Aquí nos mantenemos con el dinero del contribuyente y por tanto tenemos el deber de respetar el horario de trabajo. Me decepciona mucho saber que no estás dispuesto a asumir ese compromiso. En esta ocasión, voy a pasar por alto tu salida en horas laborales; pero, si vuelve a suceder, no voy a tener más remedio que recomendar tu traslado a un puesto de menor responsabilidad.

Maxwell necesitó toda su capacidad de dominio para no echarle las manos al cuello y dejarlo colgado del perchero, junto con su abrigo y su sombrero. ¿Qué demonios significaba eso de «un puesto de menor responsabilidad»? ¿Qué demonios se creía que estaba dirigiendo, el Banco de Inglaterra?

Pero al final aguantó la reprimenda en silencio, puesto que no tenía otra alternativa, y ahora Cyril Bentwood se encargaba de impedir cualquier otra escapada de Maxwell haciéndolo trabajar todas las horas posibles.

Maxwell se arrellanó en la silla y entrelazó los dedos detrás de la cabeza. Iba a ser una tarde muy larga. Llevaba ya casi dos horas leyendo aquel maldito documento y ni siquiera había llegado al final de la introducción. Tenía una mente demasiado activa para aquel trabajo, ese era el problema. Él estaba más capacitado para tareas de administración nacional, tenía que aplicar su inteligencia al gobierno de su amado país. Era él quien debía estar poniendo documentos en las mesas de idiotas insignificantes como Cyril Bentwood.

Por fin se levantó de la silla. Sacudió la tetera eléctrica que estaba sobre uno de los archivadores y calculó que quedaba bastante agua para un café instantáneo. Desde luego, no iba a molestarse en realizar las contorsiones necesarias para salir del despacho solo para buscar un poco de agua. Después de encender la tetera, pegó la silla a la mesa y se acercó al cristal sucio de la ventana.

Solo quedaban dos semanas para Navidad, y las tiendas de Inverness abrían hasta muy tarde, con lo que las calles estaban atestadas de gente. A Maxwell le encantaba aquel ambiente de multitudes, pero no porque le recordara el espíritu de la Navidad, sino porque reflejaba lo que él siempre había pensado que sería vivir en una gran ciudad como Edimburgo o Glasgow. Y eso era sobre todo lo que él deseaba.

Se sacó un pañuelo de seda del bolsillo para enjugarse el sudor de la frente, un último recordatorio del delicioso curry picante que había disfrutado al mediodía. De pronto se detuvo con el pañuelo en la cara, mirando las dos figuras que avanzaban entre la muchedumbre en la calle. Vaya, hablando del rey de Roma, pensó, mira quién ha venido por Inverness. El mismísimo Dan Porter de Seascape, maldito sea. Maxwell hizo sombra con las manos en el cristal para ver mejor a su acompañante. Estaba seguro de que la conocía. Sí, claro, era la mujer de Trenchard, no había duda. ¿Qué demonios hacían allí los dos juntos tan lejos de su casa a esas horas?

Giró el pomo de la ventana y consiguió abrirla al tercer intento. Cuando se asomó los vio por última vez justo cuando atravesaban el gentío al final de la calle para entrar en el hotel Caledonia.

Maxwell cerró la ventana y se volvió, con las mejillas arrugadas en una ancha sonrisa de satisfacción.

—Vaya, vaya, vaya, ¿pero qué está pasando aquí?

Agarró la chaqueta del respaldo de la silla y se encaminó a toda prisa hacia la puerta del despacho, apagando la tetera eléctrica al pasar. Miró un instante el documento que tenía en la mesa y por fin apagó los fluorescentes.

—¿Puedo ayudarlo en algo? —preguntó la radiante recepcionista del hotel Caledonia.

—Pues me parece que sí —replicó Maxwell alegremente, echando un rápido vistazo a los sillones del vestíbulo para asegurarse de que las dos personas que le interesaban no estaban presentes—. ¿Por casualidad no habrá estado aquí hace un momento el señor Dan Porter?

—Un momento, que lo voy a comprobar. —La chica tecleó deprisa en su ordenador y pasó el dedo por la pantalla—. Así es. —Luego puso la mano sobre el teléfono—. ¿Quiere que le pase con su habitación?

—No, no hace falta —contestó Maxwell, haciendo un gesto con la mano—. Prefiero darle una sorpresa. Soy amigo del señor Porter y la señora Trenchard. Creo que se aloja aquí también, ¿no?

La chica consultó de nuevo la pantalla.

—Sí.

—Estupendo. Hace mucho que no los veo. —Maxwell se inclinó sobre el alto mostrador y esbozó una sonrisa cómplice—. Ya sé que irá contra la política del hotel, pero ¿no podría darme el número de su habitación? Se van a llevar una alegría.

La chica se mordió el labio.

—No me está permitido.

Maxwell se apartó un poco.

—Claro, lo comprendo —contestó él, fingiendo encontrarse ante un dilema—. ¿Sería posible entonces enviarles una botella de champán?

—Por supuesto. —La chica sonrió y esta vez fue ella la que se inclinó sobre el mostrador—. Se alojan en la trescientos veintiuno y trescientos veintidós —susurró.

Maxwell intentó ocultar su decepción al ver que estaban en habitaciones distintas.

—Gracias, se lo agradezco mucho —contestó también en voz baja, y se dirigió hacia el ascensor.

—Oiga, ¿y el champán? —le preguntó la chica.

Maxwell se volvió y le hizo un guiño.

—Bueno, cada cosa a su tiempo, ¿eh?

Maxwell se convirtió en su sombra el resto de la tarde. Estaba desesperado por aprovechar aquella oportunidad, porque sabía que sus posibilidades de vengarse de Porter iban a ser muy escasas. Encontró un armario de limpieza abierto en el pasillo y se dedicó a vigilar a través de la puerta entornada, hasta que salieron de sus habitaciones una media hora más tarde. Nunca había tenido que bajar tres tramos de escaleras tan deprisa, pero logró llegar al vestíbulo justo cuando ellos salían del hotel. Por suerte tenían el coche aparcado junto al río, no muy lejos de su BMW.

Los siguió a una distancia prudencial hasta las afueras de la ciudad y por un momento pensó sobresaltado que se dirigían a la A9, la carretera principal que unía a Inverness con el resto del mundo. Pero, justo antes del desvío, pusieron el intermitente a la izquierda y entraron en el aparcamiento del hospital Raigmore.

Allí los estuvo esperando una hora, intentando distraerse con el disco de los Runrig que sonaba en el estéreo que acababa de instalar en el BMW. Cuando aparecieron a las puertas de cristal del hospital, Maxwell apagó la música y se hundió en el asiento. Porter y Trenchard se metieron en el Golf y se dirigieron hacia la salida. Maxwell puso en marcha su coche, pero no se movió. Quería ver hacia dónde giraban al final de la calle. El intermitente señaló a la derecha, de modo que era evidente que volvían a Inverness.

Maxwell apagó el coche y entró en el hospital. Tenía una idea bastante aproximada de lo que estaba pasando, pero quería asegurarse. Solo tuvo que hablar un momento con la recepcionista para confirmar la situación, y al final salió del hospital sonriendo y dando saltitos de alegría. Una vez en el BMW se echó a reír. Así que Patrick estaba en la unidad de cuidados intensivos. Maxwell salió deprisa del aparcamiento. Muy bien, pensó, a ver cómo podemos utilizar esto en nuestro provecho.

25

Dan decidió no cenar esa noche en el hotel. Había echado un vistazo al comedor, profusamente iluminado, y había visto a los jóvenes ejecutivos sentados a las mesas con los teléfonos móviles al lado como si formaran parte de la cubertería. No, no tenía ganas de estar entre ellos. Además, esa mañana se había vestido a toda prisa con lo primero que había encontrado y sospechaba que al jefe de camareros no le haría ninguna gracia su desaliño. De manera que salió con Katie del hotel y se encaminaron hacia el Buchan's Steak Bar, un establecimiento de aspecto alegre al otro lado de la calle. Tuvieron suerte de encontrar sitio, aunque acabaron sentados en un rincón junto a la puerta que llevaba a los servicios. El restaurante estaba atestado de gente que había terminado de hacer sus compras, y por todo el suelo había bolsas y paquetes de todas clases y tamaños. Pero, a pesar de la ruidosa alegría navideña, el ambiente en su mesa era solemne.

Dan dejó el cuchillo y el tenedor en el plato.

—¿De verdad no te apetece comer nada?

Katie bebió un sorbo de vino y negó con la cabeza.

—Me he tomado un bocadillo en el hospital.

—Pero aparte de eso no has comido nada en todo el día.

—Por Dios, deja de preocuparte por mí, Dan. Estoy bien.

Dan apartó la vista.

—De acuerdo.

—Lo siento —se disculpó ella con un largo suspiro—. No quería ser tan brusca. Es que estoy un poco nerviosa por Patrick.

Dan terminó de masticar un trozo de filete y apartó el plato.

—No tienes que pedirme perdón. Ya me imagino cómo te sientes.

—Es que esto no se acaba nunca. No voy a tener ni un respiro hasta... —Katie se mordió el labio— ... hasta que le pase algo. —Se quedó un momento callada y bebió otro sorbo de vino—. No, no puedes imaginar cómo me siento. Patrick ha sido mi protección, la roca a la que agarrarme desde que nos casamos. Y yo no estoy hecha para asumir ese papel. Él también lo sabe, y es una de las razones por las que se empeña en seguir adelante. Pero a veces me siento muy sola y muy vulnerable y desearía con todas mis fuerzas que Patrick estuviera bien. —Katie miró la copa de vino y se puso a darle vueltas entre los dedos—. Lo peor son las noches. Tengo que acostarme sola en aquella cama tan grande y lo oigo moverse inquieto en la habitación esa tan diminuta de abajo. Lo que más deseo es ir con él y tumbarme a su lado para que me envuelva en sus brazos grandes y fuertes y me diga que no me preocupe, que él cuidará de mí. Pero, claro, no puedo. —Katie lanzó una carcajada amarga—. La cama es muy pequeña y él tiene los brazos muy débiles. —Entonces se puso muy seria—. Y luego, al día siguiente, tengo que salir de la cama como si nada y ser fuerte y sostener a mi familia. —Katie movió la cabeza y bebió de nuevo—. Mira, no sé cómo explicártelo, pero te aseguro que no sabes cómo me siento.

—Es verdad, no me lo puedo imaginar.

Katie se echó hacia atrás alzando las manos.

—De todas formas no es justo que te diga estas cosas. Tú lo único que has hecho es ayudarnos, Dan. Josh y tú salisteis como de la nada y habéis sido nuestra salvación. Sin vosotros no habríamos sobrevivido estos meses. Así que no tengo ningún derecho a hablarte de esta manera.

Dan se inclinó sobre la mesa y se frotó el mentón advirtiendo su barba de dos días.

—Espero que digas esto porque me consideras tu amigo.

Katie le tocó el brazo con una sonrisa.

—Lo eres, Dan. Eres un amigo muy querido tanto para Patrick como para mí. Es que estoy agotada —añadió, presionándose los ojos con las manos—. Anoche no pegué ojo y lo único que me apetece es dormir doce horas de un tirón. —Katie recogió su bolso de lona del suelo—. Oye, ¿te importaría mucho que volviese al hotel?

—Pues claro que no. Te acompaño. —Dan pidió la cuenta por señas y miró el reloj. Estaban a punto de dar las nueve—. Mira, si te das prisa puedes dormir las doce horas que decías.

Menos mal que los hoteles cuidan de los clientes que no vienen preparados, pensó Dan utilizando la maquinilla de afeitar desechable que encontró en la habitación. Se había dado un largo baño caliente y, como podía verse por los sobrecitos vacíos en la bandeja del jabón, había utilizado todos los adminículos que ofrecía el hotel. Por fin tiró la maquinilla a la papelera, se enjuagó el jabón que le quedaba en la cara y, sintiéndose limpio y revitalizado, salió desnudo del baño, se dejó caer en la cama y llamó a su casa de Clapham.

Contestó Jackie. Dan esperaba que su decisión de enviar a las niñas de vuelta a Alleyn's contribuyera a resolver sus diferencias, pero solo pudo mantener con su mujer una conversación bastante tensa hasta que se puso Millie. La actitud de su hija mayor fue todo lo contrario. Millie se mostró cariñosa y optimista, y Dan tuvo que apartarse el auricular de la oreja ante su reacción cuando le contó que ya tenía los billetes para que fueran a verlo en Navidad. La llamada duró otros diez minutos, durante los cuales Dan apenas pronunció palabra.

Luego se puso a ver una película en la televisión, pero al poco rato los eventos del día pasaron su factura y, durante una larga y significativa conversación entre los dos protagonistas que se encontraban en un vivac azotado por el viento y perdido en el Himalaya, se quedó profundamente dormido.

Lo despertó el largo y persistente pitido de la pantalla. Dan tanteó un momento buscando el mando a distancia, caído en el suelo, y apagó la televisión. Tuvo que inclinar el reloj hacia la luz que entraba por la ventana para ver la esfera. Eran las dos, todavía tenía otras seis horas, de manera que se tapó con las mantas, ahuecó la almohada y se dispuso a dormir el resto de la noche.

En el silencio le pareció oír susurros de conversación. Se incorporó tras encender la luz y movió la cabeza para localizar el sonido. Por fin se acercó a la pared que daba a la habitación de Katie. Sí, el ruido venía de allí. Nada más pegar la oreja a la pared se apartó un par de pasos y se rascó pensativo la cara. Katie no hablaba con nadie. Estaba llorando.

Dan se quedó sentado en la cama un cuarto de hora, escuchando sus sollozos sin saber qué hacer. Tal vez seguía dormida. A lo mejor cuando se despertara por la mañana Katie no se acordaría de nada. Pero entonces oyó algo más y se acercó de nuevo a la pared. El volumen del ruido se alejaba y se acercaba una y otra vez. Era evidente que Katie estaba despierta y se movía por la habitación.

Por fin decidió ponerse uno de los albornoces blancos que había en el baño y salió al pasillo atándose el cinturón. Se quedó un momento escuchando en la puerta de Katie y luego fue a llamar. Por un instante pensó que Katie ya no lloraba, y estaba a punto de volver a su habitación cuando oyó unos sollozos más fuertes que antes.

—Katie... —susurró, dando unos golpecitos en la puerta.

Silencio.

—Kate, soy Dan. —En cuanto pronunció la frase se arrepintió de sus palabras. La había llamado Kate porque sonaba más suave que Katie y no quería molestar a los demás clientes del hotel. Pero solo Patrick la llamaba Kate, nadie más.

La puerta se abrió de golpe y Katie le echó los brazos en torno al pecho. Con el movimiento se había abierto un poco el albornoz de Dan, y Katie apretó su pelo contra su piel.

—¡Dan! ¡Dan! —Su voz resonó en todo el pasillo.

Dan miró alrededor.

—Chist, Katie, que vas a despertar a todo el mundo.

Katie lo agarró del cuello y lo besó en la boca, presionando con la lengua para abrirle los labios. Dan se apartó de un brinco.

—Katie, para. Esto no va a solucionar nada. —Dan miró su rostro, surcado de lágrimas y los ojos se le fueron sin querer a la curva de sus pechos que revelaba la chaqueta abierta del pijama.

—Soy Kate —sollozó ella—. Soy Kate. —Primero le besó el pecho y luego le abrió el albornoz para buscarle el pezón con los labios.

—Por Dios, Katie, no hagas eso —exclamó Dan, intentando apartarla—. Luego nos vamos a arrepentir.

Katie lo miró desafiante.

—No, yo no me voy a arrepentir nunca. No me voy a arrepentir.

Lo agarró de la mano para meterlo en la habitación, pero Dan se resistió con fuerza.

—Esto es una tontería, Katie.

Ella lo miró perpleja y dolida. Luego se terminó de desabrochar la chaqueta del pijama y la dejó caer al suelo.

—Me llamo Kate y quiero que me abracen, quiero sentirme querida otra vez —dijo agarrándole de nuevo la mano.

Sacudiendo la cabeza, Dan se dejó arrastrar hasta la habitación.

Y, mientras Katie buscaba en él consuelo físico, una figura salió del armario de limpieza del pasillo, estiró sus agarrotados miembros un instante y luego se dirigió de puntillas hacia el ascensor.

26

—¿Por qué te marchaste? —preguntó Katie, entrando rápidamente en la habitación de Dan la mañana siguiente.

Dan se rascó la cabeza y cerró la puerta.

—Katie, no deberíamos haberlo hecho.

—¿Ah, no? ¿Y por qué? Fue decisión mía. No tienes ninguna razón para reprocharte lo que pasó.

Dan metió las manos en los bolsillos del albornoz.

—¿Que por qué no? Pues porque los dos estamos casados, por eso —replicó con un suspiro—. Y además resulta que Patrick es uno de los mejores amigos que he tenido en mi vida, y yo me he acostado con su mujer.

Katie enarcó las cejas.

—Pues felicidades.

—Vamos, Katie, ¿es que no entiendes que...?

—No, Dan —lo interrumpió ella—. El que no entiendes eres tú. Yo no soy de esas a las que se puede consolar con unas palabras amables, un abrazo y unos golpecitos en la cabeza. Cada vez que alguien lo intenta, me da tanta rabia que tengo ganas de agarrar a quien sea y decirle a gritos que estoy ardiendo de rabia, que se puede meter su compasión donde le quepa y que lo único que quiero es que me devuelvan a mi marido. —Katie se dejó caer al borde de la cama—. Dan, anoche me diste lo único que me puede servir de algún consuelo, es decir, amor físico y protección. Así que no intentes involucrarme en tus sentimientos de culpa.

Dan se acercó a la ventana, se pasó los dedos por el pelo y los entrelazó en la nuca.

—Ay, Katie, no sé cómo demonios voy a contar todo esto.

—No tienes que contar nada.

—Pero ¿y Patrick?

—Patrick no tiene por qué saberlo. Y, si te sirve de algo, te aseguro que no volverá a pasar. —Katie se acercó a él y le puso la mano en el hombro—. Pero lo necesitaba, Dan. Hoy me siento distinta, siento que puedo hacer frente a lo que va a pasar. Y es gracias a ti, de manera que te lo agradezco en el alma.

Dan movió la cabeza.

—Pero ahora todo ha cambiado, Katie.

—¿Por qué?

—Porque ya no me puedo quedar.

—¿Y eso?

—Porque no podría mirar a Patrick a la cara.

—¡Venga ya!

Dan se giró para mirarla.

—No, Katie, ahora escúchame tú. No me gusta nada mentir y soy incapaz de callarme una cosa así. Vale que cuando trabajaba en la City jugaba un poco y a veces no lo contaba todo, pero la verdad estaba a la luz para todo el que quisiera verla. Si alguien terminaba averiguándola cuando negociaba conmigo, yo me limitaba a guiñarle un ojo y a decir que bueno, que había valido la pena intentarlo. ¿No lo entiendes, Katie? Necesito que la gente confíe en mí, porque si no, no hubiera podido realizar mi trabajo.

Katie dejó caer la mano.

—Lo siento —dijo con voz queda.

—No, no me pidas disculpas. Yo también participé. No voy a decirte que no lo pasé bien, porque sería mentira. Pero el caso es que ahora todo ha cambiado.

Katie se acercó despacio a la cama para sentarse de nuevo.

—¿Y qué vas a hacer?

Dan se apoyó contra el repecho de la ventana.

—Hay un autobús que sale para Fort William a las diez. Cuando llegue le diré a Pete que me tengo que ir. Solo faltan un par de semanas para que se incorpore el hombre aquel de Ocean Produce, así que no creo que haya problemas. Luego Josh tendrá que llevarme a casa para hacer el equipaje.

—¿Y qué vas a decir?

—Pues una mentira. Que me han llamado de Londres para ofrecerme un trabajo.

—¿Se irá Josh contigo?

—Eso depende de él. —Dan lanzó una carcajada—. Pero lo dudo. Esto le encanta y tiene aquí su trabajo, a María José y, por supuesto, a la familia Trenchard.

—¿Y qué le voy a decir a Patrick? —preguntó Katie, con una lágrima surcándole la mejilla.

—Yo que tú le diría exactamente lo mismo que les voy a contar yo a Pete y a Josh. El problema con las mentiras es que todas las versiones tienen que coincidir.

—Te va a echar mucho de menos, Dan.

—Ni la mitad de lo que lo echaré de menos yo a él.

Katie lo miró suplicante.

—¿Y no podrías verlo un momento antes de irte?

—No, Katie. Patrick y yo nos parecemos mucho. Seguro que se da cuenta de que ha pasado algo. No debemos darle ninguna razón para que no quiera recuperarse.

Katie lo abrazó por la cintura y esta vez Dan respondió sin reservas. Le rodeó el cuello con los brazos y le dio un beso en la cabeza. Se quedaron así un buen rato, hasta que él se volvió hacia la puerta.

—Anda, vete a ver a tu marido, que te necesita tanto como tú a él.

Nada más salir del hospital, Katie se quedó un momento mirando el cielo gris. Había advertido los primeros copos de nieve por la ventana cuando velaba por Patrick, sentada junto a su cama.

Pero a pesar del mal tiempo se sentía contenta, casi feliz. Patrick estaba luchando de nuevo y, cuando fue a verlo el médico, se quitó la mascarilla de oxígeno y dijo con esfuerzo que quería salir de aquel maldito mausoleo tan pronto como fuera posible. El médico se limitó a mirar sonriente a Katie y dijo que Patrick había mejorado tanto que iban a sacarlo de cuidados intensivos y que pensaba darlo de alta en cuanto se recuperase un poco más.

Katie se cerró el cuello del abrigo y echó a correr por el aparcamiento hacia el Golf. Al retroceder tuvo cuidado para no dar contra el parachoques del BMW que tenía al lado.

Maxwell Borthwick había aparcado allí por pura maldad, puesto que había muchos sitios libres. En cuanto la vio llegar, decidió ponerse a su lado para verla bien de cerca antes de arruinarle la vida para siempre.

Una vez que el Golf salió a la carretera, Maxwell bajó de su coche y, envolviendo su enorme corpachón en el abrigo de sarga, se encaminó hacia la entrada con cuidado de no resbalarse en la nieve. Una vez dentro se acercó a recepción con una sonrisa en los labios.

—Buenos días —saludó en tono alegre—. ¿Podría indicarme dónde se encuentra Patrick Trenchard?

La mujer tecleó rápidamente en el ordenador y luego marcó una extensión en el teléfono.

—Hola, aquí recepción, ¿me pone con la enfermera jefe, por favor? —Mientras esperaba la respuesta, sonrió a Maxwell—. Hola, sí, de recepción, ¿está todavía ahí Patrick Trenchard...? Ah, ya veo. ¿Y cuánto tardará? Muy bien. —La recepcionista tapó el auricular con la mano—. Ahora mismo están trasladando al señor Trenchard a una sala de día. No puede recibir visitas hasta dentro de una media hora.

Maxwell dio una palmada sobre el mostrador.

—No se preocupe. Voy a sentarme allí —añadió, señalando hacia un banco vacío—. ¿Me puede usted avisar cuando esté listo?

En cuanto se sentó soltó un bostezo, abriendo la boca como un hipopótamo. No había pegado ojo en toda la noche. Cuando había salido del hotel a altas horas de la madrugada se había ido a su despacho para escribir el informe que le había pedido Cyril Bentwood. Fue una tarea complicada, porque no hacía más que pensar, encantado, en la conversación que iba a sostener con Patrick Trenchard más tarde. Pero a las siete en punto de la mañana dejó el informe en la mesa de Bentwood y se juró que, en cuanto se hubiera encargado de Trenchard, volvería su atención a aquel maldito hombrecillo con su abrigo de borrego y su sombrero de ala ancha.

La recepcionista tardó una hora en acercarse para despertarlo suavemente con un golpecito en el hombro.

—El señor Trenchard ya puede recibir visitas.

Maxwell se levantó.

—Muchas gracias. ¿Por dónde es?

Una vez que le indicaron el camino, Maxwell echó a andar a toda prisa por el pasillo. No solo estaba desesperado por ver la reacción de Trenchard, sino que quería volver a la oficina antes de que a Bentwood se le ocurriera trasladarlo a un puesto «de menor responsabilidad».

La enfermera jefe lo abordó a la entrada de la sección.

—El médico ha dicho que de momento el señor Trenchard solo puede recibir visitas de la familia.

—Ya lo sé, pero es que soy un viejo amigo. Me dirigía hacia el norte y se me ha ocurrido parar aquí en Inverness. Le aseguro que no estaré más que un minuto.

La enfermera lo acompañó sonriendo a la cama.

Maxwell se alegró al ver lo enfermo que estaba Patrick. Yacía postrado en la cama, con una mascarilla de oxígeno sobre la nariz y la boca y respiraba con grandes esfuerzos, abriendo y cerrando los ojos. No era más que una sombra del fanfarrón bocazas que había sido. Maxwell se inclinó sonriendo sobre Patrick y, por las arrugas de su frente, supo que lo había reconocido.

—Seguro que lo sorprende verme aquí, ¿verdad, Trenchard? —preguntó con voz queda.

Patrick entornó ligeramente los ojos.

—La verdad es que siento verlo así. Pero no importa. Pronto estará otra vez como nuevo, ¿no?

Patrick volvió la cabeza despacio, como buscando el timbre de alarma.

—No, no, no querrá llamar a la enfermera, ¿eh? Todavía no.

Maxwell acercó una silla a la cama y se sentó.

—¿Qué? ¿Cómo está su amigo Dan Porter? ¿Ha estado inutilizando más coches últimamente?

Patrick pareció estirar un poco los labios.

—Ah, le parece gracioso, ¿no? Pues a ver si con esto se le quita esa patética sonrisa de la cara. —Maxwell acercó más la silla a la cama y se inclinó hasta tener la boca a pocos centímetros de la oreja de Patrick—. Verá, resulta que anoche me pasé por casualidad por el hotel Caledonia, ¿y a que no sabe quién está alojado allí? Pues su mujer y su buen amigo Dan Porter. A mí ya me pareció raro, porque me daba la impresión de que se llevaban demasiado bien, de manera que decidí… —Maxwell se chupó ruidosamente el labio— … bueno, decidí hacer de detective, y me parece que me lo va a agradecer. —El gordo paseó la mirada por la sala con gesto teatral—. Verá, a eso de las dos de la mañana yo estaba sentado, muy incómodo, eso sí, en un armario de limpieza en el tercer piso del hotel, vigilando sus habitaciones, y cuando vi lo que pasó no podía creerlo. ¿Se lo cuento?

Patrick tenía la mirada clavada en él.

—Supongo que eso es un sí. Pues bien, lo que pasó fue que su amigo Porter salió de su habitación y llamó a la de su mujer, y en un abrir y cerrar de ojos se abrió la puerta y su mujer se echó en brazos de Porter, bueno, más que echarse, se tiró en sus brazos. Se quedaron un momento allí abrazados en el pasillo y luego su mujer se desabrochó los botones del pijamita ese tan sexy que llevaba, y se quitó la chaqueta. Tengo que decirle, Trenchard, que me quedé muy impresionado. Su mujer tiene unas tetas imponentes. Desde luego no hizo falta más para que Porter entrara de un brinco en la habitación. —Maxwell se puso serio—. Ahora bien, yo soy un hombre íntegro, de manera que no hice nada indecente como ponerme a escuchar el ruido de los muelles de la cama, pero me marché sabiendo que podía hacerle un gran favor si le contaba lo ocurrido. —Maxwell se arrellanó por fin en la silla con un suspiro y se palmeó las rodillas con las manos—. Y eso es todo. Fin de la historia —añadió, inclinándose de nuevo—. ¿Qué piensa usted, Trenchard? —preguntó, observando con mucha atención la reacción de Patrick.

Maxwell se llevó una sorpresa y un disgusto al ver que, detrás de la mascarilla de plástico, Patrick sonreía. El enfermo alzó la mano y le hizo un gesto con un dedo para que se acercara. Cuando Maxwell se levantó y se inclinó sobre él, Patrick se levantó la mascarilla y habló despacio, pero con voz muy clara:

—¿Por qué... no... te... metes... donde... te... llamen..., gordo... hijo... de... puta?

Maxwell se apartó de un brinco, como si Patrick le acabara de verter agua hirviendo en la oreja. El enfermo dejó caer de nuevo la mascarilla sobre su rostro y alzó la mano hacia el timbre. La alarma resonó en toda la sala y la enfermera jefe llegó a la cama en cuestión de segundos. Por el gesto de Patrick entendió que la visita se había terminado. Mientras se marchaba, Maxwell se volvió de nuevo hacia él. Patrick miraba hacia el techo y, aunque la mascarilla le tapaba casi toda la cara, era evidente por las arrugas de sus ojos que esbozaba una sonrisa de auténtica felicidad. Era casi como si acabaran de decirle que su enfermedad se había curado y su recuperación era cierta.

27

Como Dan imaginaba, Josh no quería marcharse de Fort William. Hablaron de ello mientras se dirigían a casa, y Josh dejó muy claro que no quería volver a Londres. Su vida estaba en Escocia, donde había hecho amigos que hubiera sido imposible encontrar en el torbellino de la gran ciudad. De manera que Dan lo dejó con los perros y el Saab y volvió solo a Londres en el tren nocturno.

El taxi lo dejó a la puerta de su casa a las diez en punto de la mañana siguiente. Dan se quedó allí mirando la vidriera de la puerta principal, sin saber muy bien si se alegraba de haber vuelto. Entonces oyó a la señora Watt, que salía de su casa, y corrió hacia la puerta para evitar encontrarse con ella. Nada más entrar dejó caer la maleta al suelo, apoyó la espalda contra la vidriera y cerró los ojos aspirando el olor familiar de su hogar. Sin embargo, esta vez le parecía extraño. En otros tiempos le daba sensación de protección y seguridad, pero ahora le parecía un olor rancio. Era como si aquella ya no fuera su casa.

Pero sí lo era. Y allí tenía a su familia. Dan había prometido a las niñas que volverían a estudiar en Alleyn's. Tenía que dar gracias por todo lo que había conseguido, porque lo cierto es que las cosas podrían haber resultado mucho peor. Podría haberse quedado para siempre en Tottenham Hale con Sharon o Janice o Kathleen, y su único hijo estaría ahora trabajando en aquella maldita fábrica. Pero Dan había llegado lejos, hasta aquella casa de

Clapham donde vivía con su esposa Jackie, sus tres hijos maravillosos y dos perros dementes. Desde luego, era un hombre con suerte.

Al entrar en la cocina se le hizo muy raro no encontrarse con el hedor de una caca de Biggles. Pensó en los perros y luego en Josh, en Patrick, en Katie, y deseó estar con ellos. Apenas llevaba fuera unas horas y ya echaba de menos la intuitiva sabiduría y el inagotable entusiasmo de Josh, la energía y el sentido del humor de Patrick y la fuerza y el carácter de Katie. Y la noche pasada, cuando daba vueltas y vueltas en la litera del tren, había echado de menos la sensación de su cuerpo junto a él. Nunca olvidaría aquella noche, cuando yació sobre ella absorbiendo su dolor y su pena.

Mientras encendía la tetera eléctrica vio las cuatro pilas de cartas que había en el estante junto al teléfono, de manera que se puso a revisar el correo y a tirar la propaganda. Justo cuando estaba a punto de abrir una carta de Broughton's, la empresa en la que trabajaba Nick Jessop, se oyeron unos pasos en la escalera.

—¿Millie? ¿Eres tú? —Era la voz de Jackie.

—No, soy yo.

Los pasos se detuvieron y echaron a correr escaleras arriba. Dan movió la cabeza y siguió con su carta. Era muy breve, apenas cinco líneas.

> Estimado Dan:
>
> Nick Jessop, uno de mis colegas, me ha comentado que podría interesarle trabajar con Broughton's. Estoy al corriente de su excelente labor en la City y por tanto me gustaría que almorzáramos juntos cuando le sea posible. Me informan de que de momento se encuentra en Escocia, pero le agradecería que a su vuelta se pusiera en contacto conmigo si le interesa mi oferta. Mi dirección de correo es j.burrows@broughtons.com.
>
> Un saludo, etc., etc.

El bueno de Nick, pensó Dan. No se da por vencido nunca. Dejó la carta en la mesa y volvió a oír los pasos de Jackie en la escalera. Por fin llegó a la cocina, ataviada con unos tejanos y una camiseta, y se quedó en el umbral sin hacer ningún ademán de acercarse a él.

—Hola —saludó Dan sonriendo—. Menuda sorpresa. No esperaba encontrarte aquí. —Fue a darle un beso en la boca, pero ella volvió la cara para ofrecer la mejilla. Luego Dan la abrazó, pero fue como agarrarse a un trozo de madera.

—Eso mismo iba a decir yo —replicó ella, apartándolo—. ¿Qué haces aquí? ¿No ibas a quedarte en Escocia hasta mediados de enero?

—Sí. —Dan sacó dos tazas del armario—. ¿Quieres un café?

—No, gracias.

—¿Cómo están las niñas?

—Bien. Ayer pasaron la noche en casa de Jessica Napier. —Jackie se mordió el labio—. ¿Cómo es que has vuelto?

Dan echó una cucharada de café en la taza.

—Mi contrato se terminó antes de tiempo —contestó, dándose cuenta de que acababa de soltar la segunda mentira—. Así que he vuelto para buscar trabajo. —Señaló con la cabeza la carta de la mesa—. Y la cosa promete. Me han ofrecido algo en Broughton's.

—¿Y las Navidades? Las niñas iban a subir a veros a Escocia.

—Ya. Lo he estado pensando. —Dan echó agua caliente en la taza y removió el café con una cuchara—. Mira, he conseguido ahorrar un poco en Escocia, porque no gastaba nada, así que me voy a poner a buscar en internet algunas vacaciones de invierno baratas, para irnos a esquiar o algo así.

—¿Y Josh?

—Josh no quería marcharse. Está de lo más integrado allí. Lo he dejado con los perros y el coche, así que está más contento que unas castañuelas. Tú también te puedes venir a esquiar si quieres.

Jackie negó con la cabeza.

—Sabes que es imposible. Se va a celebrar la subasta benéfica de la empresa y tengo que estar allí.

—Claro. —Dan bebió un sorbo de café—. Bueno, ¿hay alguna novedad? ¿Te estás tomando unos días de descanso?

Jackie apoyó el hombro contra el marco de la puerta y le clavó una dura mirada.

—Tengo que preguntarte una cosa.

—Dime.

—¿Desde cuándo tienes una aventura?

Dan dio tal sacudida que el café hirviendo de la taza se le vertió en la muñeca.

—¿Qué? —exclamó, pasándose la taza a la otra mano y moviendo la muñeca para enfriarla un poco.

—Ya me has oído. Que desde cuándo tienes una aventura.

—No sé de qué demonios me hablas.

Jackie se sentó a la mesa.

—Dan, sé que tienes una aventura. Y, además, mientes fatal, no has sabido mentir nunca. Te has puesto como un tomate, y la muñeca la tienes todavía más roja con la quemadura.

Dan se mordió el labio mirando a su mujer. No, no sé mentir, pensó. Eso mismo le había dicho a Katie.

—No tengo ninguna aventura, Jackie —dijo, intentando dominar su voz.

Jackie dio un fuerte palmetazo en la mesa.

—Venga ya. ¡Por lo menos seamos adultos! ¿Por qué no lo admites? Aunque, por otra parte, tampoco es que necesite pruebas. Tus actos hablan por sí mismos.

Dan seguía mirándola en silencio. ¿Cómo demonios lo habría averiguado? No se lo podía haber dicho nadie porque los únicos que lo sabían eran Katie y él.

—¿Sabes que la mejor manera de confesar la culpa es quedarse callado? —le espetó ella.

Dan suspiró. No se sentía capaz de comenzar con la mentira número tres, porque eso llevaría a la número cuatro y a la cinco.

—Solo fue una noche, Jackie.

Jackie tamborileó con los dedos en la mesa.

—Una noche. Bueno, por lo menos algo admites. —Entonces se acercó a él—. Pero el problema es que no te creo, hijo de puta. Estoy segura de que esto ha durado mucho más que una noche.

—No es verdad —contestó él, apartándose deprisa de la amenazadora presencia de su mujer.

Jackie se detuvo a centímetros de él y lo miró a los ojos.

—¡Y pensar que has hecho que me sintiera culpable por todo durante meses! ¿Cómo te atreves, cuando tú has estado viendo a otra mujer?

Dan frunció el entrecejo. No tenía ni idea de cómo había averiguado lo de Katie. De hecho, no sabía de qué estaba hablando.

—¿Cómo que he hecho que te sintieras culpable? ¿Culpable por qué?

—Dime, ¿qué tal folla, Dan? —contraatacó ella—. ¿Mucho mejor que yo?

—Vamos, mujer. Te prometo que no fue más que una noche, nada más. Su marido...

—¡Ya lo sé! ¡Lo sé todo! Su marido murió el once de septiembre en Nueva York y tú, el amigo del alma, te apresuraste a ofrecerle consuelo. ¡Si hasta la dejaste embarazada!

—¿Pero qué demonios dices?

Jackie sacó de un cajón un puñado de papeles y Dan advirtió en uno de ellos el logotipo del caballo negro del Lloyd's Bank.

—En tu cuenta aparece todos los meses una transferencia de doscientas cincuenta libras a la cuenta de Nueva York de Debbie Leishman.

Dan dejó el café y se tapó la cara con las manos. ¡Dios mío! ¡Había sido un malentendido! Acababa de confesar que se había acostado con una mujer cuando en realidad Jackie no tenía ni idea.

—¡Sí, anda! ¡Tápate la cara! Porque te he descubierto. ¿Y sabes cómo? —preguntó, sacando otro papel del cajón—. ¿Sabes qué es esto?

—No, Jackie, no lo sé —replicó él resignado.

—Pues es un e-mail de tu queridísima Debbie Leishman. Cuando volví de Milán fui a mirar mi correo, y ya sabes lo que aparece en la pantalla cuando se enciende el ordenador. ¡Tu maldito buzón! —Jackie se puso el papel delante de la cara como si fuera a cantar un aria. «Querido Dan, no sé cómo darte las gracias por la gran amistad que has demostrado» —leyó, fingiendo acento norteamericano—. «Sin tu apoyo no habría podido mantenerme tanto tiempo con el niño y sin trabajo. El niño está bien. Pronto te mandaré detalles de cómo progresa y una foto para que veas lo mucho que se parece a su padre. Todavía tengo recuerdos maravillosos del fin de semana que pasamos en Maine. Ojalá pudiéramos retroceder en el tiempo para volver a vivirlo. Con todo mi cariño, como siempre, Debbie.»

Jackie arrugó el papel y lo tiró por encima del hombro.

—Bueno, así que en realidad tienes cuatro hijos. ¡Menudo semental!

Dan movió la cabeza.

—¿Has terminado?

Jackie lanzó una carcajada.

—¿Cómo que si he terminado? ¡No he hecho más que empezar!

—Para que lo sepas, el padre de ese niño era John Fricker, que además no estaba casado con Debbie, aunque llevaban tres meses viviendo juntos cuando él murió en las torres. Y, como no estaban casados, Debbie no recibió ninguna indemnización. Ella trabajaba, de manera que no dependía de John, pero ni siquiera sabía que estaba embarazada. En fin, el caso es que, cuando nació el niño, decidí echarle una mano.

Jackie lo miraba asqueada, con los ojos entornados y una mueca dura en la boca. Era la primera vez que Dan la veía fea.

—¿Y eso del «maravilloso fin de semana en Maine»? —preguntó, fingiendo de nuevo un azucarado acento norteamericano.

—Fue un fin de semana que pasamos juntos Debbie, John y yo. Si no recuerdo mal, fue entonces cuando ellos empezaron a salir.

Jackie tenía la conversación planeada desde el principio, pero ahora se dio cuenta de que había seguido una pista falsa. Repasó todo lo dicho buscando un nuevo punto de ataque.

—¿Y entonces con quién te has acostado? —barbotó por fin.

Dan hizo un gesto con la mano.

—Mira, ya estoy harto del interrogatorio, Jackie —dijo, tirando al fregadero lo que quedaba de café—. No pienso decírtelo. Y, además, ¿qué era eso de que tú te sentías culpable?

Jackie se mordió el labio.

—Voy a dejarte, Dan.

—¿Cómo dices?

—Que me marcho de casa.

—¡Por Dios, Jackie! No seas idiota. No puedes marcharte. Estamos casados, tenemos hijos. No puedes borrar de golpe los últimos veinte años. —Dan apoyó la mano en el fregadero—. Jackie, fue solo una noche.

Ella se volvió en silencio hacia la puerta.

—Adiós, Dan.

—Jackie, esto no tiene ninguna lógica.

Pero ella cerró la puerta dejándolo con la palabra en la boca.

Dan se cruzó de brazos apoyado contra el fregadero y mirando el jardincito de detrás de la casa. Más valía dejarla un rato. Aquello no era más que una de sus peleas. Era cierto que Jackie tenía toda la razón del mundo para sentirse herida y furiosa, pero ya lo solucionarían. Siempre habían sabido resolver sus problemas. En el piso de arriba se oían los movimientos de Jackie, que iba de una habitación a otra, hasta que de nuevo empezó a bajar por la escalera. Sus pasos resonaban más ahora, como si llevara algo de bastante peso.

Dan se apresuró a abrir la puerta de la cocina. Era cierto: Jackie estaba en el vestíbulo con una maleta. Ella lo miró un instante y luego se volvió preocupada y ceñuda hacia la escalera. Entonces se oyeron otros pasos que bajaban.

Era un hombre joven, de unos treinta años, con unos pantalones azul marino, un polo negro y una chaqueta. Llevaba otra maleta de Jackie. Para cuando llegó abajo, Jackie ya había abierto la puerta de la casa y colocado su maleta contra ella para que no se cerrara. A continuación agarró al hombre del brazo para tirar de él.

—¿Quién es este, Jackie? —preguntó Dan, subiendo los dos escalones de la cocina para acercarse a ellos.

—Vamos, Stephen, joder, vámonos —lo apremió Jackie en un murmullo.

—Hombre, Stephen —exclamó Dan—. Vaya por Dios, pero si es Stephen el magnífico.

Stephen se volvió hacia él y sonrió inseguro.

Dan lanzó un silbido. De pronto lo entendía todo.

—O sea que esta era la razón por la que te sentías culpable, ¿no, Jackie? Stephen el magnífico. Dime, Stephen —prosiguió, mirándolo con dureza—, ¿cuánto tiempo llevas tirándote a mi mujer en mi propia casa?

La sonrisa de Stephen se desvaneció. El joven miró a Jackie buscando apoyo.

—Ya volveré a buscar el resto de mis cosas, Dan —dijo ella.

—¿Ah, sí? Pues tráete un camión, porque ya te puedes llevar también la puta cama. No quisiera privar a Stephen de ella. —Dan escupió las palabras a pocos centímetros del rostro de Stephen, y advirtió con placer que el hombre daba un respingo cuando la saliva le salpicó en el ojo—. Bueno, por lo menos has tenido la decencia de mandar fuera a las niñas para que no tuvieran que oíros follar toda la noche.

Jackie agarró de nuevo a Stephen para sacarlo de la casa.

—Vamos, Stephen, vámonos antes de que se ponga violento.

Sin embargo, lo curioso era que Dan no sentía ningún impulso violento. Solo estaba triste y cansado, como si se hubiera quedado vacío. Siguió mirando mientras Jackie y Stephen salían y se alejaban empujándose el uno al otro por el camino. Se oía el repiqueteo de los tacones de Jackie y las ruedas de la maleta en el suelo. Era evidente que tenía mucha prisa por alejarse lo antes posible de su marido y de su casa.

28

A pesar del torbellino emocional y el dolor que le había causado la marcha de Jackie, Dan encontró una buena oferta en Andorra y se llevó a Millie y a Nina a esquiar en Navidad. Fue lo mejor que podía haber hecho. Subían a las pistas todas las mañanas a las nueve y media y se pasaban el día esquiando, desahogando así su rabia y su tristeza hasta que oían la llamada del último telesilla que los llevaría de vuelta al refugio. Y, cuando volvieron a la casa vacía el día de fin de año, la perspectiva de la fiesta de Jessica Napier esa noche y la idea de volver a Alleyn's al cabo de unas semanas contribuyeron a mantener animadas a las niñas.

El suelo del recibidor estaba alfombrado de felicitaciones navideñas. Dan se limitó a recogerlas y dejarlas en el aparador. Lo cierto es que no le apetecía abrirlas. Sabía que el nombre de Jackie aparecería en todas y cada una de ellas, de manera que allí se quedaron hasta la noche.

Una vez que las niñas se marcharon a la fiesta, Dan se llevó el correo a la cocina. Sacó una cerveza de la nevera y comenzó a abrir cartas. Después de la quinta, apartó toda la pila y bebió un largo trago.

Le llamó la atención un sobre que no era de color rosa chillón. En cuanto lo sacó de entre los demás, vio el logotipo de Seascape. Estaba dirigido a él. Dan agitó el sobre ante sus ojos, sin saber muy bien si quería abrirlo o no. Por fin, con un suspiro de inquietud, sacó la carta y bebió un largo trago antes de leerla.

Querido Dan:

Estoy dictando esta carta a Betty en la oficina, porque si me pongo a escribir yo va a parecer que una araña borracha se ha caído a un tintero y se ha puesto a pasearse por el papel. Por esta razón no encontrarás probablemente mis improperios habituales, porque Betty es muy buena editora. (Patrick quiere que ponga aquí que no es eso lo que él ha dicho, pero no estoy dispuesta a escribir esas palabrotas. A propósito, espero que estés bien y que no te desanimes.)

Siento no haber tenido ocasión de despedirme, pero Kate me contó lo de tu trabajo y yo me alegro mucho por ti, aunque estoy seguro de que estarías mucho más contento de no haberte encontrado a tu vuelta con una crisis doméstica tan devastadora. Espero que las niñas y tú estéis bien y sepáis superar el problema. De todas formas, Kate y yo seguimos pensando en vosotros y os enviamos todo nuestro amor. Josh estuvo en casa por Navidad y, aunque estaba un poco alicaído por todo lo que ha pasado, a los niños les encanta tenerlo por aquí. Creo que para fin de año se va a Edimburgo con María José, así que supongo que eso lo animará un poco. Yo he decidido que necesitaba un empujoncito antes de Navidad, de manera que lo envié a Oban un par de días a que ganara un poco de experiencia con Ronnie Macaskill. ¡Y Ronnie se lo quedó una semana! Dice que el chico tiene un talento natural para la compra y «buen ojo para las gambas». Desde luego ha salido a su padre, según Ronnie. Por cierto, me pidió que te mandara recuerdos, y dice que si algún día te apetece jugar al *camanachd*, no tienes más que llamarlo.

Tus perros han decidido venirse a vivir a Auchnacerie. Los niños están encantados, aunque tengo que decir que Biggles cayó en desgracia en Navidad, porque se zampó todo el relleno antes de que Kate tuviera ocasión de meterlo en el pavo.

Yo conseguí salir del hospital una semana después de tu partida. No soporto los hospitales. Pero no me encuentro muy bien que digamos. La maldita infección me ha dejado hecho polvo, así que me han quitado las muletas y ahora tengo que ir siempre en silla de ruedas. Pero sigo vivito y coleando, y Pete Jackson y Bob Murray, el de Ocean Produce, llevan el negocio adelante.

Pero lo que realmente quería decirte es lo mucho que agradezco tu ayuda y lo mucho que aprecio tu amistad. Creo que no había disfrutado tanto en la vida. Siempre me acordaré de nuestros viajes a Mallaig y lo que nos hemos reído. Por cierto, ¿te acuerdas de Maxwell Borthwick, aquel tipejo espantoso? (supongo que te suena lo del BMW y la carretilla elevadora). Pues creo que he conseguido bajarle los humos de una vez por todas. No voy a entrar en detalles, ¡pero te aseguro que fue una experiencia magnífica!

Pero sobre todo quería agradecerte el apoyo que fuiste para Kate cuando estaba en el hospital. Esta enfermedad es una putada (Patrick me ha obligado a escribir eso. Firmado: Betty) y a veces me resulta muy difícil dar a Katie el apoyo que necesita. Eres un hombre bueno y compasivo, Dan, y fue un gran alivio saber que estabas con Kate cuando ella tanto necesitaba la fuerza y la comprensión de un amigo de verdad. Y eso es lo que eres, un auténtico amigo para toda la familia. Cuídate, Dan, y espero que muy pronto decidas ensillar el caballo y venirte al salvaje Oeste. Te esperaremos con un buen filete en la lumbre y un café recién hecho.

Un abrazo,

PATRICK

Dan tuvo que leer la carta tres veces para entender del todo el código de Patrick. Ahora estaba en silla de ruedas y no podía escribir. Pete Jackson y Bob Murray llevaban adelante la empresa, pero Patrick se había tomado la molestia de ir a la oficina para que Betty le escribiera una carta. ¿Por qué? Porque no quería dictársela a Katie. No quería que ella averiguara lo que él sabía.

Dan se echó hacia atrás en la silla y entrelazó las manos detrás de la cabeza. Volver a Londres había sido la decisión correcta. Patrick había averiguado por instinto lo que había sucedido entre Katie y él. Debería haber sabido que era inútil contar mentiras.

Aunque había hablado con su madre frecuentemente desde que había vuelto a Londres, todavía no había ido a verla porque intentaba demorar el momento de contarle la ruptura de su matrimonio cara a cara. Sin embargo, le había prometido recibir el nuevo año con ella y sus amigos en Cavendish Rise, de manera que esa noche, a las nueve en punto, se presentó en su casa con bastante aprensión.

En el salón hacía un calor sofocante. La abuela de Battersea estaba viendo la televisión sin volumen, pero en cuanto lo vio entrar se levantó de la butaca.

—Hola, cariño —saludó mientras Dan se inclinaba para darle dos besos—. Déjame que te vea. —La mujer se quedó mirándolo, más contenta que si acabara de ganar en la «Ruleta de la fortuna»—. Vaya, las vacaciones te han sentado de miedo. ¡Pero si estás hasta moreno!

—La verdad es que tuvimos mucha suerte. Hizo sol todos los días.

—Pues seguro que ahora sí que notas el frío. —La mujer tocó con los dedos la manga de su chaqueta de cuero para apreciar sus cualidades térmicas—. Hijo, con la edad que tienes ya no deberías preocuparte por vestir a la moda. ¿Por qué no te compras una buena rebeca de lana? Tu padre siempre llevaba una y no se puso enfermo en toda la vida.

Dan se echó a reír y le dio un abrazo.

—Me alegro mucho de verte, mamá. No sabes lo que te he echado de menos.

—Yo a ti también, hijo.

Dan echó un vistazo al televisor mientras se quitaba la chaqueta.

—¿Qué estabas viendo?

—Creo que son los preparativos para una gran fiesta en Edimburgo —contestó ella sonriendo—. Pero tenía bajado el volumen para oírte al entrar.

—Josh estará allí.

—¿Ah, sí? —La abuela se acercó a la pantalla—. ¿Y crees que lo veremos?

—Lo dudo. Habrá miles de personas. Es la fiesta de fin de año más multitudinaria del mundo.

—¿De verdad? Pues espero que Josh esté bien y que se haya abrigado, porque allí hace un frío tremendo.

Dan enarcó las cejas.

—Anda, mamá, vamos a verlo. ¿Has comprado bebida?

—Claro, claro. —La abuela se apresuró hacia la puerta.

—Tú siéntate, que ya voy yo.

—Bueno. Te he traído unas cuantas cervezas y, como has estado en Escocia, he comprado también una botella de whisky. La tenían en oferta en el supermercado, por nueve libras. Está todo en la mesa de la cocina.

—¿Y para ti?

—Yo solo quiero una copita de jerez.

Dan volvió al cabo de un momento con el jerez y una lata de cerveza.

—¿No quieres vaso? —preguntó ella.

—No, no hace falta.

—No deberías beber de la lata, estará llena de microbios. Vete a saber dónde ha estado.

—Creo que sobreviviré. —Dan se sentó en el sofá y se apoyó contra el antimacasar de encaje blanco—. Oye, mamá, he visto en la cocina que solo has sacado dos vasos. ¿No va a venir más gente?

Su madre siguió mirando en silencio la televisión.

—Mamá, digo que si no va a venir más gente esta noche.

Su madre se volvió hacia él con las comisuras de la boca hacia abajo.

—¿Qué ha pasado? —preguntó Dan.

—No, nada. Solo un pequeño malentendido.

—¿Sobre qué?

—Sobre la comunidad de vecinos.

—Cuéntamelo.

—Bueno... —La mujer dejó la copa en una mesita y apoyó los codos en los reposabrazos de la butaca—. Cuando volví de hacerme cargo de Millie y Nina, me pasé por casa del presidente de la comunidad para preguntarle cuándo iba a ser la siguiente reunión, y él me dijo que no me molestara en asistir. Yo le contesté que por supuesto que tenía que asistir, porque era la encargada de preparar el té y los bollos y todo. Pues se ve que, como había estado fuera tanto tiempo, habían decidido encargarle esa tarea a otra persona. ¿Y sabes a quién han elegido para sustituirme?

—¿A quién?

—A Nancy Smith, esa mujer tan espantosa del piso 5F4. ¡Pero si no sabe ni untar de mantequilla una tostada! ¿Cómo quieren que haga bollos? —exclamó la abuela, blandiendo un dedo—. Y, además, solo lleva viviendo en el bloque seis meses. —La mujer se reclinó en la butaca con los labios fruncidos—. ¿Qué te parece? Es un escándalo, desde luego —añadió, enjugándose los ojos con el pañuelo que se había sacado de la manga del jersey—. Me han robado el puesto.

—Sí, eso parece.

—Y ahora nadie me habla.

—No te preocupes, todo se arreglará. Ya verás como todo esto se olvida.

—De eso nada, hijo. Todo esto ha llegado demasiado lejos y ya no se puede olvidar.

—¿Y eso?

Su madre se cruzó de brazos sin contestar.

—¿Qué has hecho, mamá? —preguntó Dan, intentando contener la risa.

—Pues lo único que podía hacer.

—¿Y qué es?

—Me he manifestado.

Esta vez Dan estalló en carcajadas.

—¿Que te has manifestado?

La abuela se inclinó con un brillo de complicidad en los ojos.

—Sí, y te aseguro que soy muy buena manifestante.

—¿Qué hiciste?

—Pues en primer lugar me compré un rotulador gordísimo para hacerme una pancarta con el trapo de cocina que me regaló tu tía Vi. Nunca lo había usado.

—¿Y qué ponía en la pancarta?

—DESPIDO IMPROCEDENTE. HACER LA MERIENDA ERA MI TRABAJO, con letras negras enormes. Bueno, la verdad es que las hice tan enormes que luego no me cabía todo y tuve que escribir «MI TRABAJO» al otro lado de la pancarta y girarla todo el rato para que se leyera.

—¿Y cuándo te manifestaste?

—En la siguiente reunión de vecinos. Llegué a la sala en el momento justo, entre el punto tres de la agenda, que eran los turnos para atender las flores del portal, y el punto cuatro, la limpieza en la zona de basuras.

—¿Y qué hiciste?

—Pues entrar sin que me invitaran y sentarme en el suelo delante de todos. Entonces me puse a darle vueltas al trapo de cocina mientras cantaba: «Despido improcedente. Hacer la merienda era mi trabajo» —explicó ella sonriendo muy emocionada—. Suena bien, ¿verdad?

—¿Y se dieron por aludidos?

—¡Cómo no! Interrumpí la reunión.

—Bien hecho, mamá. Estoy muy orgulloso de ti.

Ella se enjugó de nuevo los ojos con el pañuelo.

—Pero es que... ¡Ay! No sé ni cómo decirte lo que pasó luego.

—Anda, que estoy deseando oírlo.

La abuela respiró hondo.

—Pues que me echaron.

—Vaya por Dios.

—Me echaron, Dan. Como si fuera una intrusa en mi propio bloque.

—¿Y quién tuvo el valor de echarte?

—Stan Beardsley, del Fabric Committee. Antes era portero del hotel Hyde Park. Yo no pude hacer nada. Vaya, que era todo un profesional. Me levantó del suelo y me puso en el pasillo —explicó, arrugando toda la cara. Dan se dio cuenta de que Nina había heredado su habilidad para mostrarse totalmente deprimida—. Y desde entonces no he hablado con nadie. Me he pasado todo un mes metida en mi casa sin que nadie llamara a la puerta.

Dan la miró con el entrecejo arrugado.

—¿Cómo que llevas aquí metida un mes? ¿Pero no estabas en Clapham?

—No, cariño.

—Entonces, ¿quién cuidaba de Millie y Nina?

—Pues Jackie, supongo —replicó ella con retintín.

—Pero si Jackie trabaja.

—Ya lo sé, pero ella me dijo... —La abuela vaciló—. Me dijo que se las podía arreglar sin mí.

—¡No me digas!

—Me dijo que no quería que volviera a aquella casa. —La abuela estrujó el pañuelo con las manos—. Lo siento, Dan. No quería decírtelo. Ya sé que es tu mujer, pero es que no nos llevábamos bien, y, por mucho que yo lo intentara, era como si todo lo que hacía o lo que decía estuviera mal.

Dan enterró la cabeza entre las manos.

—Ay, mamá, no sabes cuánto lo siento.

—No, hijo, si seguramente ha sido todo por mi culpa.

—No, eso no es verdad. —Dan se volvió hacia ella—. Oye, mamá, no me resulta fácil decirte esto, pero... Jackie me ha dejado.

Su madre puso tal expresión de lástima que Dan tuvo ganas de arrodillarse delante de ella y enterrar la cabeza en su enorme regazo.

—¡Ay, Dan! Qué tragedia, con lo que tú la querías.

Dan movió la cabeza.

—Es verdad, la quería, pero eso era antes.

Su madre le agarró el brazo.

—¿Es que estaba tonteando por ahí?

Dan asintió.

—Sí, la verdad es que lo sospechaba —aseguró ella.

—Ya me imagino. —Dan se inclinó en el sofá—. Oye, mamá, ¿tú estás a gusto aquí?

—¿En esta casa?

—Sí.

—Pues no. Estoy fatal, la verdad.

—Ya, es que no sé si te gustaría venirte a vivir con nosotros a Clapham.

—¡Qué va! Sería una molestia para todos.

—No sería molestia ninguna, mamá. Estaríamos todos muy contentos si te vienes.

—¿Lo dices de verdad, Dan?

—Pues claro. Ya sabes que las niñas van a volver a Alleyn's, así que me vendría muy bien vender esta casa. —Dan bebió un sorbo de cerveza—. Por lo menos piénsalo.

Su madre le sonrió.

—No tengo que pensarlo. Me encantaría vivir con vosotros.

—Bien. —Dan alzó la lata—. Pues vamos a brindar con antelación por el año nuevo.

—Chin chin, cariño.

La abuela cogió el mando a distancia de la tele y subió el volumen casi al máximo. El estruendo de la multitud en Edimburgo inundó la sala.

—Y ahora a ver si encontramos a Josh —gritó.

29

—¡Vaya! ¿No vienes hoy con Tarquin? —preguntó Dan mientras dejaba su pinta de cerveza en la mesa del pub King's Head.

—No, hoy no —contestó Nick Jessop—. Laura se lo ha llevado a una fiesta de disfraces. No veas la risa que daba ver a un pirata con el chupete en la boca. —Nick dobló el suplemento de negocios del *Sunday Times* y lo dejó sobre la pila de periódicos del banco. Luego bebió un sorbo de cerveza—. ¿Y tú qué has hecho hoy con la familia?

Dan dejó la chaqueta en el respaldo de la silla y se sentó.

—Han salido todos. La abuela se fue esta mañana a la iglesia en autobús y luego ha llamado para decir que se queda a comer con una amiga. Y las niñas han ido a ver a Jackie.

—Ah, de manera que se ha restablecido el contacto.

—En realidad no. Casi todo es a través de abogados. Pero por lo menos el viernes me llamó su abogado para decirme que podía quedarme en la casa mientras las niñas estén internas en el colegio. Eso me dará ocasión de ahorrar bastante para comprarme un piso.

—Pues no está mal. ¿Y qué tal están las niñas en Alleyn's?

—Encantadas. —Dan bebió un sorbo de cerveza—. No debería haberlas sacado nunca de allí.

—*C'est la vie* —aseveró Nick alzando el vaso—. Así que todo ha vuelto a ser como en los viejos tiempos.

—Casi.

Nick apoyó los codos en la mesa.

—Es un placer volver a trabajar contigo, Dan. Ha sido genial tenerte por la oficina estos meses. Ha supuesto un buen empujón para la empresa.

—Bueno, te debo una por conseguirme el trabajo.

—Bah, no es nada. A propósito, has vuelto a salir en los periódicos. —Nick hojeó el suplemento de negocios hasta encontrar la página. Luego se lo tendió a Dan.

Era un corto artículo sobre la propuesta de fusión entre Broughton's y Carswell Asset Management. Cuando terminó de leerlo, Dan dejó el periódico en el banco y advirtió entre las demás publicaciones el llamativo color rojo de la primera página del *News of the World*.

—Desde luego, Nick —dijo con un resoplido de desdén—, no sé cómo lees esas porquerías.

—¿A qué periódico te refieres en un tono tan desdeñoso?

—Al *News of the World*, Nick. Es basura.

—¡Qué dices! —exclamó Nick sacando el periódico de la pila—. Pero si es genial. Los del *News of the World* son maestros del humor. Mira esto, por ejemplo: «Mucho polvo en el Williams Bank». ¿Te imaginas de qué trata?

—Ni idea.

—Sorprendieron a dos cajeros en la cámara de seguridad del Williams Bank echando un polvo en la caja fuerte.

—Claro, no sé cómo no se me ha ocurrido.

—Justo. Espera, que te leo otro. —Nick volvió la página buscando otro titular—. Aquí: «A lo hecho, pecho».

Dan suspiró.

—Supongo que tendrá que ver con pechos.

—¿Ah, sí? —Nick entornó los ojos, desafiando a Dan a que adivinara algo más.

—Ni idea, Nick.

—No tienes remedio. «Belinda Carter, de veinticuatro años, secretaria de Bromley, Kent, ofreció un buen espectáculo el viernes por la noche en Leicester Square. Al volver de una fiesta de personajes de dibujos animados celebrada en el restaurante de Planet Hollywood, se despojó de todas las prendas de su disfraz de Minnie Mouse y bailó desnuda en un banco de la plaza. La multitud que se congregó a su alrededor no solo quedó cautivada por el baile, sino también por la enormidad de sus pechos. "Estoy muy orgullosa de ellos", declaró Belinda al policía que le cubrió las vergüenzas con su chaqueta antes de llevársela. "Estos implantes de silicona me han costado el sueldo de seis meses y me gusta enseñarlos."» ¿Y este qué tal? —concluyó Nick.

—Gracias, Nick, muy profundo. ¿Y ahora por qué no dejas el periódico, a ver si podemos hablar como personas?

—Uno más.

—¡Vaya por Dios!

—Uno rapidito. —Nick volvió la página—. Ah, este seguro que lo pillas. Y además, no es obsceno ni nada de eso. ¿Preparado?

Dan no se molestó en contestar.

—«Gambas de vivir.»

—Ni idea.

—¿No se te ocurre nada?

—No.

Nick lo miró decepcionado.

—Está bien. «La niebla provoca el accidente de un avión ligero en la remota Wester Rose. Los miembros del equipo de rescate se sorprendieron al descubrir que las gambas que el avión transportaba seguían vivas, agitándose en el suelo. "Es increíble que pudieran sobrevivir al impacto", declaró Hughie McLeish, del equipo de rescate Lochaber Mountain. "Deben de ser criaturas muy resistentes." En el accidente murieron el piloto del avión, Dick Freeman, de Inverness, y su pasajero, Patrick Trenchard, de Fort Will...

—¡No! —exclamó Dan, arrebatándole el periódico.

—¿Pero qué pasa? ¿Qué he dicho ahora?

Dan alzó una mano mientras seguía leyendo el artículo.

... Patrick Trenchard, de Fort William. El señor Trenchard, propietario de Seascape, una empresa de procesamiento de gambas de Fort William, había alquilado el aparato, un Piper Aztec, para transportar un cargamento de gambas de las Hébridas hasta Escocia. «Me llevé en la mochila una bolsa de gambas —prosiguió Hughie—. Mi mujer y yo las preparamos para cenar y estaban deliciosas.»

Dan tiró el periódico en la mesa.

—Tengo que irme, Nick.

—¿Por qué?

Dan se levantó.

—Ya te lo contaré. —Echó a correr hacia la puerta del pub, pero de pronto se volvió hacia la mesa—. Oye, Nick, puede que mañana no vaya a trabajar. Todavía no lo sé, pero cabe la posibilidad.

—¿Y eso? Vamos, hombre, dime qué pasa.

Dan señaló el *News of the World.*

—Patrick Trenchard era el hombre para el que Josh y yo trabajábamos en Escocia. Era un gran amigo mío.

—Vaya por Dios, Dan. Lo siento muchísimo.

—No, si me has hecho un favor. No entiendo por qué Josh no me ha llamado. ¿Me puedes cubrir si desaparezco?

—Pues claro.

—Ya te llamaré, por si hay noticias sobre la fusión de Carswell.

—¿Cuánto tiempo crees que estarás fuera?

—No mucho. Te prometo que no voy a dejarte en la estacada.

Dan salió corriendo hacia su casa, maldiciéndose por no llevar encima el móvil. Llegó en apenas diez minutos y fue directamente a la cocina para llamar a Josh.

—Vamos, Josh —murmuró—. Contesta, por lo que más quieras.

Sin embargo solo logró conectar con el buzón de voz del móvil, de manera que colgó sin dejar mensaje. Josh debía de estar fuera de cobertura, probablemente en la casa. Pensó en llamar a la fábrica, pero era domingo y seguramente no encontraría a nadie.

De todas formas, lo más seguro es que hubieran cerrado después de la muerte de Patrick.

De manera que solo tenía una opción: llamar a Auchnacerie.

Vaciló un instante antes de decidirse a marcar. Fue Josh quien contestó al teléfono de inmediato.

—¿Josh?

—¡Papá! ¿Dónde demonios te habías metido? Llevo llamándote toda la mañana. Oye, tengo que darte una mala noticia...

—Ya lo sé. Acabo de enterarme por el periódico. ¿Cuándo ha sido?

—El viernes por la noche.

—¿Y por qué no me avisaste?

—Porque yo no me enteré hasta anoche, cuando volví de Barcelona.

—¿Y qué hacías en Barcelona?

—Nos había mandado Patrick a María José y a mí a vender unas partidas.

—Vaya. —A pesar de su ansiedad, Dan sintió una oleada de orgullo. Era evidente que Josh había ascendido de posición—. ¿Y qué haces ahí ahora?

—María José y yo estamos cuidando de Max y Sooty. Katie ha tenido que irse a Inverness para hablar con el forense, porque se va a abrir una investigación.

—¿Cómo están los niños?

—Bastante bien, parece. Max está ahora mismo jugando con su Play Station y Sooty ha salido con María José a sacar a los perros.

—¿Viste a Katie antes de que se marchara?

—Sí.

—¿Y cómo lo lleva?

—Bueno, ha sido un buen golpe, pero por otra parte parece bastante serena. Tal vez porque ha tenido que vivir con la enfermedad tanto tiempo. Pero saldrá adelante. Es dura.

—Sí, ya lo sé.

—Justo antes de irse a Inverness me dijo que Patrick llevaba mucho tiempo planeando este viaje y que estaba emocionadísimo con la idea. Según Katie, Patrick hubiera querido terminar sus días haciendo alguna locura como esta, en lugar de consumirse poco a poco en una silla de ruedas.

—Eso también es verdad. —De pronto Dan se imaginó a Patrick con los ojos brillantes de emoción, mirando desde el avión la niebla que los rodeaba. Movió la cabeza para alejar esa imagen—. Supongo que todavía no se han hecho los preparativos para el funeral.

—No. Es posible que le hagan la autopsia.

—Claro.

—¿Vas a venir, papá?

Dan se pasó la mano por el pelo.

—Tengo que dejar todo listo por aquí. Tendré que hablar con la abuela y las niñas antes de tomar una decisión. —Dan se mordió el labio—. ¿Tú qué crees, Josh? Tú siempre tienes buena intuición.

Josh se quedó un momento callado.

—Yo diría que tienes que venir cuanto antes, papá —contestó por fin—. Katie te necesita. Eso es lo que siento.

Dan sonrió.

—Me alegro de que me lo hayas dicho.

—Entonces, ¿vendrás?

—Intentaré coger el tren de esta noche. ¿Te puedo localizar en Auchnacerie?

—Sí. Me voy a quedar aquí con María José hasta que vuelva Katie.

—Entonces voy a solucionar un par de cosas y te vuelvo a llamar.

—Muy bien. Ah, papá, más vale que te traigas ropa de abrigo. Aquí hace un frío que pela.

30

—No tendríais que haber venido todas, ¿sabéis? —dijo Dan a su madre mientras caminaban por el andén con Millie y Nina.

—Pero si no nos importa —resolló ella—. Los domingos ya no son lo mismo desde que terminó la serie de «Monarch of the Glen» en la tele. Además, me encantan las estaciones. ¡Hay siempre muchísima animación!

Cuando llegaron a su vagón, Dan subió su maleta. Había seguido el consejo de Josh y llevaba una chaqueta acolchada y unos pantalones beis de pana.

—Volveré en cuanto pueda —dijo, inclinándose para dar un beso a su madre—. Ya te avisaré.

La abuela le puso la mano en la manga y se le iluminaron los ojos al notar el grosor y la textura.

—Esto es lo que yo llamo ropa de abrigo. Por lo menos te has vuelto sensato.

Las niñas se echaron a reír. Dan les guiñó un ojo y fue a darles un abrazo.

—Te quedas a cargo de todo —le susurró a Millie a la oreja—. Si surge algún problema, llámame.

—Vale, papá —contestó ella, dándole un sonoro beso en el cuello—. Aunque vayas vestido de cateto, todavía te quiero.

Dan se echó a reír.

—Vaya, me alegro mucho.

—Da recuerdos a todos.

—De vuestra parte. Bueno, deberíais iros a casa ya. Es una tontería que esperéis a que salga el tren.

Dan se quedó mirándolas hasta que llegaron al final del andén. Allí se dieron la vuelta para saludarlo con la mano antes de desaparecer entre el gentío de la estación. Dan movió la cabeza. Menuda diferencia, pensó. Seis meses atrás las niñas no le hacían el más mínimo caso, como si no existiera, y ahora estaban todos muy unidos. Dan miró el enorme techo de cristal de la estación. Seis meses atrás se encontraba justo allí, a punto de salir para Escocia por un impulso irracional, sin tener ni idea de que su egoísmo y su cerrazón habían provocado una crisis en la familia. ¡Y el precio que había tenido que pagar por ello!

Antes de entrar en el vagón se volvió hacia donde había visto por última vez a la abuela y las niñas. No podía permitirse cometer el mismo error. Ahora dos familias dependían de él. Era lo menos que podía hacer por Patrick.

Nada más entrar en el tren sonrió acordándose de Katie y sus sabios consejos. Sacó la cartera del bolsillo y, con un billete de diez libras en la mano, fue a buscar al revisor.

Marque con un X las temáticas que le interesan

- ☐ Narrativa femenina
- ☐ Narrativa clásica
- ☐ Novela histórica
- ☐ Novela romántica
- ☐ Novela de intriga
- ☐ Literatura de viajes
- ☐ Narrativas de tendencias
- ☐ Memorias y biografías
- ☐ Ensayo científico
- ☐ Ensayo histórico
- ☐ Ensayo literario
- ☐ Poesía
- ☐ Ensayo sociológico-político
- ☐ Autoayuda y libro práctico
- ☐ Otras temáticas

¿Cuántos libros suele comprar al año?

☐ 1-3 ☐ 4-8 ☐ 9 o más

¿Cuáles de estos factores le ha influido más a la hora de adquirir el libro?

- ☐ Precio
- ☐ Autor
- ☐ Portada
- ☐ Colección
- ☐ Contenido
- ☐ Recomendación
- ☐ Otros:

¿Ha comprado otros títulos de esta colección?

☐ Sí ☐ No

Hijos

N.º hijos en edad escolar: N.º hijos de otras edades: